百無禁忌
天官賜福

天官賜福

천관사복

天官賜福

묵향동후 장편소설

2

天官賜福

목차

10장 미묘한 두 사람, 죄인의 구덩이에 빠진 밤

자꾸 이렇게 나올수록 사련은 그 얼굴이 위험하게만 느껴졌다.

"다들 물러나세요. 저 얼굴에 접근하지 말고, 무슨 말을 하든 무시하세요."

사람들은 사련의 말대로 허겁지겁 흩어졌다. 흙에 파묻힌 얼굴이 힘껏 히죽거리며 말했다.

"거참, 가지 말래도. 이럴 필요는 없잖아. 나도 사람이야. 자네들을 해치지 않을 거라고!"

사련은 속으로 중얼거렸다.

'무슨 소리야. 일단 네 행동부터가 전혀 사람답지 못하다고!'

이때 예상치 못한 이변이 일어났다. 어떻게든 약초를 가지고 돌아가 인명을 구해야 한다고 생각했는지, 상인 한 명이 슬그머니 앞으로 다가가 아까 놀라서 바닥에 내던진 선월초를 주우려 한 것이다. 흙에 파묻힌 얼굴이 눈일을 도르르 굴리더니 두 눈을 선득하게 빛냈다.

아차, 싶어진 사련이 황급히 달려들었다.

"줍지 마세요! 돌아와요!"

하지만 때는 이미 늦었다. 흙에 파묻힌 얼굴이 불현듯 입을 벌렸다. 그 안에서 새빨간 무언가가 주르륵 미끄러져 나왔다.

그건 굉장히 기다란 혀였다.

사련은 그 상인의 뒷덜미를 낚아채고 빠르게 뒷걸음질을 쳤다. 그러나 기괴하리만큼 길게 뻗어 나온 혀는 푹, 소리를 내며 상인의 귀를 관통했다.

사련의 손에 붙잡힌 몸뚱이가 극렬하게 요동쳤다. 단말마의 비명을 내지른 상인은 사지를 끊임없이 경련한 끝에 두 무릎을 꿇었다. 기다란 혀는 상인의 귀에서 피로 흥건한 덩어리 하나를 재빨리 끄집어내고는 흙에 파묻힌 얼굴의 입 안으로 되돌아갔다. 얼굴은 그 덩어리를 짓씹으며 웃기 시작했다. 잘근거리는 입가에 피가 낭자했다. 이 황폐한 황궁 지붕을 뒤집어엎을 듯한 웃음소리와 고함이 울려 퍼졌다.

"하하하하하하! 맛있어, 맛있어, 맛있어! 맛있다, 맛있어! 배고파 죽을 뻔했네, 배고파 죽는 줄 알았어!"

새되게 찢어지는 목소리와 핏발이 가득 기어오른 눈동자가 지극히도 역겨웠다.

이 사람은 이곳에 파묻힌 육십 년 가까운 세월 동안 요사한 땅에 동화되어 완전히 다른 존재로 변한 것이다.

사련이 상인의 뒷덜미를 붙잡고 있던 오른손을 내려놓고 저 역겨운 괴물을 내리찍으려는 찰나였다. 흙에 파묻힌 얼굴이 다시 날카롭게 목소리를 곤두세웠다.

“장군! 장군! 놈들이 여기 있습니다! 여기입니다!”

야수보다 사나운 포효가 울려 퍼지나 싶더니, 한 그림자가 하늘에서 하강해 사련의 앞에 육중하게 착지했다.

검은 그림자가 땅에 내려앉은 순간 쿵, 온 지면이 요란하게 뒤흔들렸다. 그가 천천히 몸을 일으키자, 드리운 거대한 그림자가 모두를 집어삼켰다.

이 ‘사람’은 실로 지나치게 거대했다.

쇠처럼 까무잡잡한 낯빛과 흉악하고 거친 이목구비는 흡사 짐승을 방불케 했다. 가슴과 어깨에 갑옷을 걸쳤고 키가 9척이 훌쩍 넘었다. 사람이라기보다는 두 발로 걷는 거대한 늑대라고 하는 편이 나을 것 같았다. 하나, 둘, 셋…… 십여 명에 달하는 ‘사람’들이 뒤편 황궁의 지붕 위에서 속속 뛰어내렸다.

이 ‘사람’들은 덩치가 우람하고 서로 몸집이 엇비슷했다. 다들 섬뜩한 늑대 이빨을 빼곡하게 박아 넣은 낭아봉을 어깨에 걸치고 있어, 늑대 무리가 인간으로 둔갑한 듯한 착각마저 들었다. 아래로 뛰어내린 그들은 화원에 모인 사람들을 겹겹이 포위하기 시작했다. 마치 거대한 철탑이 사방을 둘러싼 것 같았다.

반월 병사!

병사들의 온몸에 검은 기운이 감돌았다. 이들은 당연히 산 사람이 아니다. 사련의 전신이 바짝 곤두서자 약야가 공격 태세를 취했다.

그러나 반월 병사들은 그들을 보고도 당장 달려들어 죽이지 않았다. 그들은 하늘이 뒤흔들릴 만큼 폭소하더니 이족(異族)의 언어로 서로 고함치기 시작했다. 그 말소리는 퍽 기괴했다. 귀에 거슬리는 발음에 혀가 심하게 말리는, 반월국의 언어였다.

이백 년이 지나 반월어를 대부분 잊어버렸지만, 사련은 아까 그 장군총에서 삼랑과 함께 나름대로 복습을 한 셈이었다. 더군다나 이 병사들은 목소리가 쩌렁쩌렁하고 발음이 우악스러운 데다 사용하는 어휘도 간단해 알아듣기 어렵지 않았다.

모든 반월 병사들이 처음으로 등장한 반월인을 '장군'이라고 부르고 있었다. 대화 중간에 '압송해라', '당장은 죽이지 않는다' 따위의 문장이 들려왔다. 크게 심호흡한 사련이 목소리를 낮추고 입을 열었다.

"다들 당황하지 마세요. 저 반월인들은 당장은 살인을 저지르지 않을 겁니다. 우리를 다른 곳으로 데려가려는 것 같아요. 절대로 경거망동하지 마세요. 저도 저 병사들을 이길 수 있다는 확신이 없으니, 우선 눈치껏 행동합시다."

병사들은 얼핏 보기에도 맞서기 까다로울 듯했다. 하나같이 살갗이 단단하고 근육이 두툼했다. 약야가 있다고는 하지만 한 병사만 교살해도 얼마간 시간이 소요될 텐데, 한꺼번에 열 명이 들이닥쳤으니 사정이 여의치 않았다. 지금 이 자리에는 평범한 인간들도 있으니 잠시 상황을 지켜볼 수밖에 없었다.

삼랑은 침묵을 지켰다. 다른 사람들은 내세울 의견조차 없었다. 설령 경거망동하고 싶어도 어떻게 경거망동해야 할지 모르는 처지라 눈물을 머금고 고개만 끄덕였다. 흙에 파묻힌 얼굴은 여전히 날카로운 고함을 내질렀다.

"장군! 장군! 절 꺼내 주십시오! 제가 장군을 위해 적을 포획했습니다! 집으로 돌려보내 주세요! 돌아가고 싶습니다!"

그는 반월 병사들을 보자 잔뜩 흥분한 얼굴로 소리치며 흐느껴 울었다. 그 외침에는 어눌한 반월어가 간간이 섞여 있었다. 이곳에서 비료로 살아온 육십 년 남짓한 세월 동안 귀동냥으로 배운 말들이었다. '장군'이라고 불린 구척장신의 반월인은 흙에 파묻힌 채 꿈틀거리며 소리치는 얼굴을 보고는 역겹다고 생각했는지 단숨에 낭아봉을 내리찍었다. 낭아봉에 박힌 첨예한 이빨이 그 머리를 꿰뚫었다. 흙에 파묻힌 얼굴이 외마디 비명을 질렀다. 곧이어 반월 '장군'이 다시 낭아봉을 쳐들었다. 얼굴에 들이꽂힌 날카로운 이빨에 온몸이 딸려 나오면서 '꺼내 달라'던 그 소원이 이루어졌다.

그러나 흙에서 빠져나온 목 아래편은 인간의 몸뚱이가 아니라 섬뜩한 백골이었다.

눈앞에 펼쳐진 끔찍한 광경에 상인들이 비명을 질렀다. 낭아봉의 이빨에 꽂힌 얼굴이 바닥으로 굴러떨어졌다. 피투성이가 된 얼굴은 몸을 보고 제풀에 놀랐는지 숨을 훅 들이켰다.

"이게 뭐야? 이게 뭐야?"

사련이 가만히 일러 주었다.

"당신의 몸이야."

짐작하기 어렵지도 않았다. 이 사람은 사막에 육십 년 남짓 묻혀 있지 않았던가. 피와 살은 진작에 선월초의 양분으로 변해 남김없이 빨리고 앙상한 뼈만 남은 것이다.

흙에 묻혔던 얼굴이 애써 부정했다.

"그게 말이 돼? 내 몸은 이렇지 않아. 이건 내 몸이 아니란 말이다!"

목소리가 더없이 처참했다. 오싹하고도 가여운 광경에 사련은 고개를 내저었다. 반면 삼랑은 픽 비웃으며 입을 열었다.

"이제야 그 몸이 아니꼽나? 아까 주둥이에서 내민 건 뭔데? 그건 괜찮고?"

흙에 파묻혔던 얼굴이 냉큼 반박했다.

"당연히 괜찮지! 그저…… 그저 보통 사람의 혀보다 조금 더 길 뿐이다!"

삼랑의 눈꼬리에 조롱기가 가득했다.

"응, 그래. 아주 약간 길긴 했지. 하하."

"맞아! 아주 약간 길 뿐이다! 오랫동안 날벌레나 파충류를 먹어서 목숨을 부지하려고 자꾸 길게 뻗다 보니 이렇게 된 거다!"

어쩌면 막 흙에 묻혔을 무렵에는 목숨이 붙어 있었을지도 모른다. 그리고 어떻게든 살아남겠다고 힘껏 혀를 뻗어 날벌레나 파충류를 먹은 모양이었다. 그러다 차츰 사람이 아니게 되자 혀도 덩달아 길어졌고, 그가 먹는 '음식' 또한 날벌레와 도마뱀에서 더욱 끔찍한 것으로 바뀌었다.

하지만 줄곧 흙에 묻혀 지내느라 오랜 세월 동안 자신의 몸을 보지 못했던 그는 도저히 현실을 받아들일 수 없었다. 자신이 사람이 아니라는 사실도 믿고 싶지 않았다. 흙에 파묻혔던 얼굴은 애써 변명했다.

"세상에는 혀가 긴 사람도 있는 거야!"

삼랑은 웃었다. 그를 바라본 사련은 마음 한구석이 묘하게 서늘해졌다. 이 소년의 미소에는 당장이라도 상대의 얼굴 가죽을 벗겨 낼 것만 같은 냉혹함이 있었다.

"넌 아직도 네가 사람이라고 생각하나?"

그 얼굴은 삼랑이 던진 짧은 질문에 위기감을 느낀 것 같았다. 그가 불현듯 울화를 터트렸다.

"당연히 사람이지. 나는 사람이야!"

그는 소리를 마구 지르면서 땅을 기려는 듯이 백골이 된 손발을 열심히 움직였다. 마침내 땅속에서 빠져나왔기 때문일까, 그가 진심으로 기뻐하며 마음껏 웃었다.

"돌아갈 거야, 이제 돌아갈 수 있어! 하하하하하하……."

이때 콰직, 하는 소리가 뒤를 이었다.

귀를 찌르는 웃음소리에 끝내 심기가 사나워진 장군이 그 얼굴의 머리뼈를 단숨에 짓밟아 가루로 부서뜨린 것이다. '나는 사람이야'라는 외침도 더는 들려오지 않았다.

성가신 얼굴을 짓밟은 그 '장군'은 병사들에게 목청껏 한마디 일갈했다. 그러자 반월 병사 무리가 낭아봉을 휘두르며 이쪽을 향해 고함을 치더니 사련 일행을 황궁 바깥으로 몰아내기 시작했다.

사련이 가장 앞에서 걷게 되었다. 삼랑은 변함없이 그의 뒤를 바짝 따랐다. 악귀 같은 반월 병사들에게 끌려가는 와중에도 이 소년의 걸음걸이는 산책을 나온 듯이 여유로웠다. 사련은 아까부터 삼랑에게 말을 걸 기회를 노리고 있었다. 한참을 걷자 반월 병사들은 다시 눈을 돌리고 대화를 나누기 시작했다. 그 모습을 본 사련이 조용히 말을 꺼냈다.

"병사들이 저 우두머리 반월인을 '장군'이라고 부르던데, 무슨 장군인 걸까."

역시나 삼랑은 사련의 질문을 외면하지 않았다.

"반월국이 멸망할 때 장군은 한 명밖에 없었어. 그의 이름을 한문으로 번역하면 '각마(刻磨)'라고 해."

"각마?"

비석과 맷돌이라니 퍽 괴상한 이름이었다. 삼랑이 말을 이었다.

"맞아. 어릴 적에 몸이 허약해서 항상 괴롭힘을 당했는데, 강해지리라 다짐하고 비석과 맷돌로 힘을 단련하다가 이런 이름을 얻게 됐대."

사련은 무의식중에 생각했다.

'강해졌으면 대력(大力)이라고 해도 되잖아…….'

삼랑이 말을 이었다.

"소문에 따르면 각마는 구척장신에 힘이 무한한, 반월국 역사상 가장 용맹한 대장군이자 반월 국사의 충실한 추종자였어."

"죽은 뒤에도? 각마는 지금 우리를 반월 국사에게 보내려는 걸까?"

"그럴지도."

만약 그곳에 반월 병사들이 훨씬 많다면 어떻게 벗어나야 할까? 두 도사를 유인한 남풍은 어떻게 됐을까? 손에 넣은 선월초를 어떻게 열두 시진 안에 중독된 사람에게 전달하지?

사련은 걸음을 내디디며 사색에 빠졌다. 그러다 문득 그 각마 장군이 자신들을 점점 외진 곳으로 데려가고 있다는 것을 깨달았다. 그들은 반월국의 경계 부근에 다다르자 걸음을 멈추었다. 사련은 제자리에 서서 고개를 들었다. 거인처럼 높고 거대한 흙벽이 눈앞에 우뚝 서 있었다.

그들의 목적지는 죄인의 구덩이였다.

사련은 한동안 반월국 부근에서 살면서도 반월성에 자주 들어가지 않았음은 물론이고 죄인의 구덩이 근처에 가 본 적도 없었다. 이렇게 가까이서 바라보니 왠지 모르게 심장이 떨려 왔다.

흙벽의 바깥면 한쪽으로 계단이 이어졌다. 사련은 이 허름한 계단을 천천히 오르면서 아래를 내려다보았다. 한참 육안으로 바라본 끝에 자신의 심장이 떨린 이유를 알게 되었다.

고문 용도로 쓰였다는 사실이 떠올라 오한이 끼친 것은 아니었다. 일행들이 구덩이 안으로 떠밀릴까 걱정되어서도 아니었다. 순전히 진법의 법력에 감응해서 느껴지는 떨림이었다.

이 구덩이의 지형적 형세나 구조는 고의로 설계된 지독한 진법 그 자체였다.

그리고 이 진법의 역할은 오직 하나다. 구덩이에 떨어진 사람이 영영 기어오르지 못하게 하는 것.

'기어오르지 못한다'는 뜻은 이렇다. 누군가 밧줄이나 사다리를 내려 주어 구덩이에 빠진 사람이 그 실낱같은 기회를 붙들고 오르더라도, 절반에 다다르면 진법이 발동해 다시 아래로 떨어지는 것이다. 표정을 숨긴 사련은 벽에 손을 짚고 계단을 오르면서 이 벽의 재질을 대강 파악했다. 멀리서 보면 흙 같았으나 사실 무척 단단한 돌이었다. 그뿐 아니라 주술로 보강해 놓았을 가능성도 있어 깨뜨리기는 어려울 터였다.

계단을 끝까지 올라 구덩이의 꼭대기에 도착한 사람들은 벽 가장자리에 발을 붙이고 섰다. 가장 먼저 시야에 들어온 광경은 '전율'이라는 두 글자로밖에 형용할 길이 없었다.

죄인의 구덩이는 사면을 높다란 벽으로 둘러쌓아 만들어졌다. 폭은 30여 장에 높이 20여 장, 두께는 대략 넉 자에 달하는 벽들이 삼엄하게 솟은 형세였다. 이 벽들이 둘러싼 중심으로 정방형의 거대한 공간이 펼쳐졌다. 그 위에는 서 있을 수 있는 축대나 다리처럼 놓인 판자 하나 없었다.

해가 저물어 칠흑 같은 어둠에 잠긴 구덩이는 바닥조차 보이지 않았다. 한기와 피비린내만이 까마득한 암흑 속에서 간간이 끼쳐 왔다.

사람들은 난간 하나 없는 벽 가장자리를 따라 발을 내디뎠다. 지상에서 수십 장이나 떨어진 고공을 걸으면서 아래를 선뜻 내려다보는 사람은 얼마 없었다. 그리 한참을 걷자 앞쪽으로 곧게 세워진 장대를 마주쳤다. 장대에는 시신 한 구가 걸려 있었다. 바로 그들이 낮에 아래에서 보았던 그 시신이었다. 왜소한 시신의 정체는 검은 옷을 걸친 소녀였다. 소녀는 누더기 차림으로 고개를 축 늘어뜨리고 있었다.

사련도 알고 있다. 이 장대는 병사들이 악의적으로 죄인을 능욕할 때 쓰는 물건이었다. 옥졸들은 흔히 죄인의 옷을 벗기고 알몸으로 장대에 매달아, 죄인이 굶어 죽거나 탈수에 시달려 죽도록 내버려 두었다. 죽은 시신은 바람을 따라 흔들리면서 볕에 그을리고, 비에 젖고, 바람에 마른다. 그렇게 썩어 들다 아래로 떨어진 시신의 모습은 실로 처참하기 그지없었다.

이 소녀의 시신은 아직 썩지 않았으니 최근에 죽은 것이 분명했다. 어쩌면 인근 주민일지도 몰랐다. 하다못해 어린 여자아이의 시체까지 이런 곳에 내걸다니, 이 반월 병사들은 참 잔인하고도 악랄했다. 아소와 천생을 포함한 사람들은 이 광경을 보고 낯빛이 창백해졌다. 다들 차마 제자리에 멈춘 발걸음을 떼지 못했다. 다행히 각마도 달리 재촉하지 않았다. 빙글 돌아선 그는 죄인의 구덩이를 향해 길게 고함쳤다. 사련은 내심 의아해졌다.

'왜 저렇게 소리를 지르지?'

다음 순간, 그가 품은 의문은 금세 해결되었다.

우렁찬 고함에 화답하듯, 새카만 밑바닥에서 울부짖는 소리가 들려왔다. 들짐승처럼, 괴수처럼, 해일처럼 밀려드는 수천만의 포효가 귓전을 어지럽혔다. 함께 전해지는 진동에 벽에 서 있던 사람들이 중심을 잃고 휘청거렸다. 후드득 떨어지는 모래와 돌 부스러기 소리까지 사련의 귀를 선명하게 파고들었다.

죄를 범한 사람만이 이 구덩이에 던져졌을 것이다. 설마 각마의 고함에 대답한 건 밑바닥에 빠진 죄인들의 망혼인가?

이때 각마가 재차 아래를 향해 울부짖었다. 사련은 가만히 귀를 기울였다. 이번에는 무의미한 고함이나 악담이 아니라, 사기를 북돋는 격려의 말이었다. 사련은 확신했다. 그가 들은 말은 분명 —'형제들'이었다.

외침을 끝낸 각마는 사련 일행을 끌고 온 반월 병사에게 한마디 일갈했다. 사련은 이 말도 똑똑히 알아들었다.

그는 이렇게 말했다.

"두 놈만 던져 버려."

다른 사람들은 그 말을 알아듣지 못했으나 무슨 일이 일어날지 내심 어림짐작하고는 일제히 창백하게 질렸다. 사련은 두려움에 곧 주저앉을 듯한 사람들을 보고는 앞으로 한 걸음 나서며 조용히 말했다.

"긴장하지 마세요. 이따 무슨 일이 생기면 제가 먼저 나설게요."

정말 내려가야만 하는 상황이 온다면 그가 먼저 눈 딱 감고 내려가 살펴보는 편이 나을 것이다. 어차피 새로울 것 없는 독사나 맹수, 악귀 따위가 있지 않겠는가. 그는 높은 곳에서 추락해도, 두들겨 맞아도, 물어뜯겨도, 독을 마셔도 죽지 않는 몸이었다. 밑바닥이 무섭게 들끓는 용암이나 자객들이 사용하는 독극물로 뒤덮여 있지만 않다면야, 뛰어내려도 아주 흉측한 꼴은 면할 수 있을 터였다.

하물며 그에게는 약야가 있다. 진법에 가로막혀 약야를 붙잡고 올라가지는 못하더라도, 반월 병사들이 또 누군가를 던졌을 때 그 사람을 받아 줄 수는 있었다. 각마는 '나머지는 데려가서 감시하라'는 말도 덧붙였다. 즉 남은 사람들은 한동안 안전하다는 뜻이다. 아무래도 사막에서 산 사람을 포획하기는 쉽지 않으니 단번에 깡그리 먹어 치우지는 않을 듯했다. 아마 한 곳에 비축해 두고 하나씩 야금야금 잡아먹을 심산이리라.

사련이 마음을 비운 반면에, 곁에 있는 누군가는 전혀 침착하지 못했다.

죄인의 구덩이 꼭대기에 도착한 뒤로, 평소와 다를 바 없는 사련과 삼랑을 제외하면 모든 사람이 벌벌 떨고 있었다. 개중에서도 아소가 특히 심했다.

죽음이 확정된 이상 목숨을 내던지고 싸우는 편이 낫다고 생각했는지, 아소는 불현듯 두 주먹을 부르쥐고 각마를 향해 덤벼들었다.

물귀신처럼 각마를 들이받아 함께 떨어질 작정 같았다. 철탑처럼 기골이 장대한 각마도 그가 죽을 각오로 매달리자 뒤로 세 발짝 밀려나 발을 헛디딜 뻔했다. 분노에 고함을 내지른 각마가 손목을 꺾어 아소를 아래로 떨어뜨렸다.

청년은 캄캄한 구덩이 안으로 추락했다. 지켜보던 사람들이 한목소리로 비명을 내질렀다. 사련도 외쳤다.

"아소!"

이때 끝이 보이지 않는 새카만 구덩이 아래에서 환호성과 함께 무언가를 물어뜯는 잔혹한 소리가 아득히 메아리쳤다. 마치 먹이를 쟁탈하는 악귀들의 아우성 같았다. 아소라는 청년이 살아 돌아올 가망이 없다는 건 그 소리만 들어도 알 수 있었다.

사련도 이런 전개는 전혀 예상치 못했던 터라 충격을 감추지 못했다.

그는 아소가 반월 국사의 부하라서 관문을 지나는 상인들을 고대 반월국으로 유인한 게 아닐까 의심했었다. 흙에 파묻힌 얼굴이 말한 '오십 년 전에 봤던 사람'도 그가 아닐까 싶었다. 그런데 이 청년이 오히려 가장 먼저 살해되다니. 이렇게 추락했는데 어떻게 목숨을 부지할 수 있겠는가?

죽음으로 위장한 건 아닐까? 하지만 사련 일행은 이미 반월 병사들의 포로 신세였다. 정말 반월 국사의 부하라면 우위를 차지한 지금은 얼마든지 위장을 벗어던지고 거들먹거려도 상관이 없다. 그런데 구태여 사람들의 눈앞에서 죽은 척을 한다? 전혀 의미가 없는 행동이다. 그렇다면 아소는 왜 각마를 향해 돌진했을까? 이 역시 전혀 의미 없는 죽음이 아닌가?

사련은 머릿속에서 갈피를 잡으려 애썼다. 그 와중에 반월 병사들은 다음으로 밀어 넣을 사람을 고르기 시작했다. 각마가 손을 들어 천생을 가리켰다. 반월 병사 한 명이 거대한 손바닥을 펼치고 붙잡으러 다가오자 천생은 잔뜩 겁에 질려 소리쳤다.

"악! 사람 살려! 잡지 마요! 나는……."

사련은 더 생각할 겨를도 없이 앞으로 걸어 나왔다.

"장군, 잠깐만요."

그의 입에서 반월어가 나오자 각마의 까무잡잡한 얼굴이 놀라움으로 물들었다. 그는 손을 휘둘러 병사들을 제지하고 사련에게 물었다.

"우리의 말을 할 줄 아느냐? 네놈은 어디 사람이지?"

사련이 상냥한 투로 말했다.

"중원 지역에서 왔습니다."

사실 자신이 반월국 사람이라고 거짓말하는 데 거부감은 없었지만, 지금만큼은 삼가야 했다. 반월어를 귀동냥으로 얻어

배웠다고는 해도 대화가 길어지면 결국은 밑천이 드러날 터였다. 기실 사련의 용모만 봐도 어디서 온 사람인지 훤히 알 수 있었다. 반월인은 거짓말과 속임수를 극도로 싫어하니, 자칫 들켰다가는 더 심각한 결과를 낳을 터였다.

"중원? 영안의 후손인가?"

각마의 물음에 사련이 대답했다.

"아닙니다. 영안국은 옛날에 멸망했어요. 이제 영안인은 없습니다."

그러나 반월국 사람들은 중원에서 온 자들을 전부 영안국 일가의 후손으로 여겼다. 그들은 영안국 군대에 의해 조국을 잃은 몸이었다. 사련의 대답을 들은 각마의 까무잡잡한 얼굴에 분노가 번득였다. 반월 병사들도 소란을 피우기 시작했다. 그들의 외침은 죄다 저주와 욕설과 비방으로 가득했다. 가만히 들어 보니 '비열하다', '사기꾼', '던져 버리자' 따위의 타격감 없는 말뿐이었다. 각마가 다시 입을 열었다.

"우리 조국이 사막에서 사라진 지가 어느덧 이백 년이다. 반월국 사람도 아닌데 우리의 말을 할 줄 알다니, 대체 정체가 뭐지?"

사련은 제 옆에 태연자약하게 서 있는 소년을 흘끔 곁눈질했다. 혹시라도 둘러대는 데에 한계가 오면 뻔뻔스레 삼랑에게 도움을 요청할 수 있기를 내심 바랐다. 사련이 헛소리를 늘어놓을 채비를 마친 그때, 캄캄한 구덩이 밑에서 또다시 거센 포효가 솟구쳤다.

아래에 있는 것들은 벌써 아소의 시신을 몽땅 나눠 먹은 듯했다. 그런데도 여전히 배가 고팠는지 나란히 포효하면서 신선한 피와 살을 갈구했다. 각마가 천생을 잡으라는 듯 거듭 손짓하자 사련이 끼어들었다.

"장군, 제가 먼저 가겠습니다."

분명 이곳에서 먼저 가겠다고 나서는 사람은 사련이 처음이었을 것이다. 각마는 두 눈을 구리 방울처럼 휘둥그레 뜨더니 의아해하며 물었다.

"먼저 가겠다고? 왜지?"

물론 무섭지 않기 때문이라고 솔직하게 대답할 수는 없었다. 사련은 그럴듯한 대답을 하나 골라 내놓았다.

"장군, 이들은 모두 길을 지나가던 무고한 상인일 뿐입니다. 이 중에는 아이도 있습니다."

그 말에 각마가 냉소했다.

"너희 영안국 군대가 내 조국을 학살했을 때, 이곳에 넘쳐난 무고한 상인과 아이들은 생각하지도 않은 모양이군."

반월국은 벌써 이백 년 전에 멸망했고, 지금은 양쪽 모두 왕조가 바뀐 지 한참이나 되었다. 하지만 이들은 과거에 시간이 멈춘 망자들이다. 새로운 왕조가 들어서도 옛 원한은 옅어지지 않았다. 각마가 다시 입을 열었다.

"네놈은 무척 수상하니 내 직접 심문을 해야겠다. 넌 내려갈 수 없어. 다른 놈을 보내!"

이렇게 나온다면 어쩔 수 없지. 사련은 기왕에 끝장을 볼 심산으로 뛰어들 준비를 마쳤다. 그때 옆에 있던 삼랑이 앞으로 한 걸음 나섰다. 화들짝 놀란 사련이 고개를 돌렸다.

무슨 생각에 잠긴 것인지, 소년은 팔짱을 낀 채로 까마득한 죄인의 구덩이를 무심하게 가늠하고 있었다.

불안한 예감이 사련의 마음속에 물씬 피어올랐다.

"삼랑?"

사련이 자신을 부르자 삼랑이 옆을 돌아보며 어렴풋이 웃었다.

"괜찮아."

그는 한 걸음을 더 내디뎌 아슬아슬한 곳에 온전히 멈추어 섰다. 사련의 심장과 눈꺼풀이 엉망으로 두근거리기 시작했다.

"잠깐, 삼랑. 일단 움직이지 마."

고공에 서 있는 탓에 소년의 붉은 옷자락이 밤바람 속에서 맹렬하게 나부꼈다. 삼랑은 흘긋 시선을 던지고는 다시 웃어 보였다.

"겁내지 말고."

"이…… 일단 돌아와. 네가 돌아와야 겁이 안 나지."

삼랑이 말했다.

"너무 걱정할 필요 없어. 잠깐 자리를 비울게. 금방 다시 만날 수 있을 거야."

"이러지……."

말을 채 끝맺기도 전이었다. 팔짱을 낀 채로 다시 한 걸음을 내디딘 소년은 까마득한 어둠 속으로 가볍게 뛰어내려 순식간에 자취를 감추었다.

그가 뛰어내린 찰나, 약야가 사련의 손목에서 흰 무지개처럼 날아가 소년의 형체를 휘감으려 했다. 하지만 떨어지는 속도가 너무나 빨라 옷자락 끝조차 붙잡지 못하고 참담하게 되돌아왔다. 사련은 높다란 벽 위에 꿇어앉아 아래를 향해 소리쳤다.

"삼랑!"

아무 소리도 들리지 않았다.

그 소년이 뛰어내린 뒤로 그 어떤 소리도 들려오지 않았다.

사련의 옆, 벽 꼭대기에 서 있던 반월 병사들은 충격에 휩싸여 서로 목청을 높이기 시작했다. 이게 대체 무슨 상황인가. 예전에는 아래로 떨어뜨리려면 붙잡아 내던져야 했는데, 오늘은 차례로 나서서 뛰어내리다 못해 기회를 주기도 전에 알아서 뛰어내리다니?

각마 장군은 우렁찬 고함으로 병사들을 진정시켰다. 사련은 약야가 삼랑을 붙잡지 못하자, 더 생각할 겨를도 없이 약야를 거두고 구덩이 속으로 뛰어들었다. 그런데 공중을 가른 순간, 갑자기 뒷덜미가 팽팽하게 당겨 오더니 몸이 허공에 매달렸다. 사련은 뒤를 돌아보았다. 각마 장군이 덩달아 뛰어내리려는 사련을 보고는 긴 팔을 뻗어 붙잡은 것이었다.

'너도 가겠다면야, 같이 떨어지는 것도 좋지.'

사련이 속으로 읊조렸다. 그의 목소리에 반응한 약야는 흰

뱀처럼 각마의 팔뚝을 휘감고 기어올라 온몸을 빠르게 옭아맸다. 각마는 요괴처럼 괴이한 비단을 보고 이마에 새카만 핏대를 세웠다. 몸에 덩어리진 근육도 삽시간에 몇 배로 불어났다. 자신을 포박한 약야를 그대로 끊어 내려는 모양이었다. 사련이 각마와 팽팽히 맞서고 있는 찰나, 문득 아주 기괴한 일이 시선 가장자리를 스치고 지나갔다.

장대에 걸려 있던 시신이 몸을 움찔거리더니 가만히 고개를 든 것이다.

반월 병사들도 시신의 움직임을 알아차렸는지, 왁자하게 떠들어 대더니 낭아봉을 휘두르며 달려들었다. 짧게 꿈틀거린 검은 옷의 소녀는 어떻게 자신을 매달았던 끈을 풀었는지, 돌연히 장대에서 뛰어내려 이쪽으로 빠르게 돌진했다.

소녀는 새카만 바람처럼 빠르고도 요사한 몸짓으로 높은 벽 위를 쓸고 지나갔다. 병사들은 순식간에 이 요사한 바람에 휩쓸려 중심을 잃고 아우성을 치면서 벽 아래로 추락했다. 각마는 죄인의 구덩이 속으로 나가떨어지는 병사들을 보고 격분에 찬 욕을 퍼부었다. 무척 저속한 욕설이었다. 시정잡배들이나 쓰는 속어 같았으나, 사련은 제대로 알아듣지 못했다. 다만 첫 마디는 알아들을 수 있었다. 각마가 뱉은 욕은 이것이었다. '저 천한 것이 또!'

다음 순간이 오자 그는 더 이상 욕을 내뱉지 못했다. 사련이 약야를 힘껏 잡아당기면서 그를 이끌고 죄인의 구덩이로 떨어졌기 때문이다.

떨어지면 기어오를 수 없는 죄인의 구덩이로!

도중에 각마가 분노로 내지른 고성은 사련의 고막을 찢어발길 듯했다. 그는 할 수 없이 약야를 거두어들이고 각마를 멀찍이 걷어차 귀를 보호했다. 곧이어 그는 약야를 위쪽으로 날려 보냈다. 최소한 바닥에 착지할 때 너무 처참하게 부딪치지 않도록, 무엇이든 붙잡고 충격을 줄일 수 있다면 좋을 터였다.

그러나 이 죄인의 구덩이는, 설계 방식은 물론이고 설치된 진법도 아주 지독했다. 약야는 위쪽으로 뻗어 나갈 재간이 없었다. 그뿐 아니라 사면을 둘러싼 까마득한 벽에도 의지할 만한 곳이 전혀 없었다. 과거에 수없이 그랬던 것처럼 납작한 인간 밀전병이 되어 며칠씩 빠져나오지 못하고 땅에 처박히겠구나. 사련이 그리 생각한 순간, 문득 어둠 속에서 은빛이 반짝였다.

이윽고 한 쌍의 손이 가볍게 그를 받아 들었다.

그 사람은 꼭 알맞은 때에 나타나 정확하게 사련을 받았다. 마치 그러기 위해 아래에서 기다리고 있었던 것처럼. 그 사람이 한 손으로 등과 어깨를 그러안고 다른 손으로 무릎 뒤를 받쳐 들자, 고공에서 추락한 맹렬한 기세가 가뿐하게 사그라들었다.

사련은 막 높은 곳에서 떨어진 참이라 약간 현기증이 돌았다. 그는 무의식중에 손을 들어 상대방의 어깨를 단단히 껴안았다.

"삼랑?"

사방이 암흑에 뒤덮여 아무것도 보이지 않았다. 물론 이 사람이 누구인지도 제대로 볼 수 없었다. 그런데도 입에서는 삼랑이라는 두 글자가 툭 튀어나왔다. 상대방이 묵묵부답으로 일관하자 사련은 그의 어깨와 가슴을 더듬으며 다시 확인했다.

"삼랑, 너야?"

구덩이의 밑바닥에 다다랐기 때문인지 피비린내가 기절할 만큼 지독했다. 사련은 경황없이 손을 마구잡이로 더듬어 올라가다가 단단한 목울대가 느껴진 순간 퍼뜩 정신을 차렸다. 미안합니다, 속으로 연신 외친 그는 이게 뭐 하는 짓인가 싶어져 곧장 손을 떼고 말했다.

"삼랑 맞지? 괜찮아? 어디 다치진 않았고?"

한참 뒤에야 소년의 대답을 들을 수 있었다. 바로 코앞에서 묵직하게 울려 퍼지는 목소리였다.

"괜찮아."

사련은 어쩐지 이 짤막한 목소리가 평소와 미묘하게 다른 것 같다고 생각했다.

"삼랑, 너 정말 괜찮아? 나 좀 내려 줘."

"내려가지 마."

그 대답에 사련은 얼떨떨한 기분으로 생각했다.

'뭐지? 바닥에 뭐가 있나?'

삼랑의 두 손은 느슨해질 기미 하나 없이 그를 단단히 끌어안고 있었다. 사련은 손을 들어 삼랑의 가슴을 슬쩍 밀어내려

했다. 하지만 손을 가져간 순간, 방금 자신을 받아 든 삼랑을 정신없이 더듬다가 목에 불거진 단단한 돌기를 만졌던 일이 떠올라 손을 슬며시 움츠렸다.

무슨 바람이 불었는지 모를 노릇이었다. 사련은 '민망'이라는 두 글자를 어떻게 쓰는지도 모르고 몇백 년 세월을 살아온 사람이었다. 그러나 지금, 마음속의 어떤 목소리가 그에게 끊임없이 경고하고 있었다. 괜한 소란 피우지 말고, 좀 얌전히 구는 게 좋을 거라고.

이때 분노와 슬픔에 잠긴 포효가 메아리쳤다. 밑바닥 반대편에서 처절한 고함이 들려왔다.

"다들 어찌 된 것이냐?"

이 소리는 반월어였다. 목소리의 주인공은 바로 사련이 함께 끌어 내린 각마 장군이었다. 애초에 그는 죽은 사람이라 당연히 높은 곳에서 떨어져도 죽지 않는다. 다만 아주 맹렬하게 추락했으니 사람 모양의 구덩이를 뚫고 그 안에 처박힌 것 같았다. 그렇게 구덩이에서 기어 나오자마자 소리를 지르기 시작한 것이다.

"무슨 일이냐? 병사들! 나의 형제들이여, 다들 어찌 된 것이냐?"

아까 벽 위에서 아래로 함성을 질렀을 때는 분명 깊은 바닥에 먹이를 갈구하는 악귀들이 들끓는 것처럼 수많은 목소리가 응답해 왔었다. 그러나 지금 사련의 귀에는 분노한 각마의 비통한 아우성만 들려올 뿐, 그밖에는 쥐죽은 듯한 침묵만 흘렀다. 심지어 바로 곁에 있는 삼랑의 숨소리와 심장 박동마저 들리지 않았다.

한순간 사련의 숨이 멎었다. 문득 이상한 점을 발견한 탓이었다.

그렇다. 분명 이렇게 바짝 닿아 있는데도, 이 소년의 숨소리와 심장 박동 소리가 전혀 들리지 않았다.

각마가 계속해서 울부짖었다.

"누가 죽였느냐! 누가 너희를 죽였느냔 말이다!"

아소가 떨어졌을 때는 산 사람을 파먹는 끔찍한 소리가 울려 퍼진 반면, 삼랑이 뛰어내린 뒤로는 아무 소리도 들려오지 않았다. 그렇다면 달리 누가 있겠는가?

각마도 금세 그 사실을 깨달은 모양이었다.

"내 병사를 죽였어! 빌어먹을, 네놈들을 죽여 버리겠다!"

시야가 가로막혔지만 이쪽으로 몰아닥치는 위험은 감지할 수 있었다. 사련이 몸을 들썩이며 외쳤다.

"삼랑, 조심해!"

"저건 신경 쓰지 마."

짧게 대답한 삼랑은 그를 안은 채로 걸음을 살짝 옮겼다. 자리에서 돌아선 것 같았다.

암흑 속, 사련은 '잘그락'하고 희미하게 흩날리는 소리를 들었다. 청량하면서도 강렬한 그 소리는 귀를 즐겁게 만들고는 금세 자취를 감추었다. 방금 그들을 붙잡으려다 허탕을 친 각마가 다시 공격을 감행했다. 삼랑은 이번에도 교묘하게 돌아서서 몸을 피했다. 사련의 손이 저도 모르게 위로 기어올랐다. 삼랑을 단단히 껴안은 그는 무의식중에 삼랑의 어깨 위 옷을 움켜쥐었다.

삼랑은 여전히 사련을 안정적으로 끌어안은 채 자유자재로 몸을 움직였다. 다만 그의 양 손목을 감싼, 차갑고 단단한 물건에 몸이 배겨 와 사련은 저도 모르게 얼이 빠졌다. 끝없이 펼쳐진 어둠 속에서 은빛이 어렴풋이 번뜩였다. 칼날을 휘두르는 소리와 각마의 끊임없는 노성이 사방에서 울려 퍼졌다.

그 반월의 장군은 상처가 깊은 듯했으나 기세가 용맹해 물러서는 법이 없었다. 곧이어 분노를 휘감은 바람이 다시 엄습해 왔다.

"약야!"

약야가 사련의 외침을 듣고 날아올랐다. 퍽, 소리가 이어졌다. 각마를 공중에서 거꾸러뜨려 땅으로 내동댕이친 것 같았다. 나동그라진 각마가 포효하기 시작했다.

"네놈들! 둘이서 덤비다니, 비열하다!"

너도 우리를 죽이려 했으면서 몇 명이 덤벼들든, 비열하게 굴든 무슨 상관이야? 목숨이 우선이니 일단 때려눕히는 게 낫지. 사련이 속으로 생각했다. 삼랑은 웃음기라고는 추호도 없는 얼굴로 코웃음을 쳤다.

"넌 상대가 한 명이어도 승산이 없다. 나설 필요 없어."

마지막 구절은 사련에게 말한 것이었다. 조금 낮게 가라앉은 목소리였다. 앞 구절에 담겨 있던 조롱기도 사라지고 없었다.

“알았어.”

대답을 마친 사련은 다시 한번 그를 타일렀다.

“삼랑, 일단 나부터 내려놓는 게 낫겠어. 이 상태라면 방해만 될 거야.”

“방해되지 않아. 내려가지 마.”

사련이 참다못해 물었다.

“왜 내려가면 안 되는데?”

아무리 그래도 사람을 안고 싸우는 취미는 없겠지? 상대를 능멸하고 싶어도 이건 너무 과하지 않나?

하지만 돌아온 대답은 단 한 마디였다.

“더러워.”

“…….”

사련이 전혀 예상치 못한 대답이었다. 게다가 저렇게 진지하게 말하니 조금 우습기도 했다. 한편으로는 형언할 수 없는 기묘한 기분이 들었다. 어쩐지 가슴이 희미하게 달아오르는 것 같았다.

“그래도 계속 이렇게 날 안고 있을 수는 없잖아.”

“못 할 것도 없지.”

농담 삼아 던진 질문이었지만 삼랑은 전혀 농담하는 분위기가 아니었다. 한순간 사련은 어떻게 말을 이어야 좋을지 알 수가 없었다. 두 사람이 대화를 나누는 사이, 각마는 굴하지 않고 어둠 속에서 거듭 공격을 감행했다. 삼랑은 분명히 두 손으로 사련을 안고 있으면서도 무슨 수를 썼는지 각마를 연달아 물리쳤다. 각마가 밀려나면서 으르렁거렸다.

"그 천한 것이 네놈들한테……."

이 한마디가 끝나기도 전에 육중한 몸뚱이가 쿵, 굉음을 내며 무너져 내렸다. 계속된 공격을 이기지 못하고 끝내 쓰러진 것이다. 이 소리를 들은 사련이 말했다.

"삼랑, 일단 죽이지 마. 여기를 빠져나가려면 이것저것 물어봐야 할지도 모르니까."

삼랑은 사련의 말대로 공격을 멈추고 제자리에 가만히 멈추어 섰다.

"어차피 죽일 생각은 없었어. 아니면 지금까지 살려 뒀을 리가 없잖아."

구덩이 밑바닥은 다시 정적에 빠져들었다.

잠시 침묵한 사련이 입을 열었다.

"삼랑, 이건 전부 네가 한 거야?"

천지를 뒤덮는 피비린내와 살기, 그리고 방금 슬픔과 분노에 정신을 놓았던 각마의 상태까지. 시야가 차단된 암흑 속에서도 이 아래에서 무슨 일이 일어났는지 선명하게 그려 낼 수 있었다. 긴 침묵이 지나고 나서야 삼랑의 대답이 들려왔다.

"맞아."

예상했던 대답이었다. 한참 뒤 사련은 한숨을 푹 내쉬었다.

"뭐라고 말해야 좋을까……."

그는 한참을 고민한 끝에 진심을 담아 말했다.

"삼랑. 다음에도 이런 구덩이가 나오면, 부탁인데 다시는 멋대로 뛰어내리지 마. 말려도 말을 안 들으면 정말 어떡하자는 거야."

삼랑은 말문이 막힌 것 같았다. 이런 말이 나올 줄은 예상치 못한 모양이었다.

뒤이어 그가 다시 입을 열었다. 내뱉은 어조가 약간 묘했다.

"더 묻고 싶은 건 없어?"

"뭘 물어봤으면 하는데?"

"예를 들면, 내가 사람인지 아닌지."

사련은 미간을 문지르며 말했다.

"이건 말이지, 난 꼭 물어볼 필요는 없다고 생각해."

"응? 필요 없다고?"

"응. 필요가 있어? 사람인지 아닌지는 딱히 상관없잖아."

"오?"

사련은 삼랑에게 안긴 채로 팔짱을 꼈다.

"사람을 사귄다는 건, 마음이 통하는 상성을 보는 것이지 신분을 보는 게 아니야. 내가 널 좋아한다면 네가 거지라도 좋을 거야. 너를 싫어한다면 네가 황제라도 싫을 테고. 이게 맞지 않아? 아주 단순한 이치잖아. 그러니까 물어볼 필요가 없지."

삼랑이 하하, 소리 내어 웃었다.

"응, 정말 맞는 말이네."

"그렇지?"

사련도 그를 따라 소리 내어 웃었다. 한참을 웃다가 어딘가 잘못되었다는 느낌이 들더니, 마지막에는 정신이 번쩍 들었다.

그는 여태껏 이렇게 삼랑에게 안겨 있었다. 게다가 가장 무서운 사실은, 저도 모르는 사이에 이 자세에 익숙해졌다는 것이다!

정말이지 수명이 반으로 줄어든 기분이었다. 사련은 가볍게 헛기침하며 운을 뗐다.

"저기, 삼랑. 자질구레한 얘기는 나중에 하자. 일단 내려 주지 않을래?"

삼랑은 짧게 웃은 것 같았다.

"잠깐 기다려."

그는 사련을 안은 채 자리를 옮기는가 싶더니 그제야 사련을 조심스레 내려놓았다. 사련은 바닥의 단단한 땅을 딛고 서서 말했다.

"고마워."

삼랑은 별다른 내색이 없었다. 감사 인사를 마친 사련은 위를 올려다보았다.

검푸른 하늘에 걸린 달이 눈부시게 아름다웠다. 다만 네모반듯한 하늘 아래에 갇혀 있으니 우물 안에서 하늘을 바라보는 개구리가 된 기분이었다.

사련은 다시 약야를 위로 날려 보냈다. 역시나 허공으로 날아오른 약야는 보이지 않는 무언가에 가로막혀 더 올라가지 못하고 튕겨 나왔다.

삼랑이 입을 열었다.

“이 죄인의 구덩이에는 사방에 진법이 널려 있어.”

“알아. 그냥 시도해 봤어. 시도라도 해 봐야 단념할 수 있으니까. 위쪽에 다른 사람들은 어떻게 됐는지 모르겠네. 그 소녀가 나머지 사람들까지 떨어뜨렸을까.”

그는 장대에 매달려 있던 소녀가 갑자기 일어나 병사들을 모두 쓸어버린 일을 삼랑에게 이야기했다. 말을 이어 가면서 앞으로 몇 발짝 옮기는데 무언가가 발에 밟혔다. 아마 사람의 팔인 것 같았다. 발이 걸려 넘어질 뻔한 사련은 금세 중심을 잡았지만 삼랑이 나서서 그를 부축해 주었다.

“조심해.”

그가 대수롭지 않게 한마디를 덧붙였다.

“내가 말했잖아, 바닥이 더럽다고.”

사련도 그 ‘더럽다’는 게 무슨 의미인지 알고 있었다.

“괜찮아. 불꽃을 피워서 아래쪽 상황을 살펴보고 계획을 세우면 좋을 것 같은데.”

삼랑은 말이 없었다. 이때 먼발치에서 각마의 목소리가 다시 울려 퍼졌다.

"네놈들이 그 천한 것의 앞잡이질을 한다면 우리 조국의 천만 원혼이 네놈들을 저주할 것이다!"

뒤로 돌아선 사련이 반월어로 물었다.

"각마 장군. 장군이 말하는 그…… 사람은 대체 누굽니까?"

각마가 증오에 찬 목소리로 대답했다.

"몰라서 묻느냐? 그 요도다!"

사련이 되물었다.

"성안을 돌아다니던 여관 말인가요?"

각마는 표독스럽게 침을 내뱉었다. 그 모습을 보아 하니 제대로 짚은 모양이었다. 사련이 말했다.

"장군은 반월 국사에게 충성을 맹세하지 않았습니까?"

각마는 그 말을 듣고 엄청난 분노에 떨었다.

"영원히, 다시는 그것에게 충성하지 않을 것이다! 내 그 천한 것을 가만두지 않겠어!"

그러고는 저주와 욕지거리를 줄줄이 늘어놓았다. 각마는 감정이 격해졌는지 말이 한없이 빨라졌다. 사련은 한 글자도 알아듣지 못할 정도의 속도에 어안이 다 벙벙해졌다. 그는 부득이한 심정으로 슬며시 입을 열었다.

"삼랑, 삼랑."

삼랑이 곧장 대답했다.

"욕을 하고 있어. 그 국사가 자신들의 나라를 팔아먹었고, 성문을 열어 중원 군대가 성을 도륙하게 했고, 자신의 형제들을 이 빌어먹을 구덩이에 밀어 넣었다고. 반월 국사를 천 번이고 만 번이고 다시 목매달아 죽일 거래."

사련이 황급히 끼어들었다.

"잠깐!"

어떻게 된 일인지, 두 가지가 전혀 들어맞지 않았다.

첫째, 사련이 방금 말한 '성안을 돌아다니던 여관'은 흰옷을 입은 여인을 지칭한 것이었다. 하지만 각마는 말끝마다 반월 국사를 '천한 것'이라고 불렀고, 그 국사가 자기 형제들을 죄인의 구덩이에 밀어 넣었다고도 했다. 그런데 아까 검은 옷의 소녀가 병사들을 벽 아래로 날려 보냈을 때도 같은 욕이 들리지 않았던가. 그뿐 아니라 다시 목매달아 죽이겠다는 마지막 말까지. —사련은 불현듯 깨달았다. 그들은 애초부터 서로 다른 사람을 이야기하고 있는 것 같았다.

둘째, 반월국을 반월 국사가 팔아먹었다고?

사련이 각마의 말을 잘랐다.

"장군. 장군이 말하는 반월 국사는 죄인의 구덩이 위에 매달려 있던 검은 옷의 소녀입니까?"

각마가 소리쳤다.

"아니면 누가 더 있겠느냐!"

"……."

시체처럼 장대에 매달려 있던 검은 옷의 소녀가 진정한 반월 국사였다니.

그렇다면 반월성을 유유히 거닐면서 사련 일행을 죽이겠다고 말한 흰옷의 여인, 그리고 그녀와 동행하던 검은 옷의 여인은 또 누구지?

그 검은 옷의 소녀는 사납고 용맹한 반월 병사 수십 명을 삽시간에 벽 아래로 쓸어 낼 정도로 몸놀림이 기이했다. 그런데 어쩌다 죄인의 구덩이 위에 매달리게 된 것일까?

이야기를 들을수록 머리가 복잡해진 사련이 다시 말문을 뗐다.

"장군, 하나 묻고 싶은 것이……."

"묻지 마라! 내 병사들을 죽여 놓고 무슨 질문을 해? 나는 대답하지 않겠다. 덤벼라!"

삼랑이 끼어들었다.

"죽인 건 나야. 이 사람은 손도 안 댔어. 일단 대답부터 하고, 싸움은 내가 상대하면 되겠네."

참으로 일리 있는 말이었다. 발끈한 각마가 고함쳤다.

"네놈들은 국사가 불러온 앞잡이들이다! 둘 다 똑같아!"

사련이 재빨리 말했다.

"각마 장군, 뭔가 오해하신 것 같습니다. 우리는 반월 국사를 제거할 목적으로 이 사막까지 왔습니다. 한데 어찌 국사가 보낸 앞잡이일 수 있겠습니까?"

반월 국사를 제거할 목적으로 왔다는 말에 각마는 침묵에 빠졌다. 한참이 지나자 그가 다시 말했다.

"국사가 보낸 게 아니라면 어째서 내 병사들을 죽였지?"

사련이 대답했다.

"당신이 우리를 구덩이로 던졌으니까요. 우리도 살기 위해서 그런 게 아니겠습니까?"

"웃기지도 않는군. 난 네놈들을 던질 생각은 하지도 않았다. 아까 분명히 너를 붙잡지 않았느냐. 네놈들이 자진해서 뛰어내린 것이지!"

사련은 할 수 없이 말했다.

"그럼요, 그럼요. 우리가 자진해서 구덩이로 뛰어내렸죠. 장군, 지금은 다 같이 구덩이 바닥에 갇힌 신세인데 잠시나마 전선을 통일하면 어떨까요. 반월 국사는 왜 성문을 열고 중원 군사들을 끌어들여 성을 도륙했나요?"

각마는 사련의 차분한 설득을 들을 위인이 아니었다. 그는 여전히 아까의 일에 불만을 품고 있었다.

"네놈들은 너무 비열하다. 둘이서 같이 나를 때렸어."

사련은 왠지 기가 막혔다.

"저는 정말 딱 한 번 때렸습니다. 제대로 건드리지도 않았어요."

어차피 사련은 비열하다거나 교활하다는 말을 들어도 전혀 개의치 않았다. 위급한 상황이라면, 이 대 일은 물론이고 백 명으로 한 명을 둘러싸고 집단으로 때려야 한다 해도 염치 불고하고 그리할 터였다. 그런 사련에게 일대일 싸움 따위는 알 바가 아니었다. 하지만 방금 삼랑은 분명 자신을 안아 들고도 확고한 우위를 차지했다. 심지어 사련에게는 나서지 말라고 하지 않았던가. 어쨌거나 각마는 일대일로 싸웠다면 이길 수 있었다고 생각하는 모양이었다. 그 모습에 오히려 사련이 답답해졌다. 그래도 각마의 성정을 보건대 천천히 좋은 말로 구슬리면 큰 문제는 없을 것 같았다. 하지만 그다지 인내심이 없는 삼랑은 옆에서 유유히 말했다.

"네 병사들을 위해서라도 이 사람 질문에 대답하는 게 좋을 텐데."

각마가 대꾸했다.

"형제들은 네놈들 손에 멸하지 않았느냐. 내 형제들로 협박해도 소용없다."

"아직 시신이 남았잖아."

각마는 얌전히 엎드려 있지 못하고 경계심을 곤두세웠다.

"어쩌고 싶은 거냐?"

삼랑이 말했다.

"나야말로 묻겠는데, 넌 어쩌고 싶지?"

사련은 이 목소리만 들어도 눈을 가늘게 뜨고 말을 뱉었을 삼랑의 모습이 상상됐다.

"넌 저들이 내세에 평안하기를 바라나, 아니면 뭉그러진 핏덩이 신세로 태어나길 바라나?"

일순 어리둥절해진 각마는 곧바로 깨달았다.

"네놈!"

반월인은 장례 의식을 지극히 중시했다. 그들은 망자가 죽었을 때의 모습에 따라 다음 생의 모습이 결정된다고 믿었다. 예컨대 팔이 하나 잘린 채로 죽으면 다음 생에도 외팔이로 태어난다는 식이었다. 정말로 이 구덩이 바닥의 시신들이 뭉그러진 핏덩이로 갈려 나갔다면, 그런 내세 따위 없는 편이 낫지 않겠는가?

순수 혈통의 반월인인 각마는 이를 두려워하지 않을 수 없었다. 예상대로 그는 어둠 반대편에서 바득바득 이를 갈았다. 한참 뒤 그가 체념한 듯이 말했다.

"형제들의 시신은 건드리지 마라! 다들 용맹하고 훌륭한 병사였다. 죄인의 구덩이 밑바닥에 이리 오래 처박힌 것만 해도 충분히 불행했지. 오늘 네놈 손에 사멸한 것을 해방이라 할 수 있을는지 모르겠다만, 두 번 다시는 이런 모욕을 당해선 안 된다."

잠시 말을 고른 그가 입을 열었다.

"네놈들은 정말로 반월을 제거하러 온 것이냐?"

사련이 부드러운 목소리로 말했다.

"절대 거짓말이 아닙니다. 지피지기면 백전백승이라고들 하지만, 반월 국사의 행적은 외부인에게 알려지지 않아 상대하고 싶어도 손쓸 도리가 없었습니다. 하지만 각마 장군은 과거에 그녀와 한식구였으니 조금쯤은 조언해 주실 수 있겠지요."

공공의 적에 대한 적개심 때문일까, 혹은 벗어날 수 없는 심연에 빠졌기 때문일까. 각마는 산처럼 쌓인 병사들의 시신 더미에 울적하게 걸터앉았다. 잠시 적의를 거두어들인 기색이었다.

"너는 그녀가 왜 성문을 열고 영안인을 들여보냈는지 모르겠느냐? 우리에게 복수하기 위해서였다. 반월국을 증오했으니까!"

사련이 물었다.

"반월국을 증오하다니요? 반월 국사도 반월인이잖습니까?"

"그래. 하지만 완전한 반월인은 아니었지. 그녀는 혼혈이다. 절반은 영안인이야!"

"아……."

알고 보니 반월 국사는 반월국 여인과 영안국 사내의 자식이었다. 변경 지역을 사이에 둔 양국 백성들은 서로를 혐오했고, 이 한 쌍의 이족 부부는 힘겨운 삶을 살아갔다. 몇 년이 지났을 무렵, 이런 생활을 버티다 못한 중원 사내는 변방 지대를 떠나 풍요롭고 평안한 영안국으로 돌아갔다.

원만하게 마무리된 이별이라고는 하나, 얼마 지나지 않아 반월국 여자는 마음의 병으로 세상을 뜨게 되었다. 슬하에 둔 예닐곱 살 딸아이는 돌보아 주는 사람이 없어 간간이 끼니를 굶어 가며 자라났다. 사람들은 부부를 냉대했던 만큼 두 사람의 자식까지 냉대했다. 반월인들은 모두 체격이 크고 남녀 할 것 없이 강건하며 생기가 넘쳤다. 반면 두 민족의 피가 섞인 소녀는 반월인 아이들 사이에서 무척 왜소하고 약해 보였다. 그런 이유로 유년 시절부터 괴롭힘에 시달리며 차츰 성격이 음침하고 괴팍해졌다. 반월인 아이들은 소녀와 어울려 노는 법이 없었고, 오히려 영안인 아이들 몇몇이 소녀에게 관심을 주었다.

이 혼혈 소녀가 열댓 살이 되었을 무렵, 국경 지대에서 폭동이 일어나 양국 군대가 전쟁을 벌였다. 이 전쟁으로 수많은 사람들이 죽었다. 소녀는 그날을 기점으로 종적을 감추었다.

소녀는 반월국에 친척이나 친구가 없었기에 몇 년씩 사라져도 찾는 이 하나 없었다. 하지만 소녀가 다시 나타나자 상황이 뒤집혔다.

사라진 몇 년 동안 소녀는 무려 혈혈단신으로 천 리 사막을 건너 영안국에 도착했다. 어떤 기적을 겪었는지는 모르겠으나 그곳에서 몹시 요사한 법술을 배워 되돌아온 것이다. 그뿐만 아니라, 반월인이 가장 두려워하는 독물인 갈미사까지 조종할 수 있었다.

소녀가 돌아오자 다들 감탄했다. 한편으로 두려움을 느끼는 반월인들도 있었다. 소녀의 성격이 변함없이 예전처럼 음침하고 괴팍했기 때문이었다. 당시 수많은 반월인들이 소녀를 괴롭히지 않았던가. 그런 소녀가 이제 황궁 소속의 존귀한 법사가 되었으니, 언젠가 자신들에게 보복하려 든다면 큰 후환으로 남지 않겠는가?

"꽤 많은 반월인들이 그녀를 험담했겠네요."

사련의 말에 각마가 코웃음을 쳤다.

"어디 험담뿐이려고. 직접 황궁에 가서 국주에게 진언하기도 했다. 그녀는 악독한 갈미사가 반월국을 해치려고 보낸 사자이니 응당 목매달아 죽여야 한다고. 하지만 다들 성공하지 못했다."

사련이 가만히 추측했다.

"그녀가 한발 먼저 그런 사람들을 목매달아 죽였나요?"

각마는 한층 비위가 상했다.

"너희 영안인들은 어찌 그리 음험하고 악랄한 생각만 하느냐? 아니다! 내가 그녀를 감쌌다."

억울해진 사련이 입속말로 중얼거렸다.

"난 영안인이 아니라니까…… 뭐, 됐어."

당시 각마는 이미 장군이었다. 한번은 그가 휘하의 병사를 이끌고 사막의 도적을 토벌하러 가게 되었는데, 궁정의 법사 신분이었던 그 소녀도 출정에 동행했다.

그 도적 무리는 대단하게도 모래 밑에 소굴을 지어 놓았다. 이 전투로 양측 모두 사상자가 나왔다. 각마는 승리를 거두었지만, 전투로 인해 모래 소굴이 무너져 내린 데다가 폭풍까지 몰아쳐 당장 자리를 떠야 했다. 그는 일부 병사들을 데리고 철수했다. 그러나 법사를 포함한 다른 사람들은 미처 탈출하지 못했다.

안전지대로 철수해 모래바람이 지나기를 기다린 각마는 다시 소굴로 돌아가 병사들을 파내어 잘 묻어 주려고 했다. 하지만 그곳에 도착했을 때 예상치 못한 광경을 마주쳤다. 혼자 힘으로 지하에 커다란 구멍을 뚫은 법사가 살아남은 부상자들을 이끌고 들어가 폭풍을 피한 것이다.

모래에 파묻혔던 죽은 자들의 시신도 땅에 가지런히 놓여 있었다. 전부 그녀가 맨손으로 한 일이었다. 그들이 도착했을 때 법사의 온몸은 피투성이였다. 하지만 그녀는 양 무릎을 안고 동굴 입구에 앉아 묵묵히 그들을 기다리고 있었다. 그 모습은 작고 외로운 이리 같았다.

"그 사건 이후로 나는 그녀가 옳은 일을 하는 선한 사람이라고, 반월국에 해를 끼칠 뜻은 절대 품지 않았다고 생각했다. 그래서 온 힘을 다해 보증했다. 악의적인 목소리가 있으면 전부 맞섰어."

게다가 각마도 어린 시절 몸이 약해 또래에게 괴롭힘을 당한 경험이 있었다. 이 소녀에게 제법 동질감을 느낀 그는 자연스레 관심을 기울이게 되었고, 시간이 지날수록 이 소녀 법사의 뛰어난 기량을 실감했다. 그래서 추천을 거듭한 끝에 혼자서 그녀를 국사의 자리까지 올려놓았다. 후대에 기록되었듯, 그는 반월 국사의 가장 충실한 옹호자로 자리매김했다.

다시 한번 대란이 발발해, 영안국이 군대를 파견해 반월국을 토벌하기 전까지는.

"두 나라가 오래도록 접전을 이어 가자 그녀는 제단을 세우고 하늘에 제를 올렸다. 우리 반월 병사들을 보호해 주겠다고 하더군."

그리하여 병사들은 살기와 사기를 크게 끌어올려 성문을 사수했다. 화살, 투석용 바위, 끓는 기름과 도검까지 동원한 전투가 연일 계속됐다.

그러나 이 국사가 전투가 최고조에 달한 그 순간에 성문을 열어젖힐 줄 누가 알았으랴.

성문이 활짝 열리자 수만 적군이 삽시간에 성안으로 밀어닥쳤다. 기병대에 짓밟힌 온 성은 어느새 피의 제단이 되었다.

적군과 고전하던 각마는 국사가 성문을 열었다는 말을 듣고 광분에 휩싸였다. 그가 아무리 용맹해도 혼자 힘으로는 형세를 되돌릴 수 없었다.

각마는 이를 악물고 말했다.

"나는 그때서야 그녀가 적국의 장수와 내통했다는 사실을 알게 됐다. 때가 되면 영안군을 들여보내기로 사전에 약조한 것이었지. 하지만 전쟁으로 전사할 운명일지언정, 나는 눈을 감기 전에 이 반역자를 죽이겠다고 작정했다! 그래서 병사들을 성루로 돌격시켜 그녀를 끌어 내리고 죄인의 구덩이 위에 목매달아 죽였다. 바로 그 장대에 매달아서!"

영안 대군은 국경을 침범했고 반월국은 죽은 나라로 전락했다. 전사한 장군과 병사들, 목매달려 죽은 국사. 양쪽 모두 이 폐허를 떠나지 못하고 변함없이 서로를 적대시했다.

"그러니까 장군은 반월군 부하들을 이끌고 사방으로 국사의 종적을 뒤졌고, 그렇게 붙잡을 때마다 죄인의 구덩이 위에 다시 '목매달아 죽였다'는 건가요?"

사련의 질문에 각마가 외쳤다.

"수천수만 번을 매달아도 모자라다! 국사 역시 사방에서 '흉'

으로 변한 내 병사들을 붙잡아 죄인의 구덩이 속으로 떠밀고 있으니까! 국사는 이 구덩이에 아주 지독한 진법을 둘러놓았다. 진법은 국사만이 풀 수 있고, 떨어지면 다시는 빠져나올 수 없어. 국사에게 배신당한 내 수하들, 억울하게 전사한 우리 병사들은 원기가 아주 짙다. 영안인의 피와 살을 먹어야만 가슴에 맺힌 한을 풀고 서서히 승천할 수 있지. 그리하지 않으면 밤마다 울부짖기만 할 뿐, 그 안에서 해방되지 못해!"

"그래서 끊임없이 사람을 떨어뜨려서 병사들의 먹이로 줬군요."

"그럼 어쩌겠느냐? 나더러 병사들이 통곡하는 소리를 듣고만 있으라고?"

"던져 넣을 사람은 당신들이 직접 잡아 오는 겁니까?"

"우리는 반월국에서 멀리 벗어날 수 없다. 하지만 다행히도 농간 부리기를 좋아하는 국사의 뱀이 성 밖으로 기어 나가 매일같이 사람을 물고 다녔지. 그렇게 물린 상인들이 선월초를 찾으러 성으로 들어왔다."

"황궁에 묻혀 있던 그 사람은 당신들이 묻은 건가요?"

"그래. 거기 묻혀 있던 놈은 황궁의 보물을 훔치려 했다. 하지만 반월국의 보물은 이백 년 전 영안인에게 남김없이 약탈당했지."

"어째서 그 사람을 구덩이에 던지지 않고 땅에 묻었죠?"

"풀을 기를 만한 비료가 필요했으니까. 아니면 그 갈미사를 어찌 해결하겠느냐? 우리도 그딴 건 마주치고 싶지 않아."

뭔가 이상해. 사련은 속으로 생각했다.

각마와 반월국 병사들은 자발적으로 선월초를 심었다. 하다못해 산 사람을 비료로 써 가면서까지. 망자가 된 뒤에도 갈미사에 대한 두려움은 조금도 약해지지 않은 게 분명했다.

그렇다면 이 두려움은 생전에 더 심했을 것이다. 갈미사라는 살인 병기를 거머쥔 반월 국사가, 과연 그토록 맥없이 성루에서 끌려 내려와 죽었을까?

각마의 말대로라면 그는 이백 년 동안 국사를 거듭 붙잡았고, 그때마다 국사는 거듭 목매달려 죽었다. 하지만 사련의 생각은 달랐다. 만약 자신이 이런 살인 병기를 지녔다면 애초부터 적이 접근할 기회를 주지 않았을 것이다.

그리고 성에서 기어 나와 사람을 무는 갈미사. 과연 우연한 사고일까? 아니, 오히려 의도적으로 사람을 유인하는 것처럼 보인다. 국사가 꾸민 계획인 걸까? 사실 각마가 산 사람을 병사들의 먹이로 던져 줄 수 있도록 편의를 봐준 셈 아닐까? 그렇다면 양쪽이 적대적이라는 말도 앞뒤가 모순되지 않나?

서로 적대적인 척을 하는 걸까? 하지만 그런 거짓 행세에 무슨 의미가 있지?

그리고 상황이 복잡해지기 전에 존재했던 또 하나의 수수께끼. —흰옷의 여인과 검은 옷의 여인, 두 사람의 정체까지. 결국 사련은 몇 가지를 더 묻기로 했다.

“장군. 아까 성에 들어오는 길에 검은 옷과 흰옷을 입은 두 여인을 봤습니다만, 이들이 어떤 사람인지 아십니까?"

각마의 대답이 들려오기 전, 삼랑이 조용히 입을 열었다.

"쉿."

사련은 영문을 모르면서도 곧장 목소리를 삼켰다. 기묘하게 끼쳐 온 직감에 그는 위를 올려다보았다.

여전히 네모반듯한 검푸른 밤하늘과 새하얀 반달.

그 반달의 한쪽 옆, 멀찍한 곳에 한 사람이 보였다. 검은 옷을 입은 왜소한 그림자가 몸을 내밀고 아래를 내려다보고 있었다.

짧게 시선을 보낸 왜소한 그림자는 난데없이 온몸을 던져 뛰어내렸다.

사련은 아래로 떨어지는 그림자를 똑똑하게 목격했다. 이 사람은, 장대에 매달려 있던 반월 국사였다!

구덩이 아래로 뛰어내린 국사가 반월어로 물어 왔다.

"각마, 무슨 일이지?"

그 입에서 나온 목소리는 사련이 상상한 것과 퍽 차이가 컸다. 차갑게 들리기는 했으나, 시무룩한 아이가 혼잣말하는 것처럼 기어드는 목소리라 냉혹하고 강경한 느낌은 들지 않았다. 사련의 청력이 좋지 않았다면 전혀 알아듣지 못했을지도 몰랐다.

"무슨 일이냐고? 전부 죽었다!"

각마의 대답에 국사가 되물었다.

"왜 전부 죽었지?"

"네가 병사들을 이 빌어먹을 곳에 떠밀어 가뒀으니까!"

"여기 누가 있나? 한 사람이 더 있는데."

사실 각마를 제외하면 지금 구덩이 밑바닥에는 두 '사람'이 더 있다고 봐야 했다. 하지만 삼랑에게 숨결이나 심장 박동이 없어서인지 반월 국사는 그의 존재를 털끝만큼도 눈치채지 못했다. 방금 위쪽도 혼란스러웠던 참이라 누가 떨어지고 도망쳤는지 기억할 여유가 없었다. 그런 연유로 그녀는 이 아래에 있는 사람이 사련 혼자뿐이라고 생각했다.

"저들이 내 병사를 죽였다. 이제 만족하나? 드디어 전부 다 죽었으니까!"

국사는 한참이나 말이 없었다. 이윽고 어둠 속에서 홀연히 빛줄기가 솟았다. 그 불빛은 손바닥에 자그마한 불꽃을 받쳐 든 검은 옷의 소녀를 비추었다.

예상과는 달리 고작 열일곱 남짓 되어 보이는 소녀였다. 수수한 검은 도복 차림에 두 눈도 새까맸다. 생김새는 고운 편이었으나 표정이 아주 침울했다. 멍이 든 입가와 이마가 불빛 아래로 선명하게 보였다.

미리 눈으로 확인하지 않았더라면, 반월 국사가 이처럼 창백한 소녀일 것이라고는 미처 생각하지 못했을 터였다.

그 불꽃은 그녀의 주위도 밝게 비추었다. 그녀의 발치에는 갑옷을 걸친 반월 병사의 시신이 온통 나뒹굴고 있었다.

사련은 저도 모르게 옆을 흘긋 건너보았다.

국사가 피운 불꽃은 몹시 작아 구덩이 바닥 전체를 밝히지는 못했다. 두 사람은 여전히 어둠 속에 잠긴 채였다. 하지만 사련은 아득한 불빛에 의지해 옆에 있는 붉은 옷자락을 볼 수 있었다.

삼랑은 애초에 사련보다 키가 컸다. 하지만 착각인지는 몰라도 지금이 예전보다 조금 더 커 보였다. 느릿하게 위로 옮겨 간 사련의 시선이 소년의 목에서 잠시 멈추었다. 그러고는 다시 위로 올라가 우아한 턱선에 머물렀다.

소년의 얼굴 위쪽은 여전히 어둠에 잠겨 있었지만, 아래로 드러난 하관은 이전과 미묘하게 달랐다. 여전히 준수하면서도 윤곽이 조금 더 뚜렷해진 것 같았다. 사련의 눈길을 알아차렸는지, 그가 살짝 고개를 틀어 옆을 돌아보더니 입가를 얄게 끌어 올렸다.

더 선명하게 바라보고픈 마음이었을까, 더 가까이 다가가고픈 마음이었을까. 사련은 저도 모르게 그를 향해 한 걸음을 옮겼다.

이때 먼발치에서 각마의 고성이 울려 퍼졌다. 두 눈으로 목격한 참상에 큰 충격을 받은 듯했다. 사련은 화들짝 정신을 차리고 고개를 돌렸다. 각마가 머리를 감싸 쥔 채 국사에게 소리를 지르고 있었다. 하지만 국사는 기쁘지도 슬프지도 않은 듯 고개만 끄덕였다.

"잘됐어."

슬픔에 잠겨 있던 각마는 그 말에 핏대를 세웠다.

"잘되긴 뭐가 잘돼? 그게 무슨 말이냐?"

"우리가 드디어 해방됐으니까, 잘됐지."

그녀는 어둠 속의 사련을 돌아보며 물었다.

"당신들이 죽였어?"

"예기치 못한 사고였습니다."

사련이 대답하자 각마가 노발대발했다.

"두 눈 멀쩡하게 뜨고 무슨 헛소리를 지껄여?"

사련은 머리를 쥐어뜯는 심정으로 뻔뻔스레 외쳤다.

"인생이란 게 원래 사고의 연속입니다!"

국사가 흘긋 시선을 던졌지만 사련의 표정을 읽지는 못했다. 그녀가 다시 물어 왔다.

"당신들은 누구야?"

놀랍게도 그 한마디는 아주 정확한 한족 말씨였다. 달리 추궁하는 말투도 아니었다. 사련이 대답했다.

"저는 상천정의 신관이고, 이분은…… 제 친구입니다."

각마는 말을 알아듣지는 못해도 그들이 싸우고 있지 않다는 것쯤은 알 수 있었다. 그가 경계하는 기색으로 물었다.

"무슨 얘기를 하는 거냐?"

국사의 시선은 느릿하게 사련을 훑고 지나가 삼랑에게 잠시 머물렀다. 이윽고 시선을 거둔 그녀가 말했다.

"여태까지 신관이 온 적은 한 번도 없었는데. 난 당신들이 진작에 이곳을 버린 줄 알았어."

반월 국사와의 전투가 일어날 것이라는 사련의 예상과는 달리, 그녀는 싸울 생각이 전혀 없어 보였다. 그는 다소 의외라고 생각했다. 국사가 다시 물어 왔다.

"당신들, 밖으로 나갈 거야?"

사련이 대답했다.

"물론 나가고 싶습니다. 하지만 사방에 진법이 있어서 나갈 수가 없어요."

그 말을 들은 국사는 죄인의 구덩이 한쪽으로 다가가더니, 손바닥으로 벽면 위를 시원하게 치고는 뒤를 돌아보며 말했다.

"진법을 풀었으니 이제 가도 돼."

"……."

이건 너무 고분고분하지 않나?

사련은 할 말조차 떠오르지 않았다. 바로 이때, 아득한 위편에서 누군가의 목소리가 들려왔다.

"이봐요! 밑에 누구 있습니까? 없으면 그냥 갑니다!"

부요의 목소리였다.

옆에 있던 삼랑이 쯧, 하고 혀를 차는 소리가 들린 것도 같았다. 사련은 곧장 고개를 들었다. 역시나 아래를 내려다보는 검은 옷의 그림자가 보였다. 사련은 목청 높여 외쳤다.

"부요! 밑에 사람 있어! 나 여기 있어!"

말을 끝낸 사련은 손까지 흔들었다. 부요가 위편에서 말했다.

"어쩌다 진짜로 빠지셨습니까? 전하 말고 다른 건 없습니까?"

"음…… 나 말고도 많은 것들이 있어. 직접 내려와서 확인해 볼래?"

부요도 그의 말을 듣느니 자기 눈으로 보는 게 낫다고 생각한 모양이었다. 그는 후욱, 바람 가르는 소리와 함께 커다란 불덩어리를 아래로 던졌다.

삽시간에 죄인의 구덩이 바닥 전체가 대낮처럼 밝아졌다. 사련은 그제야 자신이 어떤 곳에 서 있는지를 똑똑히 보게 되었다.

사면팔방으로 그를 둘러싸고 있는 것은 산을 이룬 시신과 피바다였다. 까무잡잡한 얼굴과 팔뚝, 번득이는 갑옷, 검붉은 피. 수많은 반월 병사의 시신이 여러 겹으로 겹쳐 층층이 쌓여 있었다. 그리고 사련은, 온 죄인의 구덩이를 통틀어 유일하게 시신이 없는 공간에 서 있었다.

전부 아래로 뛰어내린 삼랑이 어둠 속에서 한순간에 만들어 낸 것이다.

사련은 다시 고개를 돌려 곁에 있는 소년을 바라보았다.

방금 어둠 속에서 어렴풋이 본 삼랑은 키가 조금 더 커졌고 사소한 부분들도 미묘하게 달라진 느낌이었다. 하지만 지금 눈부신 불빛 아래, 사련의 곁에 서 있는 사람은 예전의 그 준수한 소년이었다. 시선을 눈치챈 삼랑이 살짝 웃어 보였다.

사련은 고개를 숙여 그의 팔과 신발을 확인했다. 역시 예전과 마찬가지로 가볍게 잘그락거릴 만한 물건은 찾아볼 수 없었다.

이때 둔탁한 마찰음과 함께 부요가 아래로 뛰어내렸다. 사련이 물었다.

"넌 그 상인들을 지켜보고 있는 거 아니었어?"

막 내려온 부요는 구덩이 밑바닥의 피비린내에 적응되지 않는지, 미간을 찌푸리고 손부채질을 하며 냉담하게 말했다.

"세 시진을 기다려도 돌아오시지 않기에 사고가 났겠거니 했습니다. 사람들이라면 바닥에 그린 고리 진법 안에서 나가지 말고 기다리라고 했습니다. 전 그러고 나서 상황을 보러 온 겁니다."

사련이 물었다.

"고리는 오래 버티지 못하잖아. 네가 이렇게 와 버리면 사람들이 자기들을 버렸다고 의심하게 될 거야. 그러다 고리 밖으로 뛰쳐나가면 어쩌려고?"

"죽으려고 작정한 사람은 말 여덟 필에도 끌려오지 않는 법이니 어떻게 할 것도 없습니다. 이 둘은 어떻게 된 겁니까? 누가 누구예요?"

부요는 밑바닥에 있는 다른 두 사람을 보고 경계를 곤두세웠다. 하지만 금세 깨달을 수 있었다. 각마는 온몸에 상처를 입고 엎드려서 꼼짝하지 못했고, 반월 국사는 고개를 푹 숙인 채 묵묵부답이었다. 그 모습에 부요가 뜻밖이라는 표정을 지었다. 사련이 입을 열었다.

"저분은 반월국의 장군이고, 이분은 반월국의 국사야. 지금 두 사람은……."

사련의 말이 채 끝나기도 전, 각마가 갑작스레 튀어 올랐다.

한참을 엎드린 채로 넉넉하게 힘을 모은 것이다. 그는 목청껏 기합을 넣으며 몸을 일으키더니 반월 국사에게 손바닥을 날렸다. 건장한 사내가 여자아이를 때리는 장면이라니, 예전이었다면 사련의 눈앞에서는 결단코 일어날 수 없는 일이었다. 하지만 각마에게는 국사를 원망할 충분한 이유가 있었고, 국사는 분명 피할 수 있는데도 피하지 않았다. 그녀는 누더기 인형처럼 이리저리 나가떨어졌다. 각마가 분노를 담아 외쳤다.

"네 갈미사는? 당장 불러라, 놈들로 날 물어 죽여! 어서! 나도 해방될 수 있게!"

국사는 착잡한 목소리로 말했다.

"각마, 뱀들이 내 말을 듣지 않는다."

쳇, 혀를 찬 각마가 윽박질렀다.

"그러는 너는 물려 죽지도 않았거늘!"

"……."

침묵한 국사가 나지막이 말했다.

"미안해."

"정녕 그렇게나 우리가 미운 것이냐?"

국사는 고개를 가로저었다. 각마는 그 모습에 한층 역정을 냈다.

"정말이지 열받는군! 미워하지도 않는데 우리를 배신한다고? 이 염치없는 첩자가, 간사하게 간에 붙었다 쓸개에 붙었다 해!"

각마의 손길은 갈수록 매서워졌다. 하물며 소녀 혼자서 일방적으로 얻어맞고 있었다. 두 사람을 지켜보던 부요가 미간을 구겼다.

"저기, 대체 뭐라는 겁니까? 가서 말릴까요?"

사련도 차마 더는 두고 볼 수 없었다. 앞으로 다가선 그가 각마를 붙잡고 말했다.

"장군, 장군! 그러지 말고 영안국의 침략자가 누구였는지부터 말해 주세요. 우리는……."

이때 난데없이 국사가 그의 손목을 붙잡았다.

갑작스레 손목을 낚아챈 손은 악력이 엄청났다. 사련은 가슴이 철렁 내려앉았다. 국사가 이 기회에 흉계를 꾸몄구나, 싶어진 탓이었다. 하지만 다시 고개를 숙이자, 예상 밖의 광경이 펼쳐졌다. 국사는 입가에 검푸른 멍을 매단 채, 바닥에 엎드려서 그를 올려다보고 있었다. 입은 꾹 다물고 있었으나 새카만 두 눈에서 뜨거운 생기가 솟구쳤다.

이 모습은 사련의 까마득한 옛 기억 속의 왜소한 한 모습과 겹쳐졌다. 사련이 얼떨결에 입을 열었다.

"너였구나?"

국사도 덩달아 그를 불렀다.

"화 장군?"

두 사람의 대화가 끝나자 바닥에 있던 모두가 멈칫했다. 부요는 재빨리 한발 먼저 움직여 각마를 일격에 기절시키고는 사련에게 물었다.

"아는 사이입니까?"

사련은 대답할 겨를이 없었다. 자리에 웅크려 앉은 그는 국사의 어깨를 잡고 눈앞의 얼굴을 찬찬히 뜯어보았다.

아까는 거리가 멀어 제대로 보이지 않았을뿐더러, 소녀의 얼굴도 자라면서 변한 데다가 벌써 이백 년 남짓이 흐른 참이었다. 이렇듯 다양한 이유 때문에 처음에는 그녀를 알아보지 못했다. 하지만 지금 다시 살펴보니, 이 얼굴은 분명 자신이 기억하는 그 모습이었다.

한참이나 입을 열지 못하던 사련이 겨우 말문을 뗐다.

"반월?"

국사는 그의 소매를 덜컥 움켜쥐었다. 어쩐지 약간 감격한 얼굴이었다.

"나예요! 화 장군, 날 아직 기억해요?"

"당연히 기억하지. 그런데……."

그는 잠시 이 소녀를 응시하고 한숨을 내쉬었다.

"……그런데 어쩌다 너 자신을 이 지경으로 만들었어."

이 말을 들은 국사의 두 눈동자에 희미한 슬픔이 넘실거렸다.

그녀는 작은 목소리로 말했다.

"미안해요, 교위……. 내가, 다 망쳤어."

장군이면서 교위라니, 이 사람이 누군지 누가 눈치채지 못하겠는가? 부요는 약간 놀란 얼굴로 물었다.

"교위? 장군? 전하가요? 이게 말이 됩니까? 그럼 장군총은요?"

사련은 고개를 끄덕였다.

“내 무덤.”

“이백 년 전에는 고물을 주우러 오신 것 아니었습니까?”

“그게…… 한마디로 말하기 어려운 얘기라. 처음에는 정말 그럴 생각이었어.”

사정은 이러했다. 이백 년 전 어느 날, 몇몇 이유로 동쪽 지방에서 살기 곤란해진 사련은 잠시 다른 곳으로 피신하자고 마음먹었다. 진령(秦嶺)산맥을 넘어 남쪽으로 가서 고물을 수집할 만한 신세계를 개척할 생각이었다. 그리하여 그는 나침반을 들고 남쪽으로 출발했다.

하지만 그는 길을 걸으면 걸을수록 울적해졌다. 길가의 풍경이 이상하게 느껴지는 건 기분 탓일까? 분명 울창한 녹음이 우거지고 옹기종기 모여 사는 사람들이 보여야 하건만, 왜 갈수록 점점 황량해질까?

의심은 의심일 뿐, 좌우간 그는 사막에 다다를 때까지 부단히 걸음을 재촉했다. 불어온 강풍에 모래를 한입 가득 먹고 나서야 그는 깨달았다. 그가 들고 있던 나침반은 진작에 고장 난 것이었다.

여정 내내 나침반이 가리킨 방향은 전부 틀린 방향이었다!

틀린 방향이어도 별수 없었다. 사련은 ‘기왕 여기까지 왔으니 사막의 경치를 구경하는 것도 좋겠지’라고 생각하면서 급하게 목적지를 서북쪽으로 고쳐 여정을 이어 갔다. 결국 그는 국경 지대에 도착해 반월국 부근에서 잠시 머무르게 되었다.

“정말 처음에는 부근에서 고물 같은 것만 줍고 다녔어. 그런데 국경 지대는 분쟁이 끊이질 않아서 항상 탈주병이 생기거든. 그래서 군인들이 닥치는 대로 사람들을 징용해 머릿수를 채웠지.”

삼랑이 물었다.

“강제로 잡혀 들어간 거야?”

사련이 대답했다.

“그랬지. 그래도 뭘 하든 다 비슷하니까 시키는 대로 병사 노릇을 했어. 그러다가 도적을 몇 번 쫓아냈는데 웬일로 교위가 된 거 있지. 체면을 세워 준다면서 장군이라는 이름도 주더라.”

부요가 또 의심스레 물었다.

“그런데 왜 전하를 화 장군이라 부릅니까? 전하의 성이 화(花) 씨도 아니잖아요.”

사련은 손사래를 치며 말했다.

“그건 신경 쓸 거 없어. 그때 급한 대로 가명을 지어서 그래. 아마 ‘화사(花謝)’였나.”

이 이름을 들은 삼랑의 안색이 약간 흔들렸다. 입꼬리가 휘어신 듯 아닌 듯 희미하게 들썩인 것도 같았다. 사련은 아무것도 모르고 말을 이어 갔다.

“변경의 경계 지역은 전쟁이 잦아서 고아들이 많았거든. 가끔 한가하면 그 애들과 놀기도 했어. 그중 한 아이의 이름이…

… 반월이었어.”

도적이 활개를 치는 시기에는, 단언컨대 사련이 군에서 최고로 용맹한 병사였다. 감히 앞을 가로막는 자는 아무도 없었고, 심지어는 다들 그의 곁에 서 있지도 못했다. 하지만 도적이 없을 때라면 누구나 사련을 부려 먹는 것 같았다.

어느 날 그는 적당하게 쌓인 모래 벽 근처에 불을 지피고 투구를 냄비 삼아 음식을 조리하고 있었다. 음식이 끓어오르며 냄새가 퍼지자, 분노한 병사 몇 사람이 다가와 그 괴상한 요리를 냅다 걷어차 엎었다. 사련은 서글픈 심정으로 투구를 줍고 고개를 돌렸다. 그런데 제 뒤쪽에 더벅머리에 얼굴이 꾀죄죄한 어린아이가 쪼그려 앉아 있는 게 아닌가. 아이는 손이 데는 줄도 모르고 땅에 엉망으로 쏟아진 음식을 주워 먹기 시작했다. 그는 놀라서 얼이 빠졌다.

– 안 돼! 잠깐, 꼬마야!

아니나 다를까, 아이는 땅에 쏟아진 덩어리 몇 개를 허겁지겁 목으로 넘기더니 가슴이 찢어지도록 헛구역질을 하고는 왈칵 울음을 터트렸다. 놀란 사련은 아이를 거꾸로 들어 미친 듯이 흔들었다. 아이는 한참 뒤에야 가까스로 삼킨 것을 게워 냈다. 겨우 한시름을 놓은 사련이 바닥에 쪼그려 앉아 땀을 닦았다.

– 괜찮니, 꼬마야……? 미안해. 그래도 이 일은 네 부모님께 말씀드리지 마. 다음부터는 절대 땅에 떨어진 걸 함부로 주워 먹으면 안 돼……. 잠깐, 너 또 뭐 하려고!

아이는 그렁그렁한 눈을 하고는 다시 음식을 주웠다. 놀랍게도 여전히 먹고 싶은 눈치였다. 사련은 소녀를 붙잡고서야 알아차렸다. 이 아이의 뱃가죽은 정말 당장이라도 등에 달라붙을 것만 같았다.

사람은 이 지경으로 굶주리면 무엇이든 먹게 된다. 눈물이 날 정도로 역겨운 음식이라도 삼킬 수 있었다.

사련은 할 수 없이 자리로 돌아가 마지막 남은 건량을 소녀에게 가져다주었다. 그 뒤로 이 꼬마가 근처 어두운 곳에 숨어 자신을 훔쳐보는 모습을 자주 볼 수 있었다.

기억 속의 반월이라는 아이는 늘 이렇게 우울한 표정이었다. 몸과 얼굴에 항상 멍을 단 채, 사련의 옷자락을 그러쥐고 간절하게 고개를 들어 그를 바라보았다. 반월국 아이들에게 따돌림을 받았던 소녀는 자신과 어울려 주는 사람이 같은 국경 지대에 사는 영안인 소년, 그리고 사련뿐이었기에 온종일 이 두 사람의 뒤만 졸졸 따라다녔다.

소녀는 말수가 적었지만 중원의 표준어를 할 줄 알았다. 그래서 사련은 소녀가 어느 지방 사람인지 확실히 알지 못했다. 좌우간 사람들에게 버려진 채 제멋대로 돌아다니는 꼬마이니,

그도 제멋대로 데리고 다니면 그만이었다. 짬이 나면 노래나 몸싸움을 가르쳐 주었고, 가끔은 가슴으로 바위를 깨는 기예를 선보이기도 하는 등 나름대로 사이가 좋았다.

사련이 입을 열었다.

"나는 '반월 국사'의 '반월'이 나라 이름을 뜻하는 줄 알았는데, 정작 국사의 이름이 반월일 줄이야."

부요가 물었다.

"그 뒤로는요?"

사련이 대답했다.

"그 뒤로는…… 장군총 비석에 적힌 내용과 거의 비슷해."

짧은 침묵 끝에 삼랑이 입을 열었다.

"비석에서는 형이 죽었다고 했어."

비석 이야기가 나오자 사련은 한층 울적해졌다.

보통 비문은 최선을 다해 망자를 미화하고 그 공덕을 찬양하지 않나? 추락을 거듭하다 못해 추락할 바닥마저 사라졌다는 기록은 아무래도 좋았다. 하지만 그런 남부끄러운 죽음까지 본격적으로 적어 놓다니?

아까 모래바람을 피했을 때 그는 이 대목을 발견하고 차마 똑바로 쳐다볼 수가 없었다. 반월문을 읽을 줄 아는 삼랑이 옆에 있지만 않았어도 그는 이런 대목이 없는 척 넘어갔을 터였다. 자신이 봐도 웃음을 뿜을 만한 내용인데 남들이 웃는다 한들 누굴 탓하겠는가? 자신을 기리는 무덤에서 바람을 피하던 사람들이 비석에 적힌 기록을 보고 한껏 떠들어 대며 박장대소 했을 때, 그는 한술 더 떠서 웃지 말아 달라는 부탁까지 했다. 정말이지 그렇게 울적할 수가 없었다. 민망함에 문지른 미간이 다 붉어질 지경이었다.

"아, 그건, 물론 죽지 않았지. 죽은 척한 거야."

부요는 믿을 수 없다는 표정을 지었다. 사련이 변명했다.

"하도 밟혀서 아예 일어날 수가 없었는걸. 죽은 척이 최선이었어."

사실 구체적으로 어떻게 '죽었는지'는 사련도 잘 기억나지 않았다. 양국 병사들이 어쩌다 싸웠는지조차 기억이 가물가물했다. 이유가 아주 시답잖고 자질구레했다는 것과, 본인은 싸울 마음이 손톱만큼도 없었다는 것쯤은 알았지만. 그러나 당시 사련의 계급이 바닥을 친 탓에 아무도 그의 말을 듣지 않았다. 한창 혈안이 되어 전투에 임하던 양국 병사들은 갑자기 끼어든 사련을 동시에 쳐다보았다. 그러더니 왠지 모르겠지만 온갖 무기를 날리며 맹렬하게 환영해 주었다. 부요가 다시 추궁했다.

"시도 때도 없이 중간에 끼어서 거슬리게 굴다가 양국의 원한을 산 것 아닙니까? 아니면 사람들이 왜 전하를 보자마자 공격했겠습니까? 게다가 전하도 본인이 큰 원한을 샀다는 걸 알고 계셨겠죠. 그런데도 사람들을 피하기는커녕 안으로 돌진하다니요? 마음만 먹으면 틀림없이 피할 수 있었을 텐데요."

"정말 기억이 안 난다니까!"

다시 이백 년 전 이야기를 해 보자. 백날을 맞아도 죽지 않는 몸이지만 온갖 무기에 찔리고 베이는 건 견디기 어려웠다.

'이렇게는 안 되겠어!'

자리에서 속으로 외친 사련은 과감하게 바닥에 엎드려 꼼짝없이 죽은 척했다. 결과적으로는 죽은 척을 했어도 무지막지하게 짓밟혔고, 끝내 그대로 정신을 잃었다. 깨어났을 때는 목으로 넘어온 물에 사레가 들리면서 정신을 차렸다. 결투가 끝난 전장을 수습하면서 시신을 죄다 강에 내버렸기 때문이었다. 사련은 그렇게 고물 덩어리처럼 강물을 따라 다시 영안국으로 떠내려갔다. 이후 사 년 남짓을 요양해 상처가 아물고 나서는 멀쩡한 나침반을 주워 다시 여행길에 올랐다. 바라던 대로 처음에 정한 목적지인 남쪽에 도착한 그는 반월국 사정에서 관심을 돌리게 되었다.

반월이 다시 작은 목소리로 말했다.

"미안해."

부요가 미간을 찌푸리며 물었다.

"왜 계속 전하에게 미안하다고 말하는 겁니까?"

삼랑이 갑작스레 입을 열었다.

"각마 말로는 반월 국사가 폭동이 일어난 후에 중원으로 갔다고 했지. 이게 형과 연관된 폭동이야?"

삼랑의 지적에 비석의 내용을 다시 회상해 본 사련은 그제야 어렴풋한 기억을 떠올렸다.

"아, 그건 아마……."

이때 반월이 끼어들었다.

"나를 구하려다가 그랬어."

모두의 시선이 국사에게 옮겨 갔다. 그녀가 작은 목소리로 덧붙였다.

"화 장군은 나를 구하려다가 밟혀서 찌그러졌어."

"……."

순간 사련은 수천 수백 명에게 차이고 짓밟혔던 감각이 되살아나 저도 모르게 양 팔뚝을 감싸 안았다. 나머지 두 사람의 의미심장한 눈길이 느껴지자 그가 재빨리 해명했다.

"안 찌그러졌어, 정말로 찌그러지진 않았어!"

부요는 뭐가 그리 불만스러운지 미묘한 어투로 말했다.

"오, 희생정신이 참 투철하십니다."

사련이 손을 내저었다.

"투철하기는. 원래는 닥치는 대로 아이를 안고 도망치려고 했던 것 같아. 도망치려고 뒤로 돌자마자 싸우기 시작한 양군과 부딪칠 줄은 몰랐지만……."

"그런데 어찌 이런 일을 다 잊으셨습니까?"

"내가 지금 몇백 살을 먹었는지 생각해 봐. 일 년만 해도 수많은 사건이 생기고 십 년이면 한 사람이 뒤바뀔 수도 있는데, 이 오랜 세월은 오죽하겠어? 모든 일을 하나하나 자세하게 기억할 수는 없지. 게다가 잊는 편이 나은 기억도 많거든. 수백

번 베이고 짓밟힌 수백 년 전 일을 기억하기보다는, 어제 먹었던 맛있는 고기만두를 기억하는 게 낫잖아."

반월이 거듭 되뇌었다.

"미안해."

한숨을 지은 사련이 그녀에게 말했다.

"반월. 널 구한 건 내 선택이지, 네 잘못이 아니야. 그 미안하다는 말은 다른 사람에게 해야 하지 않을까."

우두커니 넋을 잃은 반월은 고개를 숙이고 입을 다물었다.

사련이 말을 이었다.

"하지만…… 이백 년 전의 너를 기억하고 있어서 그런지는 몰라도, 난 네가 몰래 계획을 세워서 남들을 배신할 아이는 아니라고 생각하거든. 무슨 사정이 있었는지 말해 줄 수 있을까? 왜 성문을 열었어?"

반월은 잠시 고민하다가 고개를 저으며 침묵을 지켰다.

"그럼, 왜 뱀을 풀어서 사람들을 공격했어?"

이번에는 대답이 돌아왔다.

"내가 그런 거 아니야."

사련이 멈칫했다.

"뭐?"

"내가 풀어 준 게 아니라 뱀들이 알아서 뛰쳐나간 거야. 이유는 모르겠지만 내 말을 듣지 않았어."

그 말을 들은 부요는 인내심이 바닥난 듯한 얼굴을 했다. 반월이 말했다.

"화 장군, 거짓말 아니야."

사련이 말을 꺼내기도 전에 부요가 매정하게 쏘아붙였다.

"다들 붙잡힌 뒤에는 이런 식으로 떠들어 대지. 고의가 아니라고 말해도 소용없다. 난 이런 소리를 많이 들어 봤거든. 관문을 지나던 자들이 네 뱀에 물린 건 사실이다. 손 내밀어. 널 데려가겠다."

반월은 입을 다문 채 두 손을 내밀었다. 부요는 곧장 소매 안에서 곤선삭[#1]을 꺼내 그녀와 각마를 묶었다.

"됐습니다. 이번 임무의 목적을 달성했으니 이만 마무리해도 되겠어요!"

이때 옆에 있던 삼랑이 말했다.

"국사가 거짓말을 할 이유가 없잖아."

사련도 다시 확인할 필요가 있다고 생각했다. 그가 반월에게 물었다.

"이제 갈미사를 전혀 조종할 수 없는 거야?"

반월이 대답했다.

"조종할 수는 있어. 대부분 내 말을 듣는데 가끔은 듣지 않을 때도 있어. 왜 그러는 건지 나도 모르겠어."

사련이 말했다.

"그럼 우리 앞으로 뱀을 불러내 줘."

#1 곤선삭 捆仙索. 신선이 사용하는 밧줄 모양의 법기

사련 앞에 꿇어앉은 반월은 그제야 몸을 일으키고 고개를 끄덕였다. 얼마 지나지 않아 자홍색 갈미사 한 마리가 시체 밑에서 기어 나와 몸을 쳐들었다. 그 갈미사는 시체 더미 위에서 똬리를 틀고 사람들을 향해 소리 없이 혀를 날름거렸다. 갈미사를 자세히 살펴보려는 순간, 미묘한 표정으로 눈을 살짝 부릅뜨는 반월이 눈에 들어왔다. 이를 본 사련은 가슴이 내려앉았다.

'뭔가 수상해.'

아니나 다를까, 혀를 날름거린 그 갈미사는 불현듯 입을 벌리고 튀어 올라 그를 습격했다.

갑작스러운 공격이었다. 하지만 미리 대비하고 있었던 사련은 확실하게 낌새를 눈치채고 뱀을 붙잡으려 했다. 그의 손이 닿기도 전에 예상 밖에 펑, 하는 폭발음이 울려 퍼졌다. 다시 살펴보니 꽃송이처럼 둥글게 터진 뱀 몸뚱이가 바닥에 널브러져 있었다. 게다가 아주 적절하게 폭발해서 독액은 한 방울도 튀지 않았다.

사련은 반월국에 들어오기 전에도 이렇게 죽은 갈미사가 있었다는 사실이 떠올랐다. 누구의 짓인지는 말할 필요도 없었다. 시선을 들어 삼랑을 쳐다보려는 순간, 붉은 옷소매가 끼어들어 사련과 반월을 갈라놓았다. 한쪽에 서 있던 부요도 차갑게 말했다.

"역시 전하를 속이고 있습니다. 이런 상황에서 뱀이 저 사람을 물 수 있을 줄 알았나? 미련한 것."

그 뱀을 보고 안색을 굳혔던 반월이 부요의 말에 고개를 쳐들었다.

"속이지 않았어. 내 말을 듣지 않는 뱀도 있다고 했잖아. 방금 나온 뱀이 그래."

부요는 곧이곧대로 믿는 법이 없었다.

"네 말을 듣는지 아닌지 대체 어떻게 알지?"

반월이 가라앉은 목소리로 말했다.

"저건 애초에 내가 부른 뱀이 아니야."

사련은 입을 달싹였다. 그때 짙은 자홍색 갈미사 두 마리가 시체 아래를 뚫고 나와 거들먹거리는 모습으로 혀를 날름거렸다. 곧이어 세 마리, 네 마리, 다섯 마리…… 산처럼 쌓인 시체 구석마다 수많은 갈미사가 미끄러져 나왔다.

사람들은 시체 더미 위에 꿇어앉은 반월을 바라보았다. 부요가 손바닥에 하얀 빛무리를 품고 굴리면서 반월에게 말했다.

"저것들을 치워라. 적어도 모든 뱀이 네 말을 거역하진 않겠지."

반월은 미간을 찌푸렸다. 뱀들을 쫓아낼 방법을 생각하는 모양이었다. 하지만 갈미사는 끊임없이 머릿수를 늘려 가면서 뭉텅이로 뒤얽혀 다가오고 있었다. 뱀 한두 마리는 그들을 물어 죽일 수 없겠지만 몇백 마리, 몇천 마리라면 말이 달라졌다. 물려 죽지는 않더라도 처참한 꼴을 맞게 될 터였다. 사련이 손을 들어 약야를 부리려는 그때, 기어 오던 뱀들이 얼마 떨어진 곳에서 움직임을 멈추더니 머뭇거리며 괴상한 포위망을 만들었다.

문득 무언가를 눈치챈 사련은 곁에 있는 삼랑을 쳐다보았다. 그는 경멸 가득한 시선으로 갈미사들을 내려다보고 있었다. 갈미사들은 그의 눈빛을 읽기라도 했는지 선불리 다가오지 못하고 움칫 물러서더니, 흉측한 머리를 땅에 붙이며 굴복하는 태도를 보였다.

하지만 어떤 힘이 뱀들을 몰아세우고 있는 것처럼 보였다. 공격을 관두고 떠나는 행동은 허용되지 않는 것인지, 갈미사 떼는 고개를 돌려 부요를 향해 기어갔다. 부요가 건성으로 손을 휘둘렀다. 소매 안에서 쏟아진 화염이 뱀 무리를 태워 없애자 둥그런 포위망이 뒤로 물러났다.

다만 오래 버티지는 못할 터였다. 사련이 말했다.

"우선 올라가자. 여길 벗어난 다음에 생각해야겠어."

그 말에 약야가 휙, 바람을 가르며 위쪽으로 솟구쳤다. 그러나 예상 밖에 약야는 다시 바람을 가르고 되돌아왔다. 얼떨떨해진 사련은 제 손목을 휘감은 하얀 비단에게 물었다.

"왜 돌아왔어? 진법이 열려서 널 막을 만한 건 없어. 어서 올라가."

약야는 위에서 무서운 것이라도 마주친 것인지, 사련의 손목에 달라붙어 바들바들 떨었다. 사련이 한창 약야를 달래는 도중이었다. 이때 길쭉한 물체가 떨어져 부요의 어깨 위를 툭, 내리쳤다. 그 물체를 낚아챈 부요의 안색이 돌변했다. 손을 눈앞으로 가져와 확인해 보니, 하늘에서 떨어진 물체는 다름 아닌 갈미사였다!

무방비한 틈에 물린 부요는 그 갈미사를 반월의 얼굴에 홱 내던졌다. 반월은 두 손이 묶여 있었지만 마냥 습관적으로 손을 들어 날아오는 뱀을 정확히 붙잡았다. 그 자홍색 뱀은 반월을 공격하는 대신 그녀의 창백한 손목을 휘감았다. 이때 또다시 툭, 하는 소리가 들리더니 두 번째 갈미사가 땅에 떨어졌다.

왜 약야가 위로 올라가기를 거부했는지 대강 짐작이 갔다. 사련은 고개를 젖혔다. 희끄무레한 달빛 덕분에 눈앞으로 펼쳐진 장면을 겨우 볼 수 있었다. 자홍색 점 수백 개가 죄인의 구덩이 위에서 분주하게 쏟아지고 있었다.

뱀의 비!

자홍색 점들이 차츰 가까워졌다. 이를 지켜보던 사련이 외쳤다.

"부요! 불! 불을 위로 쏘아 올려서 막아! 공중에서 전부 해결해 버리자!"

부요는 자신의 손바닥을 물어뜯고 손을 휘저었다. 위로 솟구친 기다란 핏줄기가 불타오르는 화염의 장벽으로 변해 신속하게 위로 날아올랐다. 화염 장벽은 수십 장 높이까지 떠올라 허공에서 불길을 휘날렸다. 이 장벽은 떨어지는 갈미사들을 삽시간에 잿더미로 불태워 쏟아지는 뱀의 비를 가로막았다.

잠시 위험에서 벗어나자 사련은 안도의 한숨을 내쉬었다.

"좋아! 부요, 덕분에 살았어."

이 정도 수준의 법술은 막대한 법력을 소모한다. 장벽을 쏘아 올린 부요의 얼굴은 다소 창백하게 질려 있었다. 다시 뒤돌아선 그는 바닥에 둥글게 불을 피워 아래에 있던 뱀들을 밀어내고 반월을 향해 말했다.

“이런데도 저 뱀들이 네 말을 듣지 않는다고? 네가 조종하는 게 아니라면 왜 너를 공격하지 않지?”

삼랑이 웃으며 말했다.

“그쪽이 운이 나쁜 건 아니고? 우리도 공격받지 않았는데.”

부요는 이쪽을 돌아보더니 서늘한 눈빛으로 두 사람을 훑어보았다. 사련은 나쁜 예감이 들었다. 이제 마음속으로 약간 갈피가 잡힌 참이다. 생각을 정리하지도 못했는데 두 사람이 싸우는 꼴만큼은 보고 싶지 않았다.

“먼저 이 뱀들에 대해 확실히 알아내야 해. 탈출하자.”

부요가 차갑게 웃었다.

“뭘 알아냅니까? 반월 국사가 거짓말을 했거나 전하 옆에 있는 그놈이 수작을 부렸겠죠!”

사련은 반월과 삼랑을 차례차례 번갈아 보고 말했다.

“난 둘 다 아니라고 봐.”

부드러우면서도 무척 단호한 말투였다. 사련은 심사숙고해서 내린 결론이었으나 부요는 분명 그가 일부러 두 사람을 감싼다고 생각할 터였다. 불빛에 비친 부요의 얼굴이 유난히 차가워 보였다. 화가 난 것인지 우스워진 것인지 모를 일이었다. 부요가 입을 열었다.

"태자 전하, 괜히 모르는 척하지 마십시오. 전하가 어떤 신분인지 잊으신 겁니까? 전하 옆에 서 있는 그게 대체 어떤 놈인지, 애초부터 잘 알고 계셨을 텐데요. 여태껏 전혀 눈치채지 못했다는 말은 하지 마십시오!"

11장 흰옷의 풍사, 평지에 모래바람 일으키고

사련은 무심결에 한 걸음 끼어들어 삼랑의 앞을 막아섰다.

"내 신분은 내가 누구보다 잘 알아."

"그런데도 감히 그자 옆에 서 계십니까?"

사련이 솔직하게 대답했다.

"여기 있으면…… 뱀에 안 물린단 말이야."

"……."

그 대답에 삼랑이 피식 웃음을 흘렸다. 부요의 얼굴이 한층 새파래졌다.

"네놈……."

거듭 새파래지던 부요의 얼굴이 불현듯 새카맣게 물들었다. 그의 얼굴뿐 아니라 사련의 시야도 새카맣게 물들었다.

부요가 쏘아 올린 화염 장벽과 밑바닥에 던져 놓은 불꽃이 남김없이 꺼진 것이다.

어둠 속, 사련은 짧은 웃음소리를 들을 수 있었다. 삼랑의 목소리였다.

"폐물!"

곧이어 그가 자신의 어깨를 끌어안는 느낌이 들었다. 금세 두 사람의 위에서 투둑, 소리가 빠르고 격렬하게 메아리쳤다. 흡사 소나기가 우산을 때리는 듯한 소리였다.

말할 것도 없었다. 분명 장벽이 사라지자 자홍색 뱀이 비처럼 쏟아지는 것이리라. 그리고 머리 위 우산이 뱀의 비를 전부 막아 내고 있었다.

짙은 피비린내를 맡은 사련이 공격 태세를 갖추자 삼랑이 말했다.

"움직이지 마. 제정신이라면 이쪽으론 못 다가올 테니."

확신에 찬 어조였다. 앞말은 나직하고 부드러웠으나 뒤에 이어진 말은 제법 오만함이 묻어났다. 사실 사련도 크게 걱정되진 않았다. 하지만 부요는 온 머리에 뱀을 뒤집어쓴 것인지 저 멀리서 노발대발 고함치고 있었다. 그 소리를 듣고 사련이 다시 운을 뗐다.

"삼랑!"

삼랑이 단숨에 거절했다.

"안 돼."

사련은 울지도 웃지도 못하는 심정으로 물었다.

"내가 무슨 말을 할 줄 알고?"

"안심해도 돼. 저런다고 안 죽어."

이때 두 사람의 앞쪽 구석에서 누군가가 고함쳤다.

"반월! 날 해치우고 싶으면 뱀을 조종해서 시원하게 물어 죽일 것이지, 이건 또 무슨 수작이냐?"

반월이 대답했다.

"내가 한 게 아니야!"

각마는 뱀에 얻어맞아 정신이 든 참이었다. 아마 미끄덩한 뱀 물결에 잠겨 있는 자신을 발견하고는 반월이 저지른 짓이라고 확신한 모양이었다. 사련이 입을 열었다.

"부요, 불을 피울 수 있겠어? 다시 한번 피워 줘!"

격분한 부요가 치를 떨며 말했다.

"전하 옆의 그 자식이 불을 피우지 못하게 제 법력을 누르고 있습니다!"

사련은 가슴이 덜컥 내려앉았다. 삼랑이 입을 열었다.

"그런 적 없어."

"네가 아닌 거 알아. 그래서 더 문제인 거야. 반월과 각마는 곤선삭에 묶여서 술법을 쓸 수 없고 나는 법력이 다 떨어졌어. 그런데 너도 부요를 억누르지 않았다면, 여기에 여섯 번째 사람이 있다는 소리잖아?"

부요가 끼어들었다.

"귀신에 홀리신 겁니까? 누가 내려오지도 않았는데 무슨 여섯 번째가 있습니까!"

이때 반월이 외쳤다.

"누구야?"

"반월, 왜 그래? 그쪽에 누가 있어?"

"어떤 사람이……."

사련에게 대답하던 반월의 목소리가 사라졌다. 사련이 다시 외쳤다.

"반월?"

부요는 여전히 뱀 떼와 사투를 벌이기에 바빴다. 하얗게 점멸하는 빛무리가 어둠 속에서 꼬리를 물고 폭발했다. 그는 사련에게 외쳤다.

"전하를 유인하려는 생각일지도 모릅니다!"

"확실하진 않잖아. 우선 반월을 구해야 해!"

사련이 다급히 대답하면서 쏟아지는 뱀의 빗속으로 뛰어들려는 순간이었다. 귓가에서 삼랑의 목소리가 들려왔다.

"좋아."

한 손이 자신의 어깨를 끌어당기더니 빠르게 날아오르는 느낌이 들었다. 사련은 문득 깨달았다. 이 소년은 한 손으로는 우산을, 다른 한 손으로는 자신을 끌어안은 채 무언가를 밀어붙이고 있었다. 어둠 속에서 은색 빛이 잘그락거리며 빛나던 그때, 두 검이 부딪치는 소리가 요란하게 귓전을 때렸다. 삼랑이 '오?' 하고 감탄하며 말했다.

"진짜 여섯 번째 사람이 있네. 재밌는데."

삼랑이 어떤 무기를 어떤 방식으로 다루는지는 알 수 없었지만, 지금 그 무기가 누군가와 정면으로 맞붙고 있다는 사실만큼은 틀림없었다.

상대방은 말이 없었다. 사련은 날카로운 검이 바람을 가르는 소리를 들었다. 다시 공격이 시작된 것 같았다. 이따금 눈부신 불티가 어둠 속에서 빛났으나, 눈 깜짝할 사이에 사그라들어 상대방의 얼굴을 밝히지는 못했다. 사련은 싸움에 귀를 기울이면서 목소리를 높였다.

"반월, 깨어 있니? 대답할 수 있겠어?"

돌아오는 대답은 없었다. 부요가 외쳤다.

"지금 싸우고 있는 상대가 그녀일지도요!"

"아니, 이건 절대 반월이 아니야!"

지금과 같은 조건으로 어둠 속에서 각마를 상대하던 삼랑의 몸놀림은 상대를 놀리듯 가뿐하고 여유로웠다. 하지만 이번 싸움은 분위기가 다소 진지했다. 상대는 무력이 심상치 않고 무기를 능수능란하게 다루었다. 그에 반해 반월은 몸집이 가녀리다. 팔뚝만 보아도 힘이나 무기가 강점이 아님을 훤히 알 수 있을 정도이니 결코 그녀일 리 없다. 그렇다면 이 여섯 번째 인물은 누구일까? 대체 언제 나타난 거지?

"반월은 자기 나라를 팔아먹은 작자입니다. 여귀 선희와 별반 다를 것도 없는데 왜 아직도 믿으시는 겁니까?"

"부요, 갑자기 그렇게 욱하지 말아 줄래? 너…… 잠깐, 방금 뭐라고 했어?"

부요는 손을 휘둘러 갈미사 무리를 날려 버리면서 소리쳤다.

"대체 왜 그렇게까지 그녀를 믿느냐고 했습니다! 전하 옆의 그놈을 믿는 것처럼요!"

"아니, 난 그 말을 물어본 게 아니야. 네가 선희라고 했잖아. 방금 선희를 언급했지?"

"그게 뭐 어쨌다고요? 아무래도 상관없잖습니까!"

사련은 숨을 죽인 끝에 다시 입을 열었다.

"멈추세요! 더 숨을 필요 없습니다. 이미 당신이 누군지 알았으니까요!"

검이 맞부딪치는 소리는 멈출 생각이 없었다. 상대방은 그저 무덤덤했다. 사련도 서두르지 않았다.

"누군지 알았다는 제 말이 거짓말처럼 들리나요? 소배 장군?"

부요는 흠칫한 기색이었다.

"지금 누구한테 말씀하신 겁니까? 소배 장군이라고요? 정말 미치신 건 아니겠죠. 소배 장군이 어떤 신분인데요. 그가 내려왔다면 누군들 모르겠습니까?"

"맞는 말이야. 하지만 그의 본존이 직접 내려온 게 아니라면?"

어둠 속, 검이 부딪는 소리가 한순간 굳어지나 싶더니 다시 싸움을 이어 갔다.

"내가 너무 늦게 눈치챘어. 사실 처음부터 알아낼 수 있었는데."

사련이 말을 덧붙였다.

"어떤 존재가 반월관에서 이백 년 가까이 작간을 부리는데도 거들떠보는 신관은 아무도 없었어. 다들 반월관을 언급하는 것마저 꺼렸잖아. 분명 함부로 심기를 건드리면 안 되는 누군가가 버티고 서 있던 탓이겠지. 하지만 나는 오늘날 상천정 신관들을 잘 모르니 섣불리 짐작하기 어려웠어. 과연 어떤 신관일까, 과감하게 추측하지도 않았고."

그런 와중에 부요가 여귀 선희를 화두에 올려 사련을 일깨워 주었다.

보통 여귀 선희라고 하면 자연스레 배씨 두 사람을 떠올리게 된다. 북쪽은 이 배씨 장군들의 지반이다. 그리고 부요는 소배 장군이 선경에 오르기 전에 어떤 일을 저질렀는지 지나가는 말로 언급한 적이 있었다. ―성을 학살한 사건.

어느 성을 학살했을까?

가장 유력한 곳이 반월국의 고성이다!

상천정 신관들은 이런 일을 대수롭지 않게 여겼다. 일이 성사되려면 결국 누군가 피 몇 방울 정도는 보아야 하지 않겠는가? 물론 성을 학살한 것이 특별히 명예로운 일은 아니니, 소문이 너무 널리 퍼지면 새로운 신도를 포섭할 때 영향을 받을 터였다. 그래서 선경에 오른 뒤에는 조용히 사실을 숨기고 미화하기도 했다. 다들 그 사실을 잘 알면서도 깊이 파고들지 않았다. 뼈에 사무치는 원한이나 악의를 품은 게 아니고서야, 어느 신관이 한가하게 소배 장군의 과거를 들쑤셔 후견인인 배 장군의 심기를 건드리겠는가?

"그 흙에 파묻힌 사람이 우리 중에 오십 년 전에 본 얼굴이 있다고 했었지. 처음에는 우리를 가까이 유인하려는 거짓말인 줄 알았어. 하지만 사실일 가능성도 커."

사련이 다시 말했다.

"아까 상인 무리 중에서 가장 의심스러웠던 사람이 바로 당신입니다. 대상들이 당신을 따르는 이상 어디로든 데려갈 수 있었으니까요. 그리고 난 반월국에서 몇 년을 살면서도 갈미사를 본 적이 없는데, 당신들은 임시방편으로 모래바람을 피하려다가 때마침 이 희귀한 독물을 마주쳤고요. 내가 같이 선월초를 찾으러 가자고 했을 때도 그랬습니다. 당신은 출발하기 전에 일부러 사람들에게 반월 고성의 방향을 짚어 줬어요. 우리를 기다리다 못한 사람들이 스스로 찾아올 수 있도록 말이죠. 더군다나 아까 죄인의 구덩이 위에서, 난 무슨 일이 있으면 내가 앞장서겠다고 분명히 말했습니다. 그런데 내내 침착하던 당신이 갑자기 뛰어내려 의미도 없는 죽음을 맞이했죠."

사련은 잠시 침묵한 뒤 말을 이어 나갔다.

"행동거지도 수상하고 곳곳이 허점투성이였는데 이제야 당신이 누군지 알아채다니. 늦어도 한참이나 늦었네요, 그렇죠? 소배 장군, 아니 지금 이름으로 불러 드릴까요. 아소!"

사위에 쥐 죽은 듯한 고요가 흘렀다.

한참이 지난 끝에 누군가가 냉담한 목소리로 입을 열었다.

"그 흙에 묻힌 얼굴이 말한 게, 당신 옆에 있는 붉은 옷의 소년일 거란 생각은 안 해 보셨습니까."

말이 끝나기 무섭게 죄인의 구덩이 밑바닥에 빛줄기가 타올랐다. 서로 대치하고 있는 핏빛 그림자가 불빛 아래로 모습을 드러냈다.

한 사람은 붉은 옷을 걸친 삼랑이었다. 그는 벌써 무기를 거두고 여유롭게 자리에 서 있었다. 다른 한 사람은 무명옷을 걸친 청년으로, 여전히 검을 쥐고 자신의 몸 앞을 가로막고 있었다.

청년은 온몸이 피로 젖어 흡사 붉은 옷을 걸친 것처럼 보였다. 싸늘하게 가라앉은 얼굴로 어깨에 한 사람을 둘러멘 청년. 역시 그 아소였다.

사실 소배 장군 본존의 얼굴이든 아소의 얼굴이든, 그 무미건조하고 지나치게 담담한 표정은 시종일관 변한 적이 없었다. 다만 애초에 사련은 그런 점에 주의하지 않았기에 두 사람을 엮을 생각은 미처 하지 못했다.

그가 어깨에 둘러메고 있는 사람은 반월이었다. 뱀을 풀어놓은 건 혼란을 틈타 반월을 데려가기 위해서였을 터다. 하지만 이미 정체가 폭로된 이상 혼란을 빚을 필요가 없어졌다. 사방에 넘실대는 뱀의 물결과 하늘에서 쏟아지던 뱀의 비는 그 위세가 꺾였다. 그는 검을 갈무리하고 어깨에 둘러멘 반월을 내려놓았다. 한쪽에서 각마가 놀란 얼굴로 물었다.

"네놈은 뭐냐? 넌 진작에 떨어져 죽지 않았더냐?"

아소는 각마에게 눈길 한번 주지 않고 삼랑만 빤히 주시하면서 반월어로 한마디 던졌다.

"각마, 당신은 정말 몇백 년이 지나도 변한 게 없군."

뒷골이 당길 만큼 무미건조한 이 말투가 너무나 귀에 익은 탓일까. 금세 각마의 까무잡잡한 얼굴에 분노한 기색이 치밀었다.

"……너는! 배숙?"

곤선삭에 단단히 묶여 있지 않았더라면 그는 벌써 필사적으로 돌진했을 터였다.

사련이 말했다.

"소배 장군, 갈미사는 한 사람의 명령만을 따르지는 않습니다. 반월이 말한, 명령을 무시하고 다른 사람을 물었다는 갈미사들은 전부 당신이 조종한 것이겠네요."

배숙은 의외로 시원하게 인정했다.

"네, 접니다."

"반월이 어떻게 갈미사를 조종하는지 가르쳐 줬나요?"

"아뇨. 하지만 조종하는 방식 정도는 저 혼자서도 익힐 수 있었습니다."

"역시 남들보다 총명한 사람은 다르네요."

잠시 침묵한 사련이 다시 물었다.

"두 사람은 언제부터 아는 사이였습니까? 어떻게 서로를 알게 됐고요?"

배숙은 사련을 흘긋 쳐다보며 말했다.

"화 장군."

사련은 어리둥절해졌다.

"왜 소배 장군까지 날 그렇게 부르죠?"

배숙이 담담한 목소리로 대꾸했다.

"절 못 알아보시겠습니까, 화 장군."

"……."

사련은 문득 생각났다.

앞서 떠오른 희미한 기억이었다. 어린 반월은 반월국 아이들에게 따돌림을 당했고, 한 영안인 소년만이 이따금 반월과 놀아 주었다. 그 소년은 반월과 마찬가지로 말수가 적었다. 그런 국경 지대 아이들은 대부분 변방에 주둔하는 군인의 자제인지라 성인이 된 후에는 군에 들어가는 경우가 많았다. 설마…….

"너였구나? 이제야 알아봤어."

사련의 외침에 배숙이 고개를 끄덕였다.

"접니다. 저도 이제야 화 장군을 알아본 참인걸요."

이제 알 것 같았다. 반월과 적군의 장수는 애초에 오래전부터 알던 사이였다.

"정말 네가 반월을 사주해서 성문을 열었어?"

저쪽에서 각마가 역정을 내며 외쳤다.

"밧줄을 풀어라! 내 저 비열한 배숙 놈과 사생결단을 내야겠으니!"

배숙은 무덤덤하게 받아쳤다.

"첫째, 우린 이백 년 전에 승부를 가렸고 넌 그때 패배했다. 둘째, 내 어디가 비열하다는 거지?"

"너희 둘이 작당하고 내통하지 않았다면 우리가 어찌 패배했겠느냐!"

"각마, 그만 인정해라. 당시 내가 데려온 병사는 고작 2천 명이었지만, 성문을 부수는 것쯤은 시간문제에 불과했다."

듣고 있던 사련이 참다못해 끼어들었다.

"잠깐. 휘하 병사가 2천 명밖에 없는데 한 나라를 치라고 파견됐어? 그건 자살이나 다를 바 없잖아. 너 어떻게 된 거야? 설마 군대에서 나보다 더 심하게 따돌림당했던 건 아니지?"

"……."

배숙은 말이 없었다. 보아하니 정곡을 찌른 모양이었다. 사련은 다시 물었다.

"승리를 확신했으면서 왜 반월에게 성문을 열게 했어?"

"온 성을 몰살해야 했으니까요."

"무슨 말이야? 승리를 눈앞에 둔 시점에 굳이 성을 몰살한다고?"

아무렴 취미로 그랬을 리는 없지 않은가!

"승리가 눈앞에 있었기 때문에 온 성을 몰살해야만 했습니다. 가능한 한 빨리, 당장, 한 사람도 남기지 않고."

한 사람도 남기지 않는다니, 퍽 살벌하게 들리는 말이었다. 사련이 물었다.

"이유는?"

배숙이 대답했다.

"성을 공격하기 전날 밤, 반월인 일족 수령들이 공동으로 집회를 열고 비밀리에 한 가지를 약조했습니다."

"무슨 약조?"

"반월인들은 천성이 흉포하고 영안국을 심하게 적대시한 터라, 패배할 것임을 알면서도 끝까지 승복하지 않았습니다. 그렇게 반월국의 온 남녀노소가 팔을 걷어붙이고 최대한 서둘러 어떤 물건을 만들었습니다."

사련은 그 물건이 무엇인지 내심 짐작이 갔다. 배숙이 내뱉은 두 글자는 역시나 그가 마음속으로 생각했던 것이었다.

"폭약."

배숙은 또박또박 한 글자씩 끊어 가며 말했다.

"그들은 성이 무너져 패배하게 되면 그 폭약을 백성들의 몸에 숨겨 각지로 흘려 보낼 작정이었습니다. 영안으로 잠입해 사람들이 몰린 곳에서 폭동을 일으킬 기회를 노린 거죠. 저들은 죽는 한이 있어도 훨씬 더 많은 영안인의 목숨을 끌어들이려 했어요. 조국이 멸망했으니 자신들을 망쳐 놓은 나라도 안

녕치 못하게 만들겠다, 그리 맹세한 겁니다."

그런 연유로 평민들이 미처 달아나지 못한 틈을 타 단번에 소탕해야만 했다…….

사련은 재빨리 각마를 돌아보았다.

"이 말이 사실인가요?"

각마는 감출 생각이 전혀 없어 보였다.

"사실이다!"

그 대답에 삼랑이 한쪽 눈썹을 까딱 치켜올렸다.

"참 악랄하군."

반월어로 꺼낸 말이었다. 각마가 발끈하며 대꾸했다.

"악랄하다고? 네놈들이 무슨 자격으로 악랄하다고 하지? 네놈들이 먼저 우리를 치지 않았다면 우리가 이 지경으로 몰락했겠느냐? 네놈들이 우릴 망쳐 놓은 만큼 갚아 줬을 뿐, 이게 무슨 잘못이란 말이냐!"

배숙이 입을 열었다.

"정 그렇다면 처음부터 하나하나 따져 볼까? 반월인은 국경 일대에서 몇 번이나 이유도 없이 행패를 부렸지? 반월국은 서역으로 가는 영안국 대상과 나그네를 몇 명이나 가로막았지? 너희는 영안인의 재물을 약탈하고 학살하는 마적의 존재를 잘 알고 있었으면서도 사실을 은폐했다. 한술 더 떠서 영안국이 마적을 토벌하기 위해 보낸 병사들을 국경을 침범했다는 구실로 살해했지. 참 악랄하지 않나?"

빠르게 쏘아붙인 말은 아니었다. 말투도 그다지 격정적이지는 않았으나, 내뱉은 글자마다 신랄함이 담겨 있었다. 각마가 받아쳤다.

"하지만 그마저도 네놈들이 먼저 우리의 영토를 강제로 점령했기에, 우리가 반격한 것이 아니더냐."

"양국의 경계는 애초부터 모호했는데 어떻게 강제로 점령했다는 말이 나오지?"

"지역 경계선을 나누어 놓은 게 언제 적 일인데! 약조를 어긴 쪽은 네놈들이야!"

"그 경계선은 반월국의 일방적인 주장에 지나지 않았다. 영안국이 언제 그 경계선을 인정했느냐? 그래 봐야 사막을 우리에게 넘기고 녹주는 전부 너희 영토로 삼는 경계선이었어. 우습지 않나?"

각마가 벌컥 핏대를 세웠다.

"녹주는 원래 우리 것이다. 반월인은 조상 대대로 녹주에서 나고 자랐어!"

두 사람은 한사코 자기 고집을 꺾지 않았다. 이 끝없는 말다툼을 듣는 것만으로도 사련은 머리가 둘로 쪼개지는 기분이었다. 이백 년 전, 양국 사이에 끼어 시퍼렇게 부어오르도록 얻어맞았던 날이 떠오르자 또 얼굴이 욱신대는 것 같았다. 배숙은 각마를 무시하고 사련에게 말했다.

"자, 보십시오. 이 세상에는 명료하게 판가름할 수 없는 일들이 참으로 많습니다. 그러니 싸울 수밖에요."

사련이 말했다.

"앞말에는 나도 동의해."

삼랑의 의견은 달랐다.

"난 뒷말에 동의한다."

분노를 조금 가라앉힌 각마가 불쑥 말을 보탰다.

"영안인 대부분이 파렴치하기는 하지만 네놈은 내가 본 사람들 중에서도 가장 파렴치하다. 배숙, 네놈은 매정한 인간이다. 네놈이 우리를 죽인 이유는 조국을 위해서도, 네 민족을 구하기 위해서도 아니었어."

그 말에 배숙은 침묵했다.

각마가 말을 이었다.

"네놈은 유배된 죄인의 자식이라 모두에게 업신여김을 당했다. 영안군에서 입지를 굳히고 위로 기어오르려면 반드시 그 전투에서 승리해야만 했겠지. 가엾은 반월은 그럼에도 네놈을 좋게 생각하다가 결국 이용당했다. 너 따위 자식 때문에 우리를 배반했어."

사련이 중얼거렸다.

"그런데 소배 장군은 배 장군의 후손 아니었나?"

그렇게나 명성이 자자한 선조가 뒤를 봐주고 있었다면 그 지경까지 추락하지는 않았을 텐데?

삼랑이 설명했다.

"배 장군의 직계 후손은 아니야. 얼마나 먼 방계 친척인지도 모르는 사이지."

그런 속사정이 있었을 줄이야. 즉 나중에 선경에 오르지 않았더라면 선조의 비호를 받을 기회 따위는 없었을 거라는 뜻이었다.

배숙이 담담하게 말했다.

"반월은 원래 내 부하였다. 명령에 따라 반월국에 잠복해 있었을 뿐이지. 반월인이자 영안인인 몸으로 한쪽을 선택해 충성을 다했으니 배반이라고 할 것도 없어. 게다가 반월인은 본심이 음흉한 자들이니 죽였다 한들 후회는 없다."

이때 하늘에서 난데없는 목소리가 울려 퍼졌다.

"사람을 죽여 놓고 후회하지 않는다니! 이 오랜 세월 구덩이 밑바닥에 갇혀 죽어 나간 행인들 앞에서도 감히 후회가 없다고 말할 수 있겠느냐?"

그 목소리는 모두의 머리꼭지 위에서 들려왔다. 사련은 재빨리 고개를 쳐들었다.

"실례지만 누가 계십니까?"

대답 대신 괴이한 소리가 한바탕 메아리쳤다. 휘이익, 하고 광풍이 울부짖는 것만 같았다. 소리가 귓가에 가까워지자 사련은 확신했다. 그건 정말로 날카롭게 포효하는 바람 소리였다!

너무나 갑작스럽고 맹렬하게 불어온 바람이었다. 심지어 상황을 파악하기도 전에 몸이 갸우뚱 기울더니 송두리째 떠오르기 시작했다.

느닷없이 몰아쳐 죄인의 구덩이 안으로 수직으로 들이꽂힌 광풍이 모든 사람을 하늘로 휘감아 올렸다.

사련은 자신과 가장 가까이 서 있는 삼랑을 덥석 붙잡았다.

"조심해!"

삼랑도 여전한 표정으로 그를 붙잡았다. 사련은 온 천지가 빙글빙글 도는 느낌에 휩싸였다. 빠르게 하늘로 솟구친 몸이 공중에서 잠시 멈추나 싶더니, 다시 급격하게 하강하기 시작했다. 다급히 약야를 던진 그는 경황이 없는 와중에도 약야를 달랬다.

"그래그래, 이제 괜찮아. 자, 우리 착한 약야, 우선 급한 불부터 끄자!"

두어 번 쓰다듬은 끝에야 약야가 하늘로 솟구쳤다. 그러나 이 휑뎅그렁한 사방에는 거대한 죄인의 구덩이를 빼면 붙잡을 만한 것이 보이지 않았다. 날아간 약야는 한 바퀴를 돌고 사련의 손목으로 되돌아왔다. 뾰족한 수가 없었다. 공중에서 적당히 착지할 자세를 취할 수밖에. 예전이었다면 사련은 또 머리부터 땅으로 떨어져 바닥에 석 자나 들이꽂혔겠지만, 이번에는 땅에 떨어지기 직전에 삼랑이 손을 뻗어 그를 가볍게 받쳐 주었다. 놀랍게도 사련은 멀쩡하게 서서 착지했다. 신발이 사뿐하게 지면을 내디딘 순간에는 조금 떨떠름하기까지 했다. 그러나 그 떨떠름한 기분은 금세 사그라들었다. 땅에 내려오자마자 비틀거리며 걸어오는 새카만 그림자를 마주쳤기 때문이었다.

가만히 들여다보던 사련이 반가운 기색으로 외쳤다.

"남풍!"

예상대로 남풍이 맞았다. 다만, 처참한 꼬락서니가 된 남풍이었다. 마치 흙먼지 속을 열댓 번 뒹굴고 날뛰는 짐승들 사이에 던져져 하룻밤 꼬박 짓밟히다 온 사람 같았다. 위아래로 걸친 옷가지가 너덜너덜한 꼴이 퍽 낭패스러웠다. 사련의 외침에 그가 손을 까딱 들어 보이더니, 목소리도 제대로 나오지 않는지 묵묵히 얼굴만 닦았다. 사련은 그를 부축하면서 물었다.

"어쩌다 이렇게 됐어? 그 두 낭자들에게 얻어맞은 거야?"

말이 끝나기 무섭게 남풍을 따라 걸어오는 두 그림자가 보였다. 한 명은 흰옷을 걸친 그 도사였다. 그녀는 불진을 팔 사이에 걸친 채 생글생글 웃으며 인사를 건넸다.

"안녕하세요, 태자 전하."

상대방이 누구인지는 모르지만 사련도 예의상 답인사를 건네야 했다. 하지만 뭐라고 불러야 좋을지 알 수 없는 노릇이었다. 그는 하는 수 없이 생글생글 마주 웃으며 손을 치켜들었다.

"안녕하세요, 도우님."

검은 옷차림의 도사는 이쪽으로 서늘한 눈빛을 던졌다. 사련을 덤덤하게 지나친 시선이 삼랑을 훑다 말고 멈칫했다. 의심스러운 인물이라고 생각한 것인지, 그 도사가 잠시 걸음을 멈추었다.

방금 그 바람은 구덩이 안의 사람들을 몽땅 위쪽으로 실어 나른 참이었다. 두 도사는 사련을 지나쳐 배숙에게 곧장 다가갔다. 배숙은 두 사람의 등장에도 놀란 기색이 없었다. 하기야 아소로 변장했을 때 이미 성안에서 마주친 적이 있었으니 그럴 만도 했다. 배숙은 제자리에 무릎을 꿇더니 흰옷의 도사에게 머리를 조아리며 나지막하게 입을 열었다.

"풍사 대인."

이 네 글자를 들은 사련은 얼이 빠졌다.

여태껏 어느 구석에서 기어 나온 요괴라고만 생각했던 두 사람이, 상천정의 신관이었을 줄 누가 알았겠는가? 그것도 풍사라니. 통령진에서 십만 공덕을 한 번에 흩뿌리던 그 풍사!

곰곰이 돌이켜 보면 심각하게 수상한 자들은 아니었다. 그때 '그 사람들 어디로 숨었을까? 하나하나 찾아내서 죽여야 하나?'라는 소리를 들었을 땐, 사련은 그녀가 선량한 작자는 아니겠구나 하고 생각했다. 하지만 사실 자신들을 콕 집어 가리켰다는 법은 없지 않은가. 오히려 반월인을 지칭했을 가능성도 있었다. 선입견에 사로잡힌 바람에 상대방의 행동 하나하나가 요사하고 괴상하게 느껴졌을 뿐이다.

단번에 십만 공덕을 내놓을 수 있는 신관에게 사련은 이루 말할 수 없는 경외심을 품을 수밖에 없었다. 그는 남풍에게 말했다.

"진작에 이분이 풍사라고 말해 주지 그랬어? 난 뱀이나 전갈의 정괴 같은 것까지 생각했었단 말이야. 이건 좀 무례했다."

남풍은 안색이 약간 어두웠다.

"저분이 풍사 대인인지 전들 알았겠습니까? 저는 저 모습을 한 풍사 대인을 뵌 적이 없습니다. 풍사 대인은 분명 항상…… 됐습니다, 그만두죠."

사련은 이해했다. 이 여인 도사는 아마 풍사가 만들어 낸 가짜 모습일 터다. 그는 더 캐묻지 않고 말을 돌렸다.

"풍사 대인은 어쩌다 반월관까지 오셨대?"

"도우러 오셨답니다. 아까 반월성 안을 돌아다니신 것도 반월 병사들을 찾고 계셨던 거고요."

사련은 금세 생각났다. 그가 처음 통령진에서 반월관에 대한 이야기를 꺼냈을 때, 미묘한 분위기가 흐르던 도중에 이 풍사께서 갑자기 십만 공덕을 흩뿌려 다른 사람들의 주의를 끌었었다. 아마 그때 사련의 질문에 관심을 가진 모양이었다.

사련이 생각에 잠긴 한편, 풍사가 배숙의 앞에 몸을 웅크리고 앉았다.

"소배, 얘기는 다 들었다."

배숙은 고개를 푹 숙였다. 풍사가 말을 이었다.

"이백 년 동안 반월국 고성에 들어온 사람들 전부 네가 끌어들인 것이라고 인정하느냐?"

이미 현장에서 붙잡힌 신세였다. 배숙도 항변하지 않고 가라앉은 목소리로 대답했다.

“예.”

“왜 그랬느냐?”

배숙이 말을 고른 끝에 입을 열었다.

“풍사 대인께선 일찍이 절 의심하지 않으셨습니까. 이유 정도는 짐작하셨을 텐데요.”

“이 망혼들은 네가 인간 시절에 살육을 저질렀다는 증거이니, 훗날 높은 자리에 오를 때 걸림돌로 작용할까 봐 그랬겠지.”

배숙은 가타부타 말이 없었다. 옆에서 가만히 듣고 있던 사련이 참다못해 말을 보탰다.

“다른 방법이 없었다면 차라리 그 망혼들을 소멸시키지 그랬어? 왜 굳이 산 사람을 먹이는 방식으로 이곳의 원기를 가라앉히려고 한 거야? 결국 한 사람의 허기를 채우겠다고 남의 피와 살을 뜯어 먹인 거나 마찬가지 아니야?”

삼랑이 대신 대답했다.

“그럴 수 없었으니까.”

맞는 말이다. 배숙 같은 신관의 일거수일투족은 상천정의 수많은 눈동자가 주시하고 있다. 그래서 직접 손을 댈 수 없는 일이 제법 많았다. 본존의 모습으로 강림해 반월국 병사 원령들을 죄다 멸할 수도 없었고, 그렇다고 군대를 파견해 토벌할 수도 없었다. 처음부터 은밀하게 숨겨 왔던 일이건만 공연히 떠들썩해지면 남들의 시선을 끌지 않겠는가? 아소 같은 분신을 조용히 내려보내는 게 최선책이었다.

반월이 능숙하게 다루는 갈미사를 빌려 사람을 물게 하고, 성안으로 유인한 자들을 원령에게 먹이로 던져 주어 원기를 잠재웠다. 의심할 여지 없이 완벽하게 남의 칼로 사람을 해친 격이었다.

풍사가 말했다.

"너희 가문 배 장군은 이런 짓을 저지를 분이 아니거늘. 이번 네 처사는 도가 지나쳤어."

상천정의 신관이 분신을 풀어 반월관에서 이백 년 가까이 작간을 부렸다. 무수한 행인이 잘못된 길로 이끌려 반월 병사의 입 안에서 망혼 신세가 되었으니, 어찌 되었든 사소한 일로 치부하기는 어려웠다. 배숙은 고개를 숙인 채 말했다.

"알고 있습니다."

풍사는 불진을 가볍게 휘두르며 말했다.

"알면 됐다. 생각을 잘 정리해 보거라. 올라가서 다시 얘기하자."

배숙이 작은 목소리로 대답했다.

"예."

대화를 끝낸 풍사는 불진을 도포 뒷깃에 꽂고 몸을 일으켰다. 그러고는 다시 사련에게 공수를 건네며 활짝 웃었다.

"태자 전하, 존함은 익히 들었습니다."

나름 정식으로 건넨 인사였다. 사실 '익히 들었다'는 건 사련 입장에서는 전혀 칭찬이 아니었지만, 겉치레에 지나지 않는 말이니 사련도 웃음으로 화답했다.

“별말씀을요. 풍사 대인의 존함이야말로 오래전부터 익히 들었습니다.”

풍사가 말했다.

“저번 일은 정말 미안하게 됐어요.”

사련은 멍한 얼굴로 물었다.

“저번? 저번이라니요?”

“저번에 사막에서 모래바람을 마주치지 않으셨나요?”

사련은 입 안 가득 모래를 먹었던 기억을 떠올렸다.

“마주쳤죠.”

“그거 제가 일으킨 거예요.”

“…….”

풍사가 말을 이었다.

“여러분이 반월국에 접근하지 못하게 하려고 일으킨 모래바람이었는데, 거기에 휩쓸리지 않고 돌고 돌아 찾아오실 줄은 몰랐네요.”

사련은 대화를 나눌수록 기분이 미묘해졌다. 모래바람을 일으켜 반월관으로 가는 길을 저지하고, 이번 일에도 갑자기 나타나 끼어들다니. 대체 의도가 뭐지?

그는 가만히 입을 다물고 상대가 어떻게 나올지 지켜보기로 했다. 풍사가 다시 말했다.

“아무튼, 태자 전하께서는 이 일에 더 이상 관여하지 않는 편이 좋겠어요."

사련은 땅에 웅크리고 있는 반월을 바라보았다. 문득 불안한 예감이 마음속을 스쳤다.

그는 이 사실이 상천정에 알려지면 신관들이 마음대로 구실을 뜯어고쳐 소배를 무죄로 만들고 반월에게 누명을 씌울까 봐 염려스러웠다. 그런데 지금 난데없이 끼어든 풍사가 그더러 이 일에 관여하지 말라고 하니, 마치 소배를 감싸려는 것처럼 보이지 않는가?

사련은 담담한 표정으로 반월의 앞을 가로막고 서서 부드럽게 말했다.

"하지만 저는 벌써 이 사건에 관여했으니, 이제 와서 손을 떼라고 하셔도 소용없지 않을까요."

풍사는 생긋 웃어 보였다.

"안심하세요. 반월 국사는 먼저 데려가셔도 좋습니다."

사련의 예상을 벗어난 대답이었다. 얼떨떨해진 사이에 풍사가 말을 이었다.

"앞뒤 사정이야 뭐, 위에서 다 들었습니다. 반월 국사가 '흉' 등급이기는 하죠. 하지만 아까 성안을 둘러보다 그녀를 발견했는데 반월 병사를 진법에 가두고 있더군요. 병사들에게 잡힌 평범한 인간들을 풀어 주는 장면도 보았고요. 남들을 해치기는 커녕 구하고 있었습니다. 제가 데려가려는 것은 소배 장군과 각마뿐이니, 애꿎은 사람이 옥살이하지 않을까 염려하지 않으셔도 된답니다."

마음을 놓은 사련이 황급히 외쳤다.

"송구합니다! 제가 공연한 걱정을 했습니다."

"걱정하실 만도 하지요. 상천정에 나쁜 풍조가 많은 것도 사실이니까요."

그 검은 옷의 여인은 이곳에 한시라도 더 머무르고 싶지 않은지 옆에서 끼어들었다.

"얘기 끝났나? 끝났으면 그만 가지."

풍사가 소리쳤다.

"이봐! 뭘 그리 서둘러? 자꾸 서두르면 내 말도 길어질 줄 알아!"

말은 이렇게 하면서도 그녀는 고개를 돌리고 허리춤에서 부채를 꺼내 들었다.

"태자 전하, 다른 볼일이 없으시다면 우리 상천정에서 다시 만나요?"

사련이 고개를 끄덕이자 풍사는 쥘부채를 펼쳤다. 부채의 앞면에는 '풍(風)' 자가, 뒷면에는 바람을 형상화한 선 세 가닥이 자리 잡고 있었다. 아마 이 부채는 바람을 관장하는 신관의 법기일 것이다. 그녀는 부채를 앞으로 세 번 부치고 거듭 뒤로 세 번 부쳤다. 별안간 평지에 다시 한번 광풍이 일었다. 휘몰아친 모래와 돌에 눈이 다 어지러웠다. 사련은 팔을 들고 옷소매로 바람을 막았다. 바람이 잦아들었을 무렵 두 여인과 배숙, 각마의 모습은 사라지고 없었다. 이제 남은 사람이라고는 사련과 삼랑, 남풍, 그리고 몸을 움츠리고 바닥에 쓰러진 반월뿐이었다.

사련은 소매를 아래로 늘어뜨리고 멍하니 말했다.

"이건 무슨 상황이지?"

삼랑이 한가로운 걸음으로 다가왔다.

"꽤 좋은 상황."

사련은 그를 보며 물었다.

"좋은 건가?"

"나쁘지 않지. 풍사는 형을 도울 생각으로 관여하지 말라고 한 거야."

남풍도 이쪽으로 다가왔다.

"그렇습니다. 전하께선 관여하실 만큼 하셨어요. 이제 남은 일은 제군을 찾아가 사실을 고하는 것뿐입니다. 그 일에 끼어드셔서는 안 됩니다."

사련도 내심 알고 있었다.

"배 장군 때문에?"

"맞습니다. 전하는 이번 일로 배 장군의 미움을 철저히 샀을 테니까요."

사련은 웃으며 말했다.

"어차피 적어도 한 명쯤에게는 밉보일 줄 알았어. 누구의 미움을 사게 됐는지는 별로 중요하지 않은 것 같은데."

남풍이 미간을 찌푸렸다.

"제 말이 농담인 줄 아십니까. 신무전(神武殿)을 제외하고 세력이 가장 큰 무신전이 바로 명광전입니다. 배 장군은 배숙을 무척 아낍니다. 그가 권일진을 걷어차고 그 자리를 차지하기만을 고대하고 있다고요. 틀림없이 전하를 걸고넘어질 겁니다."

사련이 물었다.

"권일진이 네가 말한 그 서쪽 무신이지?"

"맞습니다. 권일진도 신입 신관인데, 배숙과 비슷한 시기에 선경에 올랐습니다. 나이가 어리고 성격이 약간……. 그렇지만 실력은 대단한 인물입니다. 배 장군은 배숙이 서쪽 신도들을 전부 빼앗아 오길 바랐습니다. 배숙도 제법 기대에 부응했고요. 최근 몇 년까지는 순조롭게 풀리고 있었어요. 하지만 전하께서 이렇게 끼어드셨으니 배숙의 운수는 아주 사나워질 겁니다. 어쩌면 폄적될지도 모르겠네요. 혹여나 그가 폄적된다면 전하도 운수가 아주 사나워지겠고요."

사련은 미간을 문질렀다. 앞으로 밥을 먹고 물을 마시고 길을 걸을 때 더욱 조심해야겠다고 조용히 마음먹었다. 그에 반해 삼랑은 대수롭지 않다는 투로 말했다.

"걱정하지 마. 배명은 워낙 자부심이 강한 인간이라 음험한 수작을 부리진 않겠지."

남풍이 그를 흘긋 쳐다보았다. 사련이 다시 입을 열었다.

"그럼 풍사 대인은? 내게 관여하지 말라고 한 건 본인이 책임지고 제군에게 고하겠다는 뜻이야? 그랬다간 그녀가 배 장군에게 미움을 사게 될 텐데? 안 되겠다, 풍사 대인을 다시 불러

와야겠어. 남풍, 풍사 대인의 통령 구령이 뭔지 알아?"

남풍이 대꾸했다.

"풍사 대인이라면 걱정하실 필요 없습니다. 배 장군은 전하를 건드릴지언정 풍사 대인은 건드리지 않을 겁니다. 풍사 대인이 전하보다 나이는 어려도 전하보다 훨씬 더 잘나가거든요."

"……."

사련은 충격을 받아서 침묵한 게 아니었다. 그는 속으로 이렇게 생각하고 있었다.

'이 상천정에 나보다 못한 사람이 어디 있겠어? 아무도 없을걸.'

삼랑이 웃으며 말했다.

"뒤를 봐주는 사람이 있으니 당연히 잘나갈 수밖에."

사련이 물었다.

"풍사 대인 옆에 있던 검은 옷의 여인 말이야? 그분도 대단한 인물 같아 보이던데."

"아니. 하지만 그 검은 옷은 확실히 대단한 인물이야. 아마 '풍(風), 수(水), 우(雨), 지(地), 뢰(雷)' 오사(五師) 중의 하나겠지. 웬만하면 건드리지 않는 편이 좋아."

풍사는 평지에서 회오리바람을 일으킬 만큼 뛰어난 법력의 소유자였지만, 검은 옷의 여인은 분명 풍사보다도 한 수 위처럼 보였다. 사련은 그녀가 삼랑에게서 무언가를 눈치챈 것만 같아 조금 불안해졌다.

"동감이야."

다만, 구태여 말할 필요가 없다고 생각한 한마디가 남아 있었다. 사련은 속으로 중얼거렸다.

'누가 뒤를 봐준다고 해서 꼭 잘나가게 되지는 않던데.'

과거를 회상해 보면 선락 태자의 뒤를 봐준 이는 무려 삼계의 '천년 제일 무신' 군오였다. 그럼에도 그는 한결같이 변변찮게 살지 않았던가?

땅에 떨어진 삿갓을 주워 툭툭 턴 사련은 찌그러지지 않은 모습에 안도의 한숨을 내쉬었다. 그는 삿갓을 다시 등에 메고 남풍을 잠시 살펴보았다.

"너 설마 그 두 대인에게 쫓기면서 오는 내내 싸운 거야?"

남풍이 굳은 얼굴로 대답했다.

"맞습니다. 오면서 대판 싸웠어요."

사련은 그의 어깨를 토닥였다.

"정말 고생 많았어."

그러다 문득 고생이 많은 또 다른 누군가가 떠올랐다. 그가 고개를 돌리며 물었다.

"부요는?"

"중독된 사람들을 지키고 있는 거 아닙니까?"

생각해 보니 부요는 그들이 광풍에 휩쓸렸을 때부터 보이지 않았다. 사실 아소의 정체가 밝혀졌을 때부터 사련은 그의 기척을 느끼지 못했다. 그때 먼저 가 버렸거나 풍사가 바람을 일으켰을 때 떠난 모양이었다.

사련은 부요가 달리 걱정되지는 않았다. 이 흙탕물 싸움에 끼고 싶지 않아 재빨리 빠져나갔겠거니 생각했을 뿐이다. 그런데 남풍이 꺼낸 '중독'이라는 말에 번뜩 정신이 들었다. 두 사람은 동시에 소리쳤다.

"선월초!"

삼랑이 말했다.

"서두를 것 없어. 이제 막 동이 텄는걸."

하지만 사람의 목숨이 달렸는데 서두르지 않을 순 없었다. 아직 열두 시진이 지나지 않았다고는 하나, 도중에 만일의 상황이 일어나면 어쩌겠는가? 사련은 쓰러진 반월을 등에 업고 한달음에 황궁으로 내달렸다.

황궁에 도착한 그는 반월을 내려놓고 자리를 옮겨 선월초를 한 움큼 뽑았다. 흙에 파묻혔던 상인은 해골 더미와 피범벅으로 뭉그러진 얼굴을 남긴 채 제자리에 널브러져 있을 터였다.

예전의 사련이었다면 대충이나마 구덩이를 파서 그를 묻어 주었을 것이다. 하지만 한시바삐 사람을 구해야 하는 데다가, 그 얼굴은 흙에 오륙십 년 남짓을 파묻혀 있었으니 다시는 되돌아가고 싶지 않을 거라는 생각이 들었다. 그런데 웬일인지 상인의 시신은 어디에도 보이지 않았다. 사련이 움직임을 멈추고 의아해하던 그때, 삼랑이 궁전에서 자그마한 단지를 주워 왔다. 사련은 삼랑을 보자마자 더럭 외쳤다.

"삼랑, 정말 고마워!"

지금 반월은 쇠약한 상태라 깨워도 일어나지 못했다. 사련은 재빨리 그녀를 거두어 단지에 담았다. 선월초를 딴 사련 일행은 드디어 돌아갈 수 있게 되었다. 그들이 갈미사를 마주친 뒤로 네 시진이 흐른 무렵이었다.

그들은 부요가 고리를 그린 곳에 도착했다. 사람들은 의외로 멋대로 돌아다니지 않고 착실하게 자리를 지키고 있었다. 정 노인은 남풍이 준 단약을 먹고 상처를 그럭저럭 추스른 참이었다. 다시 선월초를 상처에 바르고 복용한 다음 한동안 휴식을 취하자 금세 걸을 수 있었다.

얼마나 지났을까, 정신을 가다듬은 사람들은 저마다 조바심을 내기 시작했다.

"천생은요? 다른 사람들은 왜 돌아오지 않는 겁니까?"

아까 사련은 약초를 따느라 바빴을뿐더러 고성 안의 반월 병사들은 이미 떠난 뒤라 천생과 상인들을 챙길 기회도 없었다. 사련이 고성으로 되돌아가려던 순간, 한 소년의 목청 높은 외침이 빠르게 가까워졌다. 고개를 돌려 보니, 다름 아닌 천생이었다. 소년은 손에 선월초를 한 움큼 쥐고 있었다. 천생의 뒤를 따라온 상인 두 사람은 가쁜 숨을 헐떡였다.

자초지종을 묻고서야 알게 되었다. 반월은 죄인의 구덩이 위에서 병사들을 휩쓸어 버린 뒤에 천생과 상인들을 붙잡아 갔다. 천생 일행은 지레 겁을 먹었다. 그런데 무슨 영문인지 반월은 그들을 아래로 데려가 길을 알려 주고 그냥 놓아주었다. 목숨을 건진 그들은 황급히 선월초를 따고 그 상인의 시신을 묻은 뒤에 필사적으로 되돌아왔지만, 결국 사련 일행의 속도보다는 조금 늦어졌다는 이야기였다.

좌우간 상인들을 호송해 사막을 빠져나왔으니 이번 작전도 겨우 일단락된 셈이다.

한편, 헤어질 무렵에 천생이 슬그머니 사련을 찾아와 비밀스럽게 말을 꺼냈다.

“형님. 하나 물어보고 싶은 게 있어요.”

사련이 대답했다.

“물어보렴.”

“형님은 사실 신선이죠?”

“…….”

사련은 조금 놀란 동시에 내심 감동했다.

과거 한때는 나는 신선이다, 나는 태자 전하다, 항상 그렇게 큰소리로 떠벌리고 다녀도 믿어 주는 이 하나 없었다. 그런데 이번에는 그가 입을 열기도 전에 상대가 먼저 신선이 아니냐고 물어 오다니. 실로 놀랍고도 감격스러웠다.

천생이 재빨리 덧붙였다.

“형님이 법술을 쓰는 걸 봤거든요! 걱정 마세요. 다른 사람한테는 말 안 해요.”

사련은 속으로 생각했다.

‘뭐랄까, 말해 봤자 아무도 안 믿을 텐데…….’

천생이 말했다.

"이번엔 형님한테 큰 신세를 졌어요. 형님이 아니었다면 그 시커먼 귀신 병사들에게 구덩이 아래로 걷어차였을걸요. 돌아가면 형님에게 사당을 지어 드릴게요. 특별히 형님만 공양하는 사당이요."

가슴을 팡팡 두들긴 소년이 '아주아주 큰' 손짓을 해 보이자 사련은 저도 모르게 웃음을 터트렸다. 그는 흔쾌히 웃으며 대답했다.

"그래 주면 정말 고맙지."

옆에 있던 삼랑도 무슨 까닭인지 살짝 웃었다. 사련은 그가 세상 물정 모르는 꼬마의 허풍이라며 비웃는 건 아니라고 생각했다.

아이들은 사당을 짓는 일이 얼마만큼의 대공사인지 모른다. 하지만 훗날에 실현될 가능성은 아무래도 좋았다. 받은 것만으로도 기분 좋은 약속이었으므로.

천생이 하도 애걸복걸하며 조르는 바람에 사련은 하는 수 없이 '고물 선인'이라는 터무니없는 이름을 남겨 주고, 손을 흔들며 다른 방향으로 걸어갔다. 남풍이 축지천리를 열어 그들을 보제관으로 돌려보냈다.

문을 열어젖힌 사련은 거적을 꺼내 바닥에 깔고는 시체처럼 냅다 드러누웠다. 전부 물 흐르듯 단숨에 이루어진 동작이었다. 삼랑도 곁에 앉아 손으로 턱을 괴고 사련을 응시했다. 사련이 한숨을 푹 내쉬며 말했다.

“우리가 며칠이나 있다 왔더라?”

“대충 사나흘은 되겠지.”

사련이 또 한숨을 내쉬었다.

“고작 사나흘인데 왜 이렇게 피곤할까.”

선경에 오른 뒤로 그는 언제나 한 마리 개처럼 고단했다. 이건 정말 기분 탓이 아니었다. 한숨을 쉰 그는 고개를 들며 말했다.

“어라, 남풍. 보고하러 돌아가는 거 아니었어?”

남풍이 되물었다.

“보고라니요?”

“넌 남양전 소속 신관이잖아? 사나흘이나 자리를 비웠으니 너희 장군이 찾지 않겠어?”

“장군께선 현재 부재중이셔서 신경 쓰지 않으실 겁니다.”

사련이 재빨리 몸을 일으켰다.

“좋아. 여기 있는 것도 괜찮지.”

“뭘 하시려고요?”

사련은 상냥한 얼굴로 대답했다.

“밥 한 끼 만들어 줄게. 보상도 베풀 겸.”

이 말을 들은 남풍의 얼굴빛이 돌변했다. 그는 누군가에게 통령을 받았는지 두 손가락을 관자놀이에 가져다 대더니 자리에서 일어났다.

“남양전에 일이 생겼습니다. 이만 가야겠어요.”

사련은 손을 들며 말했다.

"에이, 남풍, 가지 마. 무슨 갑자기 일이 생겨? 이번엔 정말로 고생 많았으니까……."

남풍이 으르렁거렸다.

"진짜 일이 생겼습니다!"

그가 문을 박차고 나가자 사련은 다시 거적 위에 앉고는 삼랑에게 말했다.

"남풍은 배고프지 않은 모양이네."

삼랑이 대답을 꺼내기도 전에 쾅, 소리가 울려 퍼졌다. 다시 들이닥친 남풍이 문어귀를 떡하니 틀어막고 섰다.

"거기 둘……."

사련과 삼랑은 거적에 나란히 앉아 고개를 들었다.

"우리 둘이 뭐?"

남풍은 삼랑과 사련을 번갈아 가리키더니, 한참이나 입을 다문 끝에 겨우 말을 이었다.

"전 다시 돌아올 겁니다."

사련이 말했다.

"언제든 환영이야."

남풍은 다시 한번 삼랑을 흘겨보고는 문을 닫고 떠났다. 사련은 팔짱을 끼고 삼랑이 하던 것처럼 고개를 까딱 기울였다.

"정말 무슨 일이 생겼나 봐."

그는 제 옆에 앉은 소년을 바라보며 눈웃음을 지었다.

"남풍은 배고프지 않고, 그럼 너는?"

삼랑도 눈웃음을 머금고 대답했다.

"난 배고파."

사련은 빙긋 웃으며 다시 자리에서 일어났다. 그러고는 뒤로 돌아서서 제상 위를 정돈하며 물었다.

"좋아. 자, 그럼 뭘 먹고 싶으세요, 화성?"

뒤에서 짧은 침묵이 흘렀다. 이내 낮은 웃음소리가 들려왔다.

"난 삼랑이라는 이름이 더 좋은데."

12장 귀왕을 찌른 태자, 본모습을 묻다

사련은 다른 호칭을 꺼냈다.

"혈우탐화?"

화성이 대답했다.

"태자 전하."

뒤돌아본 사련이 빙긋 웃었다.

"네가 날 이렇게 부르는 건 처음 듣네."

거적 위에 앉은 그 붉은 옷의 소년은 한쪽 무릎을 세우고는 사련처럼 빙긋 웃었다.

"어떤 느낌입니까?"

잠시 생각해 본 사련이 솔직하게 대답했다.

"아마…… 다른 사람이 날 이렇게 부를 때하고는 다른 느낌인 것 같아."

"흠, 어떤 식으로?"

사련은 고개를 까딱 기울이고 눈을 가늘게 좁혔다.

"뭐라고 설명하긴 어렵지만, 그냥……."

남들이 부르는 '전하'라는 호칭은 감정이 담겨 있지 않거나 사무적으로 부르는 느낌이 강했다. 예컨대 영문이라든지. 다른 수많은 자들도 사련을 '전하'라고 부르지만, 그 안에는 타박하는 의도가 담겨 있었다. 못생긴 사람더러 미인이라고 부르는 격이었다. 즉, 일부러 이 호칭을 꺼내 암암리에 비꼬는 것이다.

하지만 화성이 부르는 '전하' 두 글자는 지극히도 진중했다. 그래서였을까. 확실하게 설명할 수는 없지만, 사련은 화성이 부르는 '전하'와 다른 사람들이 부르는 '전하'가 다르게 와닿는다고 생각했다.

"그때 여군산에서 날 데리고 갔던 신랑이 너였지?"

화성의 입가에 걸린 웃음기가 한층 짙어졌다. 사련도 그제야 이 말이 다른 뜻으로 들릴 수 있음을 알아차리고 급히 말을 고쳤다.

"내 말은, 그때 여군산에서 신랑으로 위장해서 날 데려간 사람이 너 맞지?"

"신랑으로 위장한 적은 없지만요."

듣고 보면 틀린 말도 아니었다. 그때 그 소년은 자기가 신랑이라고 떠들어 대면서 사련을 속이지 않았다. 그는 처음부터 한 마디도 하지 않았다. 그저 꽃가마 문어귀 앞에서 손을 내밀었을 뿐이다. 제풀에 덜컥 따라나선 사람은 사련 본인이 아니던가!

"좋아. 그럼 그때 왜 여군산에 나타난 거야?"

"이 질문에 대한 답은 단 두 가지겠네요. 첫째, 일부러 태자 전하를 노리고 간 것이다. 둘째, 지나가던 길에 한가해서. 어떤 대답이 더 믿을 만하다고 보십니까?"

사련은 그가 자신과 함께 지낸 날짜를 셈해 본 다음 대답했다.

"뭐가 더 믿을 만하다고는 섣불리 말하기 어려운데……. 그래도 정말 한가해 보이기는 했어."

사련은 화성의 주위를 돌며 그를 훑어보았다. 그렇게 한참을 어슬렁거리더니 고개를 끄덕이며 말을 덧붙였다.

"넌…… 전설과는 많이 다르네."

자세를 고쳐 앉은 화성은 여전히 한 손으로 뺨을 괸 채 그를 바라보았다.

"오? 그럼 태자 전하께서는 제가 혈우탐화라는 걸 어떻게 아셨습니까?"

쏟아지는 피 아래의 우산, 맑게 부딪치는 은사슬, 차가운 은제 호완이 사련의 머릿속을 온통 떠다녔다. 너도 아주 착실하게 숨기지는 않았잖아. 속으로 중얼거린 사련이 말했다.

"아무리 떠봐도 빈틈을 보이지 않으니 틀림없는 '절' 등급이겠지. 게다가 넌 단풍처럼 붉은 핏빛 옷을 입었고, 모르는 것도 불가능한 일도 두려움도 없는 것 같았어. 이 정도의 기백이라면 제천 신들의 낯빛을 뒤집어 놓는 '혈우탐화' 말고는 마땅한 선택지가 없지."

화성이 웃으며 말했다.

"그 말씀, 칭찬으로 받아들여도 될까요?"

사련은 마음속으로 생각했다.

'누가 들어도 칭찬 아니야?'

화성은 웃음기를 살짝 거두고 다시 물었다.

"이렇게까지 얘기했는데, 제가 무슨 목적으로 태자 전하에게 접근했냐고는 묻지 않으십니까?"

사련이 대답했다.

"네가 입을 다물 생각이라면 물어봐도 알려 주지 않겠지. 말해 주더라도 진실이 아닐 수도 있고."

"그건 모르죠. 정 그렇다면 절 내쫓는 방법도 있을 텐데요."

"넌 재간이 뛰어나잖아. 지금 당장 널 쫓아낸다고 해도, 네가 정말 작정하고 나쁜 짓을 저지르겠다면 가죽을 바꿔서라도 돌아오지 않겠어?"

두 사람이 서로를 바라보며 웃은 순간, 난데없이 데굴거리는 소리가 보제관의 짧은 침묵을 깨뜨렸다. 두 사람은 소리가 들려온 쪽을 바라보았다. 그곳에는 사람 대신 까맣고 작은 단지 하나가 바닥을 구르고 있었다.

바로 반월을 담은 단지였다. 원래 거적 옆에 놓아두었는데 언제 저절로 쓰러져서 문 앞까지 굴러갔는지 모를 노릇이었다.

단지는 화성이 만든 나무 문에 가로막혀 문짝을 콩콩 들이박았다. 사련은 저러다 단지가 부서지면 어쩌나 싶어져서 다가가 문을 열어 주었다. 그 단지는 금세 문 바깥의 풀밭으로 또그르르 굴러갔다.

사련이 그 뒤를 따랐다. 작은 단지는 풀밭에 다다르자 우뚝 멈춰 섰다. 분명 평범한 단지일 뿐인데도 밤하늘의 별을 올려다보고 있다는 착각이 일었다.

화성도 보제관에서 걸어 나왔다. 사련은 단지를 향해 물었다.

"반월, 정신이 들어?"

꼭두새벽에 사막에서 돌아온 것이 그나마 다행이었다. 아닌 밤중에 바깥에 서서 단지에게 말을 건네는 사련을 누군가가 발견했다면, 아마 또 한바탕 소란이 일었을 터였다.

이윽고 작은 단지 안에서 울적한 목소리가 흘러나왔다.

"화 장군."

사련은 한쪽에 자리를 잡고 앉았다.

"반월, 별을 보러 나왔구나? 밖으로 나와서 볼래?"

옆쪽 나무에 기대어 서 있던 화성이 말했다.

"막 반월성을 빠져나왔으니 안에서 좀 더 머무르는 편이 나을 겁니다."

아무래도 반월국에서 이백 년을 지냈으니 갑자기 장소가 바뀌면 쉽사리 적응하지 못할 것이다. 사련이 말했다.

"그럼 당분간은 안에 머무르면서 요양하자. 여기는 내가 수행하는 곳이니까 달리 걱정할 필요는 없어."

무슨 표현을 하고 싶은 것인지 단지가 두어 번 기우뚱거렸다. 잠시 고민에 잠긴 사련이 입을 열었다.

"반월, 사실 이번 일은 네 탓이 아니야. 네 갈미사는……."

"화 장군. 난 그때 움직일 수는 없었지만, 전부 들었어."

그 말에 사련은 문득 멍해졌다. 사실 그때 배숙은 반월의 능력을 봉인했을 뿐 의식까지는 막지 않은 것이다.

"그럼 됐어."

전부 들었다니, 그거면 됐다.

단지 안에서 목소리가 들려왔다.

"화 장군, 소배 장군은 이제 어떻게 돼?"

사련은 양 소매를 포개며 말했다.

"모르겠어. 다만…… 잘못을 저질렀으면 벌을 받아야겠지."

긴 침묵 끝에 그 단지는 다시 두어 번 기우뚱거렸다. 사련은 이제 알아볼 수 있었다. 그 움직임은 고개를 끄덕이는 것이었다.

"사실 소배 장군은 그렇게까지 나쁜 사람은 아니야."

"그래?"

"응."

짧게 대답한 반월이 덧붙였다.

"날 도와준 적도 있어."

문득 사련의 머릿속에 더 많은 기억이 떠올랐다.

반월은 시시때때로 얻어맞고 다녔다. 다른 영안인 아이의 말을 빌리면 그녀는 '매를 버는 얼굴'을 달고 있었다.

사련도 그녀를 만난 지 한참이 지나고서야 알게 된 일이었다. 반월이 흠씬 얻어맞고도 남들에게 말하지 않은 탓이었다. 아이들이 반월의 얼굴을 진흙에 처박는 장면을 목격한 뒤에야 그녀의 얼굴에 든 멍이 어떻게 생긴 것인지 알게 되었다.

사련은 어느 정도 시간이 지나자 반월에게 자초지종을 물었다. 그런데 반월이 기억하는 것이라고는 자신을 진흙탕에서 꺼내 준 소년이 얼굴을 닦으라고 빌려준 손수건을 깨끗하게 빨아서 돌려준 일뿐이었다. 그 밖의 다른 건 아무것도 기억하지 못했다.

자신을 때린 사람은 기억하지 못하면서, 고작 한 번 구해 준 사람은 평생 잊지 않았다.

반월이 말을 이어 갔다.

"각마는 늘 내가 소배 장군에게 눈이 멀어서 이용당한 거라고 욕했어. 하지만 그가 날 이용했든 아니든, 성문을 여는 건 내가 해야 할 일이었어."

사련은 무슨 말을 해야 할지 알 수 없었다. 문득 마음 한구석이 뭉클해졌다.

잠시 뒤, 사련은 단지를 툭툭 다독였다.

"됐어, 다 지나간 일이잖아. 아, 맞다, 반월. 화사는 내 가명이고, 장군직도 한참 전에 그만뒀으니까 화 장군이라고 부르지 않아도 돼."

"그럼 뭐라고 부를까?"

그러고 보니 이것도 문제였다. 반월마저 진지하게 그를 태자 전하라고 부른다면 아무래도 조금 이상할 것 같았다. 사실 호칭 정도야 아무래도 좋았지만, 문득 그런 생각이 들었다.

"그럼 마음대로 불러. 계속 화 장군이라고 불러도 되고."

지금 여기에는 진짜 화씨 성을 가진 분이 계시니 크게 외치면 조금 헷갈릴 수도 있겠다는 생각이었다. 그런데 머리를 굴려 보니 또 다른 생각이 미쳤다. '화사'란 '화관무신'에서 첫 글자를 따 성을 붙인 가명이다. 그리고 '화성' 역시 당연히 가명일 터다. 두 사람이 마침 같은 성을 골라 가명을 지었다니 퍽 흥미로운 일이었다.

이때 반월이 다시 입을 열었다.

"미안해, 화 장군."

고개를 돌린 사련이 조금 의기소침한 투로 물었다.

"반월, 왜 자꾸 나에게 사과하는 거야?"

아무리 그래도 볼 때마다 미안해지는 얼굴은 아니지 않나?

"나, 창생을 구하고 싶었어."

"……."

"화 장군, 그때 화 장군도 이렇게 말했잖아."

의문에 빠진 사련은 재빨리 단지를 틀어막았다.

"잠깐, 기다려 봐!"

"기다리라니?"

사련은 근처 나무 밑에 팔짱을 끼고 서 있는 화성을 흘끔 살피고는 목소리를 낮추었다.

“내가 정말로 그런 말을 했다고?”

십 대 시절 항상 입에 달고 살았던 말은 맞지만, 이후 몇백 년 동안은 입 밖에 낸 적이 전혀 없었을 터다. 사련은 그 말을 듣자마자 몰아친 충격을 도저히 받아들일 수가 없었다. 하지만 반월이 쐐기를 박았다.

“그렇게 말했어.”

사련은 여전히 몸부림치고 싶은 심정이었다.

“그럴 리가…….”

반월이 진지하고도 냉정하게 말했다.

“응, 아니야. 말했어. 장군이 나한테 커서 뭘 하고 싶냐고 물어본 적이 있었잖아. 그때 내가 모르겠다고 대답했더니 장군은 어떻게 그런 걸 모를 수 있냐고 했지. 내가 화 장군은 뭘 하고 싶었냐고 물어보니까 이렇게 대답했고. ‘내 어릴 적 꿈은 창생을 구하는 거였어!’”

“…….”

그랬구나. 속으로 생각한 사련이 말했다.

“아니, 그건! 반월, 생각 없이 한 말을 뭘 그렇게까지 정확하게 기억해?”

“생각 없이 한 말이었어? 그렇지만 화 장군은 아주 진지하게 말하고 있는 것처럼 보였는걸.”

반쯤 체념한 사련은 고개를 들어 하늘을 바라보았다.

“하하…… 그런가. 그랬나 봐. 내가 무슨 말을 했는지 하나도 기억이 안 나서.”

반월이 말했다.

“또 뭐라고 했냐면 ‘네가 옳다고 생각하는 일을 행하라!’, ‘그 무엇도 너의 발걸음을 막을 수 없다!’, ‘진흙탕에서 백번을 넘어져도 굳세게 일어나라!’ 대충 이런 말들. 아주 많아.”

“푸흣…….”

뒤돌아보지 않아도 알 수 있었다. 나무 아래에 서 있던 화성이 반월의 말을 듣고 웃음을 터뜨린 게 분명했다.

단지를 틀어막아도 말소리까지 막을 수는 없었다. 사련은 속으로 중얼거렸다.

‘이게 다 무슨 헛소리야……. 왜 저런 말을 달고 살았대? 난 그런 사람이 아닌데……. 나 이런 사람이었어?’

이때 반월이 한마디를 꺼냈다.

“하지만 난 옳은 일이 뭔지 몰랐어.”

그 말에 사련이 멈칫했다.

“화 장군이 말했던 것처럼 창생을 구하고 싶었거든. 하지만 결국에는 내가 반월국을 망쳤어.”

반월은 망연한 목소리로 말을 이었다.

“내가 뭘 어떻게 하든…… 항상 엉망으로 끝났던 것 같아. 화 장군, 내가 부족했다는 건 나도 알아. 하지만 도대체 어디가 부족했는지 알려 줄 수 있을까? 대체 어떻게 해야 장군이 말한 것처럼…… 창생을 구할 수 있었을까?"

"……."

잠깐의 침묵 후, 사련이 말했다.

"미안해, 반월. 어떻게 창생을 구할 수 있을지, 이 문제는…… 나도 예전부터 몰랐어. 지금도 여전히 모르겠고."

반월은 짧은 침묵 끝에 입을 열었다.

"화 장군, 솔직히 이백 년 동안 내가 뭘 해 온 건지 하나도 모르겠어. 정말 참담하네."

그녀의 말에 사련은 한층 침울해져선, 속으로 생각했다. 그렇게 따지면 내가 더 참담하지 않나? 나는 팔백 년씩이나 되는 대로 살았는데…….

단지에 담긴 반월이 밤하늘을 보며 생각을 정리할 수 있도록 홀로 남겨 둔 채, 사련과 화성은 보제관으로 돌아갔다.

문을 닫은 사련이 불쑥 말했다.

"반월은 '흉'이 되었다는 이유로 그곳에 갇힌 게 아니라, 자진해서 반월관에 머무른 거였어."

그녀는 한결같이 자신이 성문을 열었다는 사실을 잊은 적이 없었다. 더구나 '창생을 구하겠다는 큰 뜻을 이루기 위해서'라는 핑계 따위는 대지 않았다. 반월국 병사들이 원기를 씻고 하루빨리 승천할 수 있도록, 각마와 그의 병사들을 시켜 자신을 몇 번이고 죽이게 했다.

사련은 가만히 고개를 내저었다.

"사실 소배 장군이 어떻게든 그 반월 병사들을 남겨 두고 싶지 않고 상천정에 들키고 싶지도 않았다면, 조용히 분신을 내려보내서 처리할 수도 있었을 거야. 그런데 왜 굳이 이런 방식을 고른 걸까."

화성이 말했다.

"분신의 능력은 약해지기 마련입니다. 태자 전하도 배숙이 변한 그 아소라는 분신을 보셨죠. 그 많은 반월 병사를 단번에 처리할 수는 없었을 겁니다. 산 사람을 먹이로 던져 주면 훨씬 빠르게 원기를 없앨 수 있습니다. 가장 간단하기도 하고요."

"왜 그렇게 빨리 없애야 하는데?"

"저 반월이라는 꼬마가 목매달려 죽는 고통을 조금이나마 덜어 주기 위해서가 아니었을까요."

짧게 침묵한 사련이 다시 입을 열었다.

"그럼 다른 사람들은?"

화성은 무심한 투로 말했다.

"신관이란 자들에게 평범한 인간의 목숨이란 땅강아지나 개미만도 못합니다. 배숙은 전형적인 고위직 신관입니다. 들키지만 않는다면, 인간 수백 명을 죽이는 일쯤은 수백 마리 벌레를 밟아 죽이는 것과 다를 게 없어요."

사련은 그를 흘끔 쳐다보았다. 문득 죄인의 구덩이에 뛰어든 삼랑이 바닥에 있던 반월 병사들을 순식간에 몰살한 일이 떠올랐다. 그가 뒤돌아서서 물었다.

"분신은 다들 능력이 약해지는 거야? 네 분신은 아주 대단해 보이던데."

화성은 그를 향해 한쪽 눈썹을 치켜올렸다.

"그야 당연하죠. 다만, 지금 이 몸은 본존입니다."

다시 그를 돌아본 사련은 내심 의아해졌다.

"뭐? 본존이라고?"

"장담하죠."

말을 끝낸 화성이 직접 검사해 보라는 듯한 표정을 지은 게 화근이라면 화근이었다. 사련은 자신의 행동을 자각하기도 전에 손가락을 들어 화성의 뺨을 쿡 찌르고 말았다.

그제야 화들짝 정신을 차린 사련은 속으로 큰일이다, 하고 연신 소리쳤다.

절경귀왕의 가죽은 어떤 촉감일까 내심 궁금했을 뿐인데, 마음보다 몸이 먼저 움직여 그를 찌를 줄은 생각지도 못했다. 참으로 기가 막힌 상황이었다.

갑자기 뺨을 찔리자 화성도 조금은 놀란 모양이었다. 하지만 매사에 태연한 그는 빠르게 평정을 되찾고, 사련의 해명을 기다리는 것처럼 말없이 한쪽 눈썹을 바짝 추켜세웠다. 눈빛에 담긴 웃음기가 빤히 들여다보였다. 물론 사련은 아무런 해명도 내놓지 못했다. 그는 자신의 손가락을 감쪽같이 숨기면서 말했다.

"……괜찮네."

결국 소리 내어 웃은 화성이 팔짱을 끼고 고개를 기울이며 물었다.

"괜찮다? 제 가죽이 괜찮다고 생각하십니까?"

사련은 곧이곧대로 대답했다.

"그래, 아주 괜찮아. 그런데……."

화성이 되물었다.

"그런데?"

사련은 그의 얼굴을 한참이나 빤히 쳐다보았다. 참다못한 사련이 결국 말을 이었다.

"그런데 너의 본모습을 볼 수 있을까?"

화성은 방금 '이 가죽'이라고 말했다. 즉, 몸은 본존이지만 겉가죽은 진짜 모습이 아니라는 뜻이다. 지금 이 소년의 형상은 그의 본모습이 아닐 터다.

이번에는 화성의 대답이 곧바로 돌아오지 않았다. 그는 팔짱을 낀 팔을 아래로 늘어뜨렸다. 착각일지도 모르지만, 어쩐지 그의 눈빛이 약간 가라앉은 것 같아서 사련은 저도 모르게 마음 한구석이 덜컥 내려앉았다.

한순간 공기가 얼어붙자 사련은 곧장 알아차렸다. 이건, 하지 말아야 할 질문이었을지도 모른다.

그간 두 사람은 꽤 즐겁게 지내 왔지만 이런 요구를 할 수 있을 정도로 친밀한 사이는 아니었다. 사련은 그가 대답하기도 전에 재빨리 웃으며 말했다.

"한번 해 본 말이니까 너무 신경 쓰지 마."

화성이 가만히 눈을 감더니, 이윽고 희미하게 웃었다.

"나중에 기회가 되면 보여 드리죠."

다른 사람들이었다면 분명 적당히 둘러댈 생각으로 이런 말을 했을 것이다. '나중에 기회가 되면'이라는 말은 '생각하지 말고 잊어버려라'는 뜻이나 마찬가지였다. 하지만 이건 화성의 입에서 나온 말이다. 그가 말 그대로 '나중에'는 약조를 지키리라는 생각이 들어서인지 한층 더 흥미가 일었다. 사련은 빙긋 웃으며 말했다.

"좋아. 네가 괜찮다는 생각이 들면 그때 보여 줘. 지금은 일단 쉬자."

밤이 깊도록 야단법석을 떨다 보니 밥을 지을 생각은 뒷전으로 밀려난 뒤였다. 사련은 다시 거적에 누웠다. 화성도 사련을 따라 누웠다. 서로 신분을 밝힌 신관과 귀신이 어떻게 낡은 거적에 나란히 누워 우스갯소리와 잡담을 주고받을 수 있을까, 하는 고민은 아무도 하지 않았다.

거적 위에는 베개가 없었다. 화성이 자기 팔을 베고 눕자, 사련도 그를 따라 팔을 베고 가볍게 말을 던졌다.

"귀계 쪽은 정말 여유로운가 봐. 따로 보고할 필요는 없는 거야?"

팔을 베고 누운 화성은 다리까지 꼰 자세로 대답했다.

"뭘 보고하겠습니까? 이쪽 세력이 가장 큰데. 각자 알아서 움직이는 곳이라 서로 간섭할 자격도 없습니다."

본디 귀계란 외로운 혼백들이 일정한 체계 없이 떠돌아다니는 곳이었다. 사련이 말했다.

"그렇구나. 나는 너희들도 상천정처럼 통일된 줄 알았어. 그럼 다른 귀왕을 만나 본 적은 있어?"

"있죠."

"청귀척용도 본 적 있어?"

"그 저속한 폐물 말입니까?"

'이걸 뭐라고 대답하지? 맞다? 아니다?'

사련은 속으로 고민했으나 다행히 대답할 필요는 없었다. 화성이 말을 이었다.

"인사를 했더니 도망치더군요."

사련은 이 '인사'가 틀림없이 정상적인 인사는 아니었을 거라고 직감했다. 예상대로 화성이 느긋하게 한마디를 덧붙였다.

"겸사겸사 혈우탐화라는 호를 얻었고요."

"……."

생각해 보니 예전에 그가 다른 귀신의 소굴을 소탕했다고 말한 적이 있었다. 그게 청귀척용이었다니. 분명 이 '인사'는 학살을 가리키는 것이리라. 사련은 참 범상치 않은 인사 방식이라고 생각하면서 턱을 긁적였다.

"청귀척용하고 악감정이라도 있어?"

"있죠."

"어떤 악감정인데?"

"눈에 거슬려."

사련은 순간 말문이 턱 막혔다. 설마 신관 서른세 명과 대결했던 것도 눈에 거슬려서였니? 속으로 중얼거린 그가 물었다.

"상천정 신관들이 청귀척용은 품위가 저속하다고 하더라. 귀계도 전부 그자를 싫어한다던데, 그 말이 사실이야?"

"사실입니다. 흑수도 그를 아주 불쾌하게 생각하죠."

"흑수가 누군데?"

사련은 물어보자마자 퍼뜩 깨달았다.

"흑수침주인가?"

화성이 대답했다.

"맞습니다. '흑수현귀'라고 부르기도 해요."

사련은 이 흑수현귀도 '절' 중의 하나이며, 청귀척용은 고작 머릿수만 채우는 '근절'이라는 사실이 떠올랐다. 그는 흥미롭다는 듯이 물었다.

"넌 그 현귀와 가까운 사이야?"

화성은 나른하게 대답했다.

"아뇨. 원래 귀계에서 가깝게 지내는 자가 별로 없어서요."

사련은 조금 의아해졌다.

"그런 거야? 나는 네 부하가 아주 많을 줄 알았는데. 우리가 생각하는 '가까운 사이'는 의미가 조금 다른지도 모르겠다."

화성이 눈썹을 치켜세웠다.

"그렇죠. 귀계에서는 '절'이 아니면 저와 말을 섞을 자격이 없습니다."

그는 이렇게 오만한 말을 퍽 떳떳하고 당연하다는 듯이 내뱉었다. 사련은 가볍게 미소를 지었다.

"귀계는 정말 좋네. 큰 귀신들은 어느 정도 간추릴 수 있잖아. 천계는 조금 달라. 상천정에 어떤 신관들이 있는지 도무지 기억할 수가 없거든. 등선을 앞둔 중천정 신관들은 망망대해 수준이고."

"기억할 가치가 있습니까? 외우지 마세요. 기억력 낭비일 뿐이니까."

"하하, 계속 다른 사람의 이름을 제대로 기억하지 못하면 꽤 미움을 사게 돼."

신관들은 누구나 체면을 중시하는 법이므로. 사련의 말에 화성이 픽 웃었다.

"그까짓 일로 미움을 사다니. 신관들이 속 좁은 폐물들인 건 알겠네요."

잡담이 한참 길어지자 자칫 민감한 화제를 파고들면 어쩌나 싶어졌다. 사련은 천계와 귀계의 차이를 더 언급하는 대신, 굳게 닫힌 나무 문을 바라보며 말문을 돌렸다.

"반월 녀석은 언제쯤 들어오려는지 모르겠네."

아까 제 뒤통수를 내려친 '창생을 구할 거야'라는 말이 다시 떠올랐다. 사련은 머릿속에 엉망으로 솟구친 수많은 장면을 가까스로 억눌렀다. 그때 화성의 목소리가 들려왔다.

"정말 좋은 말이네요."

"뭐가?"

화성이 유유히 말했다.

"나는 창생을 구할 거야."

"……."

사련은 또 뒤통수를 호되게 얻어맞았다.

뒤척이며 돌아누운 그는 말린 새우처럼 몸을 웅크리고 두 손으로 얼굴을 감쌌다. 양쪽 귀를 틀어막을 손도 필요한 심정이었다. 그가 신음하면서 운을 뗐다.

"……삼랑."

화성은 조금 더 가까이 다가붙은 것 같았다. 그가 사련의 등 뒤에서 진지하게 물었다.

"응? 이 말에 무슨 문제라도?"

계속되는 추궁을 이기지 못한 사련은 다시 돌아누워서 무기력하게 말했다.

"바보 같잖아."

"뭘 그리 걱정하십니까. 창생이란 말을 입에 담다니, 구원이 목적이든 몰살이 목적이든 진 진심으로 감탄했습니다. 게다가 전자가 후자보다 훨씬 어렵잖아요. 그러니 더 감탄할 수밖에."

말문이 막힌 사련은 고개를 내젓고 반듯하게 자세를 고쳐 누웠다.

"감히 입에 담았으면, 대담하게 시도하고 성공도 했어야지."

사련은 한 손으로 두 눈을 덮었다.

"아, 됐어. 사실 이 정도는 아무것도 아니지. 반월이 말한 건 그나마 괜찮은 편이야. 더 어렸을 땐 더 멍청한 말도 했는걸."

화성이 웃으며 말했다.

"오? 무슨 말인지 들려줘요."

잠시 깊은 생각에 잠긴 사련은 옛일을 떠올리면서 가볍게 웃었다.

"아주아주 오래전에, 어떤 사람이 나에게 더는 살지 못하겠다고 말한 적이 있었어. 대체 뭘 위해서 살아야 하는지, 사는 것에 무슨 의미가 있는지 물어보더라."

사련은 화성을 바라보았다.

"내가 뭐라고 대답했는지 알아?"

착각인지는 몰라도 화성의 눈빛이 희미하게 반짝이는 것 같았다. 그가 나지막하게 물어 왔다.

"뭐라고 대답했는데요?"

"이렇게 대답했어. 어떻게 살아야 할지 모르겠다면 나를 위해 살아가라고. 삶에 무슨 의미가 있는지 모르겠다면, 우선 나를 네 삶의 의미로 생각하고 네 삶을 받치는 버팀목으로 삼으라고. 하하하……."

기억을 더듬으며 말을 이어 가던 사련은 참지 못하고 웃음을 터뜨렸다. 그러고는 고개를 저으며 말했다.

"지금까지도 이해가 안 돼. 그때 난 대체 무슨 생각으로 그랬지? 누군가의 삶의 의미가 되겠다니, 어디서 그런 말을 할 용기가 났을까?"

화성은 말이 없었다. 사련이 다시 입을 열었다.

"정말 어렸을 때나 그런 말을 할 수 있었지. 그 시절엔 내게 불가능한 일은 없다고, 두려운 것도 없다고 생각했거든. 지금은 그런 말을 하라고 해도 절대 못 하지만."

사련은 느릿하게 말을 이었다.

"난 그 사람이 나중에 어떻게 됐는지도 몰라. 누군가의 삶의 의미가 되는 것부터가 참 무거운 일인데, 무슨 창생을 구한다는 말을 하겠어."

보제관은 까마득한 침묵에 빠져들었다.

한참 뒤, 화성이 담담하게 말했다.

"창생을 구원하는 일은 아무래도 좋습니다. 어쨌거나 그 어린 나이에 그런 말을 하다니. 용감하지만 참 어리석네요."

"맞아."

그러나 화성은 한마디를 덧붙였다.

"어리석지만 참 용감하고."

"……."

사련이 싱긋 웃었다.

"정말 고마운 말이네."

"별말씀을."

두 사람은 한동안 보제관 지붕에 뚫린 작은 구멍을 바라보았다. 화성이 다시 입을 열었다.

"그나저나, 태자 전하. 고작 며칠을 알고 지낸 사람에게 이렇게 많이 털어놓아도 괜찮으시겠어요?"

사련은 에이, 하면서 운을 뗐다.

"괜찮지 않을 건 뭐야. 상관없어. 몇십 년을 사귄 사람도 남이 될 것 같으면 하루아침인걸. 하고 싶은 말은 다 해야지. 우연히 만나고, 다시 헤어지고. 마음이 맞으면 모이고, 아니면 흩어지고. 사실 세상에 끝나지 않는 연회는 없잖아. 다들 마음 가는 대로 하면 돼."

화성은 조용히 웃나 싶더니 불쑥 입을 열었다.

"만약에."

사련이 고개를 돌렸다.

"만약에?"

화성은 사련을 바라보지 않았다. 그는 보제관의 볼품없는 지붕을 바라보고 있었다. 사련의 눈에는 소년의 더없이 준수한 왼쪽 얼굴만 보였다.

그는 담담한 목소리로 말했다.

"못생겼다면."

"응?"

화성은 그제야 고개를 살짝 돌렸다.

"제 원래 모습이 못생겼다면, 그래도 보고 싶겠습니까?"

사련은 한순간 얼떨떨해졌다.

"그래? 딱히 이유는 없지만, 네 본모습이 못생겼을 것 같지는 않은데."

화성은 농담인지 진담인지 모를 말투로 말했다.

"꼭 그러란 법은 없죠. 만약 제가 험상궂은 얼굴에 이목구비는 뒤틀려 있고, 나찰[#2]처럼 추하고 야차처럼 흉악하다면 어떻게 하려고요?"

그의 말이 사련은 조금 재미있다고 생각했다. 귀계를 호령하는 패자이자 모든 신들의 안색을 뒤집어 놓은 혼세마왕이 자기 본모습의 생김새가 잘났는지 못났는지를 신경 쓰기도 하나? 하지만 깊이 생각해 보니 그리 재미있는 이야기는 아닌 것 같았다.

사련은 화성의 출신에 대한 각양각색의 전설 중에 '어릴 적부터 기형'이라는 소문이 있었다는 걸 어렴풋이 기억했다. 만약 그 소문이 사실이라면 화성은 분명 인간이었을 때 늘 차별을 당했을 것이다. 심지어 아주 어린 시절부터 시작된 차별일 수도 있다. 자신의 본모습에 유난히 예민한 건 그런 이유 때문일지도 몰랐다.

그래서 사련은 신중하게 말을 골랐다.

"글쎄……."

그는 최대한 부드러운 어조로 진지하게 말했다.

"난 사실 네 본모습을 보고 싶긴 하지만, 그 이유는 아주 단

#2 나찰 불교에서 악귀를 총칭하는 말

순해. 봐 봐, 우리 둘은 벌써 이런 사이니까…….”

“응? 어떤 사이?”

“……우리도 이제 나름대로 친구잖아? 그, 기왕에 친구 사이가 됐으니, 당연히 툭 털어놓고 서로를 마주해야지. 난 그래서 네 실제 얼굴을 보고 싶다고 말한 건데, 네 본모습이 어떻게 생겼는지가 나와 무슨 상관이 있겠어? 나보고 어떻게 하겠냐고 물었지. 당연히 어떻게 할 것도 없어. 걱정하지 마. 네 진짜 모습이라면 그게 어떤 모습이든…… 왜 웃어, 나 진심으로 말하는 거야.”

말이 끝나갈 무렵, 사련은 곁에 누운 소년의 몸이 약간 떨리고 있다는 느낌을 받았다.

‘내 말이 이렇게 감동할 정도로 좋았나?’

내심 의아했지만 고개를 돌려 화성의 상태를 확인해 보기에는 영 멋쩍었다. 그런데 잠시 뒤 옆에서 무척 낮은 웃음소리가 새어 나올 줄은 몰랐다. 울적해진 그는 화성의 어깨를 손으로 살짝 밀었다.

“삼랑…… 너 왜 그렇게 웃는 거야? 내 말이 뭐가 이상해?”

화성은 떨던 몸을 순식간에 멈추고 돌아누웠다.

“아니야. 형의 말은 정말 일리가 있어.”

사련은 한층 울적해졌다.

“너 진짜 성의 없다…….”

그러자 화성이 말했다.

"맹세하는데, 온 천지를 통틀어서 나보다 더 성의 있는 놈은 찾을 수 없을걸."

더 이야기하고 싶지 않아진 사련은 화성을 등지고 돌아누웠다.

"됐어, 잘래. 그만 말하고 어서 자."

화성은 등 뒤에서 다시 한번 가볍게 웃었다.

"다음에."

사련은 잠들겠다고 마음먹었으면서도 화성이 입을 열자 기어이 받아치고 말았다.

"다음에?"

삼랑이 나지막한 목소리로 말했다.

"다음에 다시 만날 때는, 원래 모습으로 형을 볼게."

제법 의미심장한 말이었다. 사련은 다시 이것저것 캐묻고 싶었지만, 하룻밤을 꼬박 샌 탓에 졸음이 물밀듯이 밀려들었다. 버티다 못한 사련은 끝내 깊은 잠에 빠져들었다.

이튿날 새벽, 사련은 잠에서 깨어나 몸을 일으켰다. 곁은 이미 텅 비어 있었다.

비틀거리며 자리에서 일어난 그는 멍한 걸음으로 보제관을 한 바퀴 돌았다. 문을 열어 보았지만 바깥에도 사람 그림자는 비치지 않았다. 그 소년은 정말로 떠난 모양이었다.

누군가 한곳에 쓸어 놓은 낙엽 더미 옆에 작은 단지가 서 있었다. 사련은 문밖을 나서서 그 단지를 품에 안고 돌아와 제상 위에 올려두었다. 바로 그때, 문득 이상한 느낌이 들었다. 한결

같이 텅 비었던 가슴께에 무언가가 늘어 있었다.

손을 들어 만져 보니, 몹시 가느다란 사슬이 주가 아래에 느슨하게 매달려 있었다.

사련은 재빨리 그 사슬을 목에서 끌러 냈다. 그건 은으로 만든 사슬이었다. 가늘고 가벼워서 목에 이런 물건이 걸려 있다는 걸 전혀 눈치채지 못했다. 은사슬 아래에는 맑고 투명하게 빛나는 반지 하나가 걸려 있었다.

13장 두 태자, 신무전에서 만나다

틀림없이 화성이 남긴 물건임을 사련은 알 수 있었다. 그는 반지를 손에 들고 잠시 고민에 빠졌다.

'이게 뭐지?'

존귀한 태자 시절, 사련은 선락국의 황궁에서 자랐다. 본디 선락국은 아름답고 진귀한 물건을 애호하는 풍조가 강했다. 더 나아가 황궁은 한층 화려하고 비범했다. 황금으로 세운 기둥과 옥으로 깎은 계단. 진기한 보물들은 헤아릴 수 없을 만큼 넘쳐났다. 귀족 출신 아이들은 갖가지 보석으로 구슬치기를 하며 놀기도 했다. 보물이라면 질리도록 보아 온 사련은 반지를 가만히 살펴보았다. 아마도 금강석을 세공해 만든 것 같았다.

반지의 형태는 우아하고 아름다웠다. 아무리 기예가 정교한 숙련공도 이처럼 천연적인 아름다움은 세공해 낼 수 없었다.

여태껏 보아 온 어떤 금강석보다도 맑고 영롱하게 빛나 눈길이 절로 사로잡혔다. 그래서인지 이 반지가 무엇으로 만들어졌다고 단정하기 어려웠다.

하지만 무엇으로 만들어졌는지는 정확히 알 수 없어도 아주 귀중한 물건이라는 것만큼은 분명했다. 하물며 이 사슬은 화성의 목에 걸려 있지 않았던가. 누군가 본의 아니게 떨어뜨린 물건은 아닐 테니, 그가 떠나기 전에 남긴 증표일 수밖에.

예상 밖의 증표를 받은 사련은 슬며시 미소를 지었다. 우선 잘 보관해 두었다가 다음에 만나면 무슨 의미로 남긴 증표인지 물어보리라 결심했다. 다만 그가 가진 것이라곤 작고 낡아 빠진 도관뿐이라 보물을 보관할 마땅한 장소가 없었다. 곰곰이 생각해 보니 역시 몸에 지니고 다니는 게 가장 안전한 방법일 것 같았다. 사련은 가느다란 은사슬을 다시 목에 걸었다.

여군산과 반월관을 쉼 없이 뛰어다닌 사련은 마을로 돌아온 며칠 내내 보제관 안에 널브러져 있었다. 가끔 열정이 지나친 마을 사람들이 남은 찐빵이나 죽을 가져와 공양하지 않았더라면 그 며칠 동안은 꼼짝없이 널브러져 있었을 터였다. 그러던 어느 날, 갑자기 영문이 '서둘러 선경에 올라오십시오'라는 연락을 보내왔다.

어조를 들어 보니 심상치 않은 일인 듯했다. 짚이는 바가 있었던 사련은 마음의 준비를 단단히 마치고 물었다.

"반월관 건인가요?"

"그렇습니다. 선경에 돌아오시면 곧장 신무전으로 오십시오."

신무전이라는 말을 들은 사련은 한순간 멍해졌다. 군오가 돌아온 것이다.

그는 세 번째 등선 이후로 아직 군오를 만나지 못했다. 최고 무신인 군오는 매년 몇 달 며칠 폐관 수행을 하거나 바깥으로 나가 세상을 살폈고, 산과 바다를 다스리러 가는 날도 허다했다. 이번 기회를 놓칠 수 없었던 사련은 채 며칠 쉬지 못하고 다시 선경에 올랐다.

선경에 모여 도시를 이룬 신선들의 신전은 저마다 고유한 특색을 자랑했다. 곳곳에 화려하게 장식된 궁전과 개울물 위에 놓인 작은 다리가 보였다. 사방으로 선풍(仙風)이 유유히 나부꼈고, 발아래로는 자욱한 운무가 흘러갔다.

선경에는 가장 주요한 길인 '신무대로'가 있다. 물론 인간들도 군오를 기리기 위해 수많은 신무대로를 지었지만, 앞서 말했듯 인간 세상의 사물은 천계의 모습을 모방하고 투영한 경우가 대부분이니 하늘 위 선경에 존재하는 이 길이 진정한 신무대로인 셈이었다. 사련은 널따란 대로를 따라 신무전으로 걸음을 옮겼다. 가는 길에 바삐 걷는 신관을 여럿 마주쳤으나 그를 감히 알은체하는 신관은 한 명도 없었다.

사실 과거에도 사련이 궁전 사이를 걷고 있으면 누구나 그를 무시했다. 다만 그 시절의 '무시'는 그와 나란히 걷지 않는다거나 먼저 말을 걸어 오지 않는다는 뜻으로, 다들 고개를 끄덕여 인사를 건네는 기본적인 예의는 지켰다. 하지만 지금은 한 번만 더 쳐다봐도 불똥이 튄다는 것처럼 진심으로 사련을 못 본 체하고 있었다. 앞쪽에 있는 신관은 걸음을 재촉하고 뒤쪽에 있는 신관은 걸음을 한껏 늦췄다. 다들 어떻게든 18척 거리를 유지하겠다고 안달인 것 같았다. 원체 이런 상황에 익숙한 사련은 별생각이 없었다. 새로 등장해 뜨거운 권세를 자랑하던 소배 장군을 끌어내린 참이었으니, 다들 멀리 떨어지지 않으면 그게 더 이상했다. 그때 예상 밖의 일이 일어났다. 한참 거리를 걷고 있는데 등 뒤에서 누군가가 불쑥 소리친 것이다.

"태자 전하!"

그 목소리에 사련은 살짝 멍해졌다. 이런 때에 자신을 부르는 사람이 있다니 참 용기가 가상하다는 생각이 들었다. 그러나 뒤를 돌아보니, '태자 전하'를 외친 그 소신관은 헐레벌떡 그를 지나쳐 앞에 있는 사람에게 달려가며 외쳤다.

"아이고, 태자 전하! 신무전에 공무를 보러 가시면서 어찌 요패를 잊을 수가 있으십니까! 어떻게 들어가시려고요!"

사련은 그제야 상황을 파악했다. 어쩐지, 이 '태자 전하'는 그를 부르는 게 아니었다. 상천정에는 태자 전하가 여럿 계시니 호칭이 뒤섞이는 것도 흔한 일이었다.

시선이 앞에 있는 태자 전하에게 가닿은 순간, 사련은 다시 살짝 멍해졌다.

그 청년은 날카롭게 뻗은 눈썹에 눈매가 또렷했다. 얼굴에는 웃음기가 가득했다. 이 웃음은 다른 상천정 신관들의 것과 달랐다. 꿍꿍이라고는 찾아볼 수 없는 환한 웃음기가 준수한 얼굴에 앳된 분위기를 더해 주었다. 모정처럼 다소 야박한 신관이라면 어수룩하게 생긴 얼굴이라고 평가했을지도 몰랐다.

군장을 걸친 청년의 모습은 더없이 빼어났다. 다만 군장을 뚫고 흘러나온 것은 전장에 나선 장군의 살기가 아니라 밝고 쾌활한 왕족의 고귀함이었다. 사련은 제자리에 멈춰 서서 앞에 있는 이 청년을 바라보았다. 두 사람도 걸음을 멈춘 사련을 알아채고 이쪽을 돌아보았다. 소신관은 사련을 보자마자 단숨에 안색을 뒤집었다. 사련은 가볍게 고개를 까딱이고는 청년을 향해 웃어 보였다.

"안녕하세요, 태자 전하."

이 태자 전하께서도 평소 바깥 사정에 무관심한 게 분명했다. 사련의 얼굴을 알아보지 못한 그는 누군가가 자신에게 인사하자 활짝 웃으면서 목청 높여 화답했다.

"안녕하세요!"

곁에 있던 소신관이 그를 은근슬쩍 밀었다.

"가요, 갑시다, 전하. 신무전에 공무를 보러 가셔야지요."

청년은 부하가 왜 난데없이 자신을 밀치는지 전혀 깨닫지 못했다. 그가 이상하다는 듯이 물었다.

"왜 날 밀치고 그러느냐?"

사련이 푸흡, 웃음을 터뜨리자 소신관은 그를 더욱 세차게

밀면서 닦달했다.

"제군께서 한참 전부터 기다리셨을지도 모릅니다! 가시지요, 전하!"

그 태자 전하는 어쩔 수 없이 의아한 표정으로 사련을 돌아보고는 다시 앞으로 걸음을 옮겼다.

그들이 떠나간 뒤로도 사련은 제자리에 서 있었다. 머지않아 하급 신관 몇몇이 멀리서 수군거리는 소리가 사련의 귓가로 날아들었다.

"……거참 민망하겠어요. 사람은 어디서든 재회하는 법인가 봅니다."

"다들 상천정에 있으니 이런 날이 올 만도 하지요. 남양 장군, 현진 장군을 마주쳐야 더 볼만할 것 같은데요."

"하하, 뭘 그리 서두르십니까. 어련히 마주치게 되지 않겠습니까? 두 분 다 신무전에서 저분을 기다리고 있을 텐데요."

그때 누군가가 끼어들었다.

"어디서 재회하든 아무래도 좋지만, 양쪽을 비교하자니 내가 다 열이 오릅니다. 저 두 사람이 얼마나 다른데요. 같은 태자 전하지만, 태화 전하야말로 참된 황족의 기개를 지녔다고 할 수 있지요. 그분이라면 아무리 궁지에 몰려도 그런 망측한 일은 저지르지 않았을 겁니다."

"영안국이 선락국보다 강성하지 않았습니까. 그러니 영안국의 태자 전하도 선락국보다 나을 수밖에요. 맑은 샘에서 맑은

물이 난다. 이 얼마나 간단한 이치입니까."

북방을 관장하는 무신은 명광전의 배명이다. 서방은 기영전의 권일진, 동남방은 남양전의 풍신, 서남방은 현진전의 모정이 관장한다. 그리고 동방을 관장하는 무신이 바로 태화전의 낭천추였다.

낭천추는 인간이었을 때 사련과 마찬가지로 태자 전하였다. 더군다나 영안국의 태자 전하였다. 영안국은 멸망한 선락국의 뒤를 이은 그 나라다. 영안국을 개국한 그 선조가 바로 선락국 황성을 함락했던 반란군의 수장이었다.

사련은 인간계를 떠돌던 시절 동쪽에 들른 적이 있었다. 이 영안국의 태자 전하가 등선했다는 소식도 그때 익히 들은 참이었다. 같은 하늘에 오른 이상 두 태자가 상천정에서 마주치리란 것은 일찌감치 예상한 바였고, 그랬기에 사련은 개의치 않았다. 소신관들은 나름대로 은밀하게 수군거린 모양이었지만 사실 목소리가 작지는 않았다. 뒷공론의 대상이 다른 인물이었다면 혹여나 들켰을까 전전긍긍했을지도 모른다. 하지만 사련이라면 들켜도 두렵지 않았다. 아니, 오히려 그의 귀에 들어가는 편이 더욱 짜릿할 터였다. 사련은 아무것도 못 들은 척 앞으로 걸어갔다. 이때 뒤에서 누군가가 소리쳤다.

"태자 전하!"

설마 또 있다고? 속으로 생각한 사련이 고개를 돌렸다. 하지만 이번에는 정말 그를 부르는 목소리였다. 눈가가 새카맣게 그늘진 영문이 두루마리를 들고 다가왔다.

"복귀한 신관들은 모두 신무전 집의에 참석하러 모였답니다. 전하, 추후 신무전에 도착하시면 조심하셔야 합니다."

물론 사련도 집의가 열린 이유를 잘 알고 있었다.

"소배 장군은 이번에 어떤 처벌을 받게 될까요?"

"유배되겠죠."

사련은 생각했다.

'그래도 나쁘지 않네. 무거운 편은 아니야.'

유배는 '임시 폄적'에 속했다. 신관이 죄를 범했으나 재고할 여지가 있다고 판단한 것이다. 뿐만 아니라 복직할 기회도 주어진다. 태도가 좋으면 어느 날 다시 건져 올려 주는 식이었다. 그런 일이 오십 년에 한 번, 때로는 이백 년에 한 번 일어났다. 물론 '나쁘지 않다'는 것은 사련의 기준일 뿐, 배 장군 입장에서는 이야기가 달랐다.

사련은 이내 또 다른 일을 떠올렸다.

"아 참, 영문. 지난번에도 말씀드렸는데, 인면역에 걸린 여군산 소년은 잘 조사되고 있나요? 무슨 소식은 없고요?"

"송구합니다, 태자 전하. 당장은 없네요. 좀 더 서두르겠습니다."

천계의 신관이라도 망망대해 같은 사람들 사이에서 한 사람을 찾기란 쉽지 않다. 속도가 빠른 것은 사실이지만, 기껏해야 인간계에서는 십 년이 걸리고 천계에서는 일 년이 걸리는 정도의 차이였다.

"고생이 많아요."

사련은 이 말을 꺼낸 순간 길의 끄트머리에 다다랐다. 웅장한 궁전 한 채가 눈앞에 나타났다.

궁전의 외관은 오랜 세월을 겪은 듯 보였으나 노쇠하다기보다는 한없이 초연했다. 지붕을 겹겹이 덮은 유리와 금장이 찬란하게 빛나고 있었다. 사련은 고개를 들어 위를 바라보았다. 금장 아래, 고아하고 굳건한 '신무전' 세 글자는 수백 년 전의 모습을 고이 간직하고 있었다. 사련은 다시 고개를 숙이고 안으로 들어섰다. 먼저 대전에 도착한 신관들은 두서넛씩 모여 있거나 홀로 말없이 서 있었다.

천겁을 겪고 등선한 상천정의 신관들만이 이 신무전에 설 수 있다. 이곳 모두가 하늘의 총아이자 한 지방을 장악한 패자였다. 저마다 몸에서 영광을 뿜으며 오만한 시선을 부라리니, 지켜보는 사련의 눈이 다 어찔했다. 지금 신관들은 가만히 귀를 곤두세운 채로 말을 삼가는 중이었다. 대전 끝의 옥좌에 새하얀 갑옷을 두른 무신이 앉아 있었다.

그 무신은 용모가 준수했다. 눈을 감은 채 침묵을 지키는 모습이 자못 장엄하고 엄숙했다. 그의 등 뒤로는 찬란한 신무전이, 발밑에는 눈처럼 흰 운무가 펼쳐졌다. 사련이 대전에 들어서자 그는 사련의 존재를 감지하기라도 한 듯이 눈을 떴다.

칠흑처럼 새카만 두 눈동자는 긴긴 세월 얼어붙은 연못의 눈이 녹아든 것처럼 맑고 투명했다. 눈을 뜬 무신이 미소를 지으며 운을 뗐다.

"선락, 왔느냐."

사련은 대답 대신 가볍게 머리를 조아렸다.

큰 소리로 내뱉은 말이 아니었음에도 군오의 목소리는 온 신무전에 묵직하게 메아리쳤다. 대전에 서 있던 신관들의 시선이 전부 사련에게로 꽂혀 들었다. 사련은 그 이유를 알 것 같았다.

이번 집의는 소배 장군이 반월관에서 범한 죄를 논하는 자리가 아닌 듯했다. 이번 집의의 꽃은, 아무래도 사련 본인인 모양이었다.

옆에 있던 영문은 이미 앞으로 올라가 옥좌의 한쪽에 섰다. 검은 관복을 걸친 그녀는 엄숙한 얼굴로 들고 있던 책자에 밑줄을 그으며 말했다.

"제군. 나머지 신관들은 바깥을 순시하는 중이라 복귀하지 못했습니다."

군오는 가볍게 고개를 끄덕였다.

"그들이라면 미리 보고를 올렸다."

영문은 고개를 숙이는 것으로 대답을 표했다. 군오는 다시 사련을 향해 말했다.

"오늘 무슨 일로 불려 온 것인지는 선락 너도 잘 알고 있겠지."

사련은 여전히 머리를 조아린 채로 대답했다.

"어느 정도 짐작은 갑니다. 하오나, 소배 장군의 일이라면 이미 처분이 정해졌다고 생각합니다."

이때 한 남자의 목소리가 들렸다.

"이번 건을 어찌 처분할지는 아직 모르는 일이라고 봅니다만."

뒤에서 들려온 이 목소리는 낭랑하고 또렷하게 귀를 파고들었다. 사련은 뒤를 돌아보았다. 대전 바깥에서 한 무신이 성큼 들어서고 있었다. 칼자루에 손을 얹은 채 전정까지 다가온 그는 사련의 앞을 지나치는 순간 발걸음을 살짝 멈추고 입가를 끌어 올렸다.

"태자 전하, 존함은 익히 들었습니다."

이 무신의 겉모습은 대략 스물예닐곱 즈음으로 보였다. 점잖고 온화한 기품을 지녔으나 행동거지는 무척 과감했다. 용모는 지난번에 사련이 여군산에서 보았던 그 신상보다 훨씬 준수했다. 말하자면 여인의 환심을 사기 좋은 종류의 준수함으로, 얼핏 보기에도 풍류에 길이 든 인물 같았다. 사련이 미처 대답하기도 전에 그가 한마디를 덧붙였다.

"우리 소배 녀석이 전하께 여러모로 신세를 졌습니다."

이번만큼은 제대로 밉보였네. 속으로 중얼거린 사련이 입을 열었다.

"별말씀을요. 배 장군의 존함이야말로 익히 들어 왔습니다."

익히 들어 왔다는 말은 사실이었다. 지난 며칠간 사련은 두루마리를 이것저것 비교해 가며 유명한 신관들의 전설을 대충 훑어보았다. 그중 주된 내용이 이 명광 장군, 배명에 관한 것이었다.

이 북방의 무신은 인간이었을 때 혁혁한 전공을 세웠다. 하지만 사람 사이에서 가장 화제가 되는 것은 역시 그가 화류계에 남긴, 아름답거나 아름답지 않은 전설들이었다. 그가 한 기녀를 천 금에 사들여 기루에서 꺼내 주자, 그 기녀가 몸과 마음을 바쳐 그를 기다리며 정조를 지켰다는 이야기가 아름다운 전설에 속했다. 아름답지 못한 전설로는, 밤새 말을 타고 천 리를 달려 담장을 뛰어넘고 지아비가 있는 여인과 하룻밤 정을 통했다는 이야기가 있었다. 어떻게 보면 참 대단한 전설이었다. 두루마리를 다 살펴본 사련은 배명이 그 오랜 세월 속에서 선희 한 사람에게만 밉보였을 리가 없다고 생각했다.

그는 전쟁터에서도 연애 방면에서도 순조롭게 활약했다. 때문에 수많은 적들과 동료들은 열과 성을 다해 그가 콱 죽어 버리기를 빌었다. 화류병[#3]에 걸려 죽으면 더 좋고. 그러나 이 사람의 명은 유난히 질겨서, 온갖 꽃밭을 뒹굴어도 그런 병엔 걸리지 않았다. 심지어 죽기는커녕 남들보다 오래 살아남았다. 그러던 어느 날 그는 끝내 패배를 맛보았고, 사람들은 속으로 웃음을 터뜨리며 외쳤다. 이제 죽는 일만 남았구나! 하지만 누가 알았으랴. 콰르릉. 요란한 굉음이 울려 퍼지나 싶더니, 일촉즉발의 순간에 그는 선경으로 날아올랐다.

이쯤 되면 배 장군이 때려죽이지 못한 적군도 약이 올라 죽

#3 **화류병** 성병을 의미

을 지경이었다.

선경에 오른 배명은 태도를 고치는 대신에 전설의 무대를 한층 넓혀 여인을 물색했다. 위로는 선녀와 신관, 아래로는 요괴와 귀신에 이르기까지 조금이라도 미색을 뽐내는 여인이 있으면 과감하게 손을 댔다. 물론 가장 선호하는 것은 인간 세상의 아리따운 낭자들이었다. 덕분에 그는 수많은 염정 소설[#4]의 주인공으로 모셔졌다. 사련이 오른 수행길이 청심과욕[#5]을 덕목으로 하지 않았더라면 그도 호기심에 몇 권 구해다 읽었을지도 몰랐다. 좌우간, 이런 연유로 민간에서는 그를 존귀한 북방 무신뿐 아니라 사내의 애정운을 관장하는 신으로도 받들었다. 심지어 상천정에서 그를 마주친 신관들도 그 옆을 지나고 나면 은근슬쩍 고개를 돌려 보면서 애정운이 옮기를 기도했다. 미묘하게 닮은 구석이 있기는 해도, 그는 억울하게 '거양'이라는 칭호를 얻은 풍신보다는 처지가 아주 좋은 편이었다.

이 두 사람이 '익히 들어 온' 것이 무슨 내용일지는 보지 않아도 뻔했다. 그리 생각한 신관들은 속으로 배를 잡고 웃었다. 인사치레를 마친 사련이 물었다.

"방금 아직 모른다 하셨는데, 그게 무슨 말씀입니까?"

배명이 손가락을 튕기자 갑자기 대전 중심의 허공에 시신 한 구가 떠올랐다.

#4 엄성 소설 남녀 간의 사랑을 다룬 소설
#5 청심과욕 淸心寡慾, 마음을 깨끗이 하고 욕심을 적게 가짐

엄밀히 말하자면 그건 누워 있는 빈 껍데기였다. 이 인두겁은 밑바탕이 되는 원신(元神)도 없이 텅 비어 있었다. 머리부터 발끝까지 피로 질척하게 물든 꼴이 시체나 다름없었다. 다시 살펴보니 두 눈을 굳게 감은 수려한 얼굴이 눈에 띄었다. 바로 아소였다. 명칭을 바꾸면 소배 장군의 분신이라고도 할 수 있겠다.

고상한 신관들이 모인 신무전에 이런 물체가 튀어나오다니. 다소 눈 뜨고 보기 힘든 장면이었다. 곧이어 배숙도 끌려왔다. 그는 목에 칼을 차고 있었으나 여전히 담담한 표정으로 고개를 숙이고 침묵을 지켰다. 사련이 입을 열었다.

"배 장군, 뭘 하시려는 겁니까?"

배숙은 신무전 중심에 꿇어앉았다. 배명이 대답했다.

"소배를 심문하다가 들은 말이 있는데, 참 희한하다는 생각이 들더군요."

그는 사련의 주변을 반 바퀴 거닐었다.

"소배의 기량은 내가 똑똑히 알고 있습니다. 분신의 힘이 본존에 훨씬 못 미쳐도 아주 심각하게 뒤떨어지진 않습니다. '흉'과 무승부로 끝낼 정도는 되지요. 하나 소배가 내게 이런 얘기를 하더군요. 자신이 반격조차 할 수 없었던 자가 있었다고. 참 희한한 일 아닙니까?"

배명이 말을 이어 갔다.

"계속해서 추궁했더니, 반월관에서 붉은 옷의 소년이 선락 태자 전하의 곁을 따라다녔다고 말하더군요."

'붉은 옷'이라는 말을 듣자마자 몇몇 신관의 낯빛이 희미하게 굳어졌다. 이어진 배명의 목소리에 그 신관들은 다리가 맥없이 풀리고 말았다.

"그리고 이 소년은 '흉'으로 변한 반월 병사 수백을 어둠 속에서 한순간에 도륙했다고 합니다! ―태자 전하. 외람된 말씀입니다만, 이 붉은 옷의 소년은 대체 어디서 모셔 온 분입니까?"

'흉'도 아니라면 '절'일 수밖에 없지 않은가! 심지어…… 순식간에 백 마리의 '흉'을 죽일 수 있는, 붉은 옷을 입은 '절'이라니.

가장 유력한 인물이 누구일지 다들 짐작이 갔다. 하지만 아무도 자진해서 그 이름을 꺼내고 싶지는 않았다. 사련은 침묵에 빠진 배숙을 흘끔 쳐다보고는 거짓을 꾸며 냈다.

"흠, 그런가요? 정말 기억이 잘 나지 않습니다. 그때 대상들도 반월관에 갇히는 바람에 며칠을 함께 보냈었거든요. 어쩌면 그 대상 가운데 한 명이었을지도 모르겠군요."

"그건 아니겠지요, 태자 전하. 소배 말로는 전하와 소년의 사이가 상당히 가까웠다던데요. 며칠 알고 지낸 사이처럼은 보이지 않았다던데, 어찌 눈 깜짝할 사이에 잊으셨답니까?"

사련은 속으로 중얼거렸다.

'아니, 틀렸어. 내가 말한 건 사실이라고. 정말로 겨우 며칠 알고 지낸 사이인데.'

그리 생각하면서도 사련의 표정은 미동 없이 잠잠했다. 이때 근처에서 흰옷을 입은 도인이 새하얀 불진을 느긋하게 휘두르며 끼어들었다.

"배 장군. 장군의 말씀은 전부 소배 장군의 일방적인 주장일 뿐입니다. 지금 소배 장군은 죄인의 몸으로 감옥에 갇힌 데다가 조만간 유배를 떠날 신세잖습니까. 그 말에 얼마나 신빙성이 있을지는 좀 더 가늠해 봐야겠지요."

배명이 대답했다.

"그렇다면 남양 장군과 현진 장군의 도움을 좀 받아야겠소만."

사련은 배명의 시선을 따라 고개를 돌렸다. 아니나 다를까, 풍신과 모정이 각각 대전의 남동쪽과 남서쪽에 떨어져 서 있었다.

풍신은 사련이 기억하는 모습 그대로였다. 한결같이 훤칠한 키와 꼿꼿하게 세운 몸, 강직한 눈빛. 성가신 일이라도 있는 것처럼 살짝 찌푸린 미간도 여전했다. 물론 실제로 짜증이 난 것은 아니었다. 한편 모정은 사련이 기억하는 인상과는 조금 달랐다. 혈색이 옅은 새하얀 얼굴로, 얇은 입술을 살짝 다물고 눈꺼풀을 늘어뜨린 채였다. 그러나 '네 말엔 찬성 못 한다'라고 말하는 듯한 싸늘한 태도를 물씬 풍기고 있었다. 그는 팔짱을 끼고 서서 왼쪽 팔꿈치를 오른쪽 손가락으로 차례차례 두드리고 있었다. 차분하고 느긋한 것인지, 아니면 속으로 모략을 꾸미고 있는 것인지 모를 일이었다.

이 두 사람은 모두 미남 축에 속했으나 저마다 사람을 불편하게 만드는 구석이 있었다. 배명의 지목을 받은 두 사람은 약속이나 한 듯이 군오를 바라보았다. 그들은 군오가 가볍게 고개를 끄덕이고 나서야 꾸물대며 앞으로 걸어 나왔다.

사련은 세 번째 등선 이후 처음으로 두 사람의 얼굴을 마주한 셈이었다. 재회의 순간, 그는 더욱 광적으로 쏟아지는 신관들의 시선을 느꼈다.

시선이 쏟아질 만도 했다. 자고로 이 신무전은 최고 무신의 신전이라, 상천정 소속 신관이 아니면 집의에 참석할 자격이 없었다. 선락 태자는 처음으로 선경에 올랐을 때 풍신과 모정을 부장으로 지명했다. 당시만 해도 두 사람은 중천정의 하급 신관이었던지라 신무전에 들어와 바닥을 닦을 자격도 갖추지 못했었다. 그러나 지금, 그날의 두 젊은 부장은 신무전에 떳떳하게 설 수 있을 뿐만 아니라 계급도 옛날에 모시던 저들의 상전보다 높았다. 그야말로 인간 만사는 돌고 돌며, 십 년이면 강산도 변하는 격이었다.

세 사람은 한참이나 어수선하게 두리번거리며 서로를 바라보고는 재빨리 시치미를 떼며 고개를 돌렸다. 다들 서로가 무슨 생각을 하는지 꿰뚫어 보지는 못했다. 다만 사련은 배명이 두 사람에게 어떤 도움을 요청할지 대충 짐작이 갔다.

그의 예상대로 배명이 입을 열었다.

"남양 장군과 현진 장군은 화성과 겨룬 적이 있습니다. 그러니 그자의 무기에 대한 발언권도 있을 테지요."

배명이 빈 껍데기인 아소를 불러낸 건 모두에게 상처를 보여 주기 위해서였다. 풍신과 모정은 공중에 떠 있는 빈 껍데기 근처로 느릿하게 다가섰다. 뒤따라 걸음을 옮긴 사련도 흘끗 시선을 던졌다. 하지만 뒤범벅된 피가 새카맣게 엉겨 붙은 탓에 제대로 살펴볼 수가 없었다. 굳어진 표정으로 시신을 들여다본 두 사람은 다시 고개를 들고 재빨리 서로를 곁눈질했다. 두 사람 다 자기가 먼저 입을 열고 싶지는 않은 기색이었다. 영문이 군오의 옥좌 옆에서 물었다.

"두 분, 어떻습니까?"

풍신이 먼저 무거운 목소리로 입을 열었다.

"그자입니다."

모정이 뒤를 이었다.

"곡도 액명입니다."

지금 신무전에 서 있는 신관들 가운데, 이 네 글자가 무엇을 뜻하는지 모르는 사람은 사련이 유일할 터였다.

곡도 액명. 바로 화성이 인간들의 꿈속에서 홀로 서른세 명의 신관들과 논전을 벌였을 때, 혼백이며 간담이 몽땅 떨어져 나가도록 무신들을 매타작했던 그 기괴한 무기였다!

신무전 안의 신관들이 삼삼오오 수군거리면서 묘한 눈빛으로 사련을 바라보았다. 배명이 입을 열었다.

"두 장군, 확인을 도와주어 고맙소. 그렇다면 제 추측은 사실과 일치합니다. 태자 전하와 동행한 붉은 옷의 소년이 그자가 맞는다면 일이 복잡해지겠군요."

아까 나타난 흰옷의 도인이 다시 끼어들었다.

"배 장군. 장군께선 태자 전하와 절경귀왕이 내통해 소배 장군을 모함했다고 말씀하시려는 겁니까?"

두 번이나 입을 연 이 도인은 끼어들 때마다 사련의 편을 들어 주었다. 그는 이 훌륭한 신관의 얼굴을 제대로 확인해야겠다고 생각했다. 고개를 돌리자 깨끗하고 선명한 눈동자를 지닌 도인이 보였다. 백옥 허리띠를 두른 옷차림에 팔에는 불진을 걸쳤으며, 등에는 장검을 메고 허리춤에는 쥘부채를 끼고 있었다. 그 모습에서 고상한 풍치와 생기가 흘러넘쳤다. 어쩐지 희미하게 낯이 익은 얼굴이었으나 어디서 이런 도우를 마주쳤는지는 기억나지 않았다.

배명도 상대방을 흘긋 쳐다보고는 고개를 홰홰 내저었다. 마치 꼬마를 상대하고 싶지 않은 심기 불편한 어르신 같은 태도였다. 그는 다시 손을 휘둘러 허공에 떠 있던 아소의 빈 껍데기를 치우고 뒤돌아섰다.

"아직 내통이라고 확신할 수는 없습니다. 하나 그자는 손바닥 하나로 뭇 사람들의 눈을 가리는 대단한 사기꾼이니, 법술이나 농간을 부려 태자 전하를 속였을지도 모르지요."

결국 화성을 반월관 사건의 배후 세력으로 몰아세우는 꼴이었다. 사련이 입을 열었다.

"배 장군, 저는 못 믿으시더라도 풍사 대인은 믿으셔야 합니다. 소배 장군은 자신의 모든 죄를 인정했습니다. 풍사 대인께서 전부 들으셨고요."

배명은 다시 그 흰옷의 도인을 쳐다보았다. 사련이 계속해서 말했다.

"게다가 이곳은 신무전이니, 제 몸에 그런 법술에 당한 흔적이 있는지 제군께 직접 여쭤보는 방법도 있겠네요."

위쪽에 앉아 있는 군오는 표정이 차분했다. 사련의 몸에 문제가 없다는 뜻이었다. 사련이 다시 입을 열었다.

"이건 완전히 별개의 일입니다. 우선 저와 동행했던 소년이 화성인지 아닌지는 제쳐 두죠. 백번 양보해서 그가 정말 화성이라고 해도, 소배 장군이 저지른 일과는 무관하지 않습니까. 아무리 악명 높은 절경귀왕이라지만 사사건건 그에게 뒤집어씌워서는 안 됩니다."

사련이 태연한 표정으로 그 이름을 꺼내자 몇몇 신관들의 등에 오한이 들었다. 배명이 말했다.

"좌우간 나는 이 일을 다시 의논해야 한다고 봅니다. 태자 전하께서 데려간 반월 국사도 이쪽으로 넘겨서 심문하는 게 좋을 겁니다."

심문이라니? 자백을 강요할 생각은 아니고? 사련이 받아치려는 차에 다른 누군가가 끼어들었다. 더는 신무전에 머물고 싶지 않았던 것일까, 배숙이 나지막이 말했다.

"장군, 그만하십시오."

"뭐라 하였느냐?"

"법술 같은 건 없습니다. 제가 한 짓이 장군께 실망을 끼쳤습니다."

한창 배숙의 무죄를 주장하던 배명은 그가 자진해서 사실을 털어놓자 안색을 굳혔다. 배명이 가라앉은 목소리로 말했다.

"반월 국사가 네 목구멍에 미혼탕#6이라도 들이부은 것이냐? 당장 그 입 다물어라."

배숙은 아랑곳하지 않고 고개를 쳐들었다.

"이제 됐습니다, 장군! 저지른 죄를 잡아뗄 생각은 없습니다. 이미 작전에 실패해 붙잡혔으니 어떤 결말이든 기꺼이 받아들이겠습니다."

평소에는 그리 기특하게 굴더니 왜 오늘따라 설치는 것이냐, 이 문장이 경악한 배명의 얼굴에 빼곡하게 쓰여 있었다. 그가 배숙을 걷어차 정신을 차리게 하려던 순간, 군오가 입을 열었다.

"그만해라."

그의 목소리에 배명은 곧장 다리를 거두고 허리를 숙였다. 군오가 말을 이었다.

"반월관의 일은 이미 끝났다. 소배를 데리고 내려가 며칠 내로 유배를 보내도록."

짧은 침묵 끝에 배명이 대답했다.

"예."

사련은 속으로 안도의 숨을 내쉬었다. 이때 배명이 한마디를

#6 미혼탕 迷魂湯. 사람의 마음을 현혹한다는 전설 속의 탕약

덧붙였다.

“하오나 이 빈 껍데기에 난 상처는 곡도 액명의 흔적이 확실합니다.”

군오가 대답했다.

“그래. 그건 별개의 문제로 다뤄야겠지.”

“소상히 조사하여 주십시오.”

“이 일은 내 직접 조사할 것이니 다들 안심하거라. 오늘은 이쯤에서 마치겠다. 선락, 너는 남아라.”

아무래도 군오가 친히 사련을 심문해 사건을 조사할 모양이었다. 달리 할 말이 없었던 신관들은 고개를 숙이며 대답했다.

“예.”

집의도 끝났으니 다들 하나둘씩 신무전을 빠져나갔다. 옆을 지나치던 풍신은 하고 싶은 말이라도 있는 듯 사련을 흘끔거렸다. 사련이 살짝 웃어 보이자 그는 잠시 멈칫하더니 이내 자리를 떴다. 사련을 공기 취급한 모정은 눈길 한번 주지 않으면서도 굳이 그의 앞을 지나쳐 갔다.

그리고 아까 그 흰옷을 입은 도인은 불진을 흔들며 사련에게로 다가왔다. 그가 한껏 웃음을 머금고 말문을 떼려는 순간이었다. 패배의 쓴맛을 본 배명이 한 손을 칼자루에 얹고 다른 한 손으로 코를 문지르면서 다가왔다. 떨떠름한 목소리가 뒤를 이었다.

“청현, 자네 형을 봐서라도 얌전히 굴지 그래.”

흰옷을 입은 도인이 웃음기를 거두고 대꾸했다.

"배 장군, 형님 운운하면서 절 누르지 말아 주시지요. 전 형님이 두렵지도 않은걸요."

"자네……."

배명은 치가 떨리도록 화가 난 듯했으나 달리 뾰족한 수도 없었다. 결국 배명은 그를 향해 쿡쿡 찌를 듯이 삿대질하며 말했다.

"자네 말이야, 이번에 소배는 자네 때문에 곤욕을 치르게 생겼어. 이백 년짜리 유배라니."

흰옷의 도인이 불진을 힘껏 휘둘렀다.

"그건 소배가 저지른 일인데 저와 무슨 상관이랍니까!"

배명과 더는 말을 섞기 싫었는지 그는 잽싸게 꽁무니를 뺐다. 사련은 배명이 자리에 남아서 몇 마디 비아냥대지 않을까 싶었지만, 예상과 달리 그는 미련 없이 자리를 떴다. 이제 이 드넓은 신무전에는 옥좌에 앉은 군오와 아래에 선 사련 외에 한 사람만이 남았다. 다름 아닌 영안국의 태자 전하 낭천추였다. 저 태자 전하는 왜 남았지? 의아해진 사련이 다가가 살펴보았다. 그는 무려 눈을 감고 선 채로 자고 있었다.

사련은 순간 말문이 턱 막혔다. 이건 정말 보통이 아닌데. 그는 속으로 생각하면서 청년의 어깨를 가볍게 토닥였다.

"태자 전하, 태자 전하?"

낭천추는 그제야 화들짝 깨어났다.

"무슨 일입니까?"

"무슨 일은 없고요, 집의가 끝났습니다."

막 정신을 차린 낭천추는 아직 잠이 덜 깼는지 멍하니 말했다.

"이렇게 끝났다고요? 무슨 내용이었습니까? 난 아무것도 못 들었는데?"

"못 들었으면 어쩔 수 없지요. 별로 중요한 일은 아니었습니다. 가세요. 돌아가셔야지요."

"네!"

대답을 마친 낭천추가 걸음을 옮겼다. 대전을 나서기 직전, 그는 어리둥절한 얼굴로 뒤를 돌아보더니 또 웃음을 담뿍 지으면서 말했다.

"깨워 주셔서 고맙습니다."

사련도 생글생글 웃으며 그에게 손을 흔들었다. 모든 신관이 남김없이 자리를 뜨고 나서야 그는 천천히 뒤돌아섰다. 군오도 뒷짐을 지고 옥좌에서 내려와 그의 앞으로 걸어왔다.

"혈우탐화, 곡도 액명."

사련은 목덜미를 붙들린 고양이처럼 저도 모르게 몸을 곧추세웠다.

군오가 다시 물었다.

"그래, 대체 어찌 된 게냐?"

사련은 그를 흘끔 보고는 재빨리 무릎을 꿇었다.

하지만 두 무릎이 땅에 닿기도 전, 군오가 손을 뻗어 그의 팔꿈치를 받쳐 드는 바람에 결국 꿇어앉지는 못했다. 군오가 한숨지으며 말했다.

"선락."

사련은 다시 허리를 바짝 펴고 고개를 숙였다.

"죄송합니다."

군오가 그를 바라보았다.

"네가 무엇을 잘못했는지 알고 있느냐?"

"알고 있습니다."

"그럼 어떤 잘못인지 말해 보겠느냐?"

사련은 묵묵부답이었다. 군오가 고개를 가로저었다.

"잘 모르는 모양이지."

그는 사련에게 따라오라는 듯 가볍게 고갯짓했다. 두 사람은 신무전 뒤편으로 느릿하게 걸음을 옮겼다.

뒷짐을 지고 앞장서서 걷던 군오가 말했다.

"선락도 이제 다 컸구나."

사련은 차마 그 한마디에 토를 달 수가 없었다. 군오가 거듭 말을 이었다.

"팔백 년 전 네가 인간계로 내려갔을 적에 자주 소식을 전해라, 더는 혼자 진흙탕에 뒹굴지 말라, 내 그리 당부하지 않았더냐. 그런데도 그 팔백 년 동안 감감무소식으로 또 혼자 고생을 자처하다니. 이번에 선경에 오르고도 며칠이 지나도록 신무전에 보고하러 들르지 않았더구나. 혹여 다른 자가 이리 태만하고 불경했다면 영문전이 직접 나서서 문책했을 것이다."

물론 방금 사련은 이 일만을 사과한 것은 아니었다. 그 사실은 군오도 잘 알고 있었다.

"검으로 찔러서 죄송하다는 소리라면, 그건 되었다. 네가 말했듯 이미 지나간 일은 깨끗하게 잊어야지."

사련은 쓴웃음을 지었다.

"……그걸 어찌 잊을 수 있겠습니까."

군오가 담담한 목소리로 말했다.

"그럼 앞날을 바라보거라. 널 필요로 하는 일들이 아직 많아."

사련은 미간을 문지르며 대답했다.

"한낱 고물 선인 신세에 법력도 없는 제가 무슨 필요가 있겠습니까. 괜한 방해가 되지 않으면 다행이지요."

"어찌 네 자신을 깎아내리는 것이냐? 선경에 복귀한 뒤로 두 가지 임무 모두 잘 해낸 것을."

사련은 한숨을 푹 내쉬었다.

"하지만 돌아오자마자 배 장군에게 폐를 끼쳤을지도 모르겠습니다."

"명광이라면 괜찮다. 내가 지켜볼 터이니 마음 쓸 것 없다. 다만."

군오가 사련을 돌아보며 본론을 꺼냈다.

"이제 말해 봐라. 이번 임무에서 어떤 거물을 건드린 것이냐?"

사련은 손을 번쩍 들어 올렸다.

"제군, 저는 맹세코 아무것도 하지 않았습니다. 길에서 우연히 재미있는 꼬마를 만나 며칠간 함께 지냈을 뿐, 별다른 뜻은 없었습니다."

군오가 고개를 끄덕였다.

"우연한 만남, 꼬마, 절경귀왕이라. 선락, 아까 네가 배 장군의 추궁을 못 이기고 다른 신관들 앞에서도 이리 말했다면 결과가 어땠을지 짐작이 가느냐? 아무도 너를 믿지 않았을 것이다."

사련은 마지못해 대답했다.

"알고 있습니다. 그러니 때마침 나서서 도와주신 제군께 더욱 감사드려야겠지요. 하지만 제군, 정말 저를 심문할 생각이십니까? 제가 귀계와 내통할 리가 없잖습니까. 괜한 걱정입니다."

"네가 귀계와 내통하지 않으리란 건 물론 알고 있다."

"신임해 주셔서 감사합니다."

"단, 지금 중요한 임무를 네게 맡기기는 어려울 것 같다."

"어떤 일입니까?"

이 무렵 두 사람은 신무전 뒤편에 다다른 뒤였다. 신무전의 앞뒤 건물은 거대한 벽화로 분리되어 있었다. 벽화의 앞면에는 운무를 휘감은 산봉우리와 그 위로 우뚝 선 궁전이 눈부시게 반짝였다. 그리고 뒷면에는 산능성이가 빼곡하게 늘어선 만리산천도(萬里山川圖) 한 폭이 그려져 있었다. 고개를 들어 바라보니 이 거대한 지도 위에는 별처럼 빛나는 작은 구슬이 한가득 박혀 있었다.

이건 전부 인간 세상에 존재하는 신무전의 표식이었다. 즉 진주가 박혀 있는 위치마다 신무전이 세워져 있다는 뜻이다. 팔백 년 전, 군오가 처음으로 등선한 사련을 이곳에 데려왔을 때만 해도 이 별빛은 이렇게까지 총총하지 않았다. 하지만 지금은 지도 위에서 반짝이는 구슬 빛이 온 시야를 고루 뒤덮었다. 아름답고도 전율이 끼치는 그림이었다.

군오는 산천도 앞에 서서 동쪽의 한 구역을 가리켰다.

"이레 전에 이 부근의 산속에서 난데없이 화룡처럼 기다란 화염이 솟구쳤다. 수많은 사람이 직접 목격했지."

사련의 표정이 굳어졌다.

군오는 한 손으로 뒷짐을 지고 다른 손으로 지도 위를 가볍게 두드렸다.

"그 화염은 이 주향을 타오르고서야 꺼졌다. 그동안 많은 사람들이 목격했지만 아무도 다치지는 않았어. 이게 무슨 의미인지 알겠느냐?"

사련이 대답했다.

"'화룡소천' 법술입니다. 강력한 화염을 발하지만, 형상만 거대할 뿐 사람을 다치게 하진 않지요. 이는 구조를 요청하는 신호입니다."

"그래, 구조 요청이다. 게다가 상천정 소속 신관들의 신호이지."

"최악의 상황에서 보내는 구조 요청이기도 하고요."

이 화룡소천 법술의 화염은 몹시 맹렬하다. 하지만 사람을 해치면 안 되기에 신관들은 자신의 법력을 일부분만 터트려야 했다. 자칫 부주의했다가 모든 법력이 폭발해 사라질지도 모르니, 부득이한 상황이 아니면 아무도 이 방법으로 구조를 청하지 않았다. 이 화염의 등장은 한 신관이 피할 수 없는 막다른 위기에 처했다는 의미와 마찬가지였다.

"근래에 상천정에서 행방불명된 신관이 있습니까?"

"사실 이번에 각 신관들을 소집한 것은 반월관 사건 때문만이 아니다. 무엇보다 이번 기회를 빌미로 신관들의 행방을 조사할 목적이 컸지. 도통 얼굴을 비치지 않는 우사나 지사를 제외하면, 나머지 신관들은 당장 복귀하지 못하더라도 회답은 보냈다."

사련은 잠시 고민하다 말했다.

"현세대의 신관이 아니라, 이전 세대에서 은퇴한 신관일 가능성도 있지 않겠습니까?"

"그리되면 범위가 넓어진다. 은퇴한 신관들은 소식이 끊긴 지 오래라 위험에 처한 자가 누구인지 추측할 길이 없어."

요즘 들어 영문전 문관들이 눈가가 새카매지고 다리가 휘청거리도록 바빴던 게 이 일 때문이었는지도 모른다. 그렇다면 인변역 소년의 행방을 자세히 조사하지 못할 만도 했다.

"한 신관이 자기 몸을 희생하면서까지 구조를 요청했으니 분명 심각한 사태가 일어났을 겁니다. 이 근처에 요마와 귀신들의 소굴이나 밀집 지역이 있습니까?"

"있다. 무척 가깝지. 귀시장을 알고 있느냐?"

곰곰이 생각해 본 사련이 대답했다.

"들어는 봤습니다."

귀시장은 귀계에서 가장 번화한 곳으로, 인간계와 귀계의 경계선에 자리하고 있다.

온갖 귀신들이 이곳에 구름처럼 몰려들어 장터를 열고 어지러이 날뛰었다. 경지가 높은 도사들도 수시로 들러 거래를 하면서 정보를 캐냈다. 심지어는 호기심 혹은 남에게 말 못 할 이유를 품고 모습을 바꾸어 드나드는 천계의 신관들도 있었다. 간혹 아무것도 모르는 산 사람이 잘못 들어서기도 했는데, 다들 산 채로 껍질이 벗겨져 잡아먹히거나 겁에 질려 초주검이 되었다.

귀시장은 예로부터 존재해 왔다. —물론 사련의 나이보다 오래되진 않았지만. 좌우간 민간에는 귀시장에 관한 전설이 수도 없이 전해 내려왔다. 다음과 같은 고전적인 귀신 이야기를 예로 들 수 있겠다. 밤길을 급히 거닐던 한 사람이 앞쪽에 펼쳐진 왁자지껄한 장터를 발견했다. 새빨간 등롱과 오색천 장식이 눈부신 곳이었다. 그는 곧장 콧노래를 부르며 안으로 들어섰다. 그런데 주변 사람들은 하나같이 가면을 쓰고 있거나 머리카락이 산발이거나 생김새가 아주 괴팍했다. 그는 내심 의아했지만 대수롭지 않게 넘기고 국수 한 그릇을 사서 자리에 앉았다. 젓가락을 들고 입으로 가져가 한참을 먹는데 어쩐지 이상한 느낌이 드는 게 아닌가. 다시 보니 국수는 무슨, 그건 꿈틀거리고 있는 새카만 머리카락 한 사발이었다!

이어진 군오의 목소리에 사련은 생각에서 깨어났다.

"그 불기둥을 발견하자마자 신관을 파견해 그 일대를 수색했다. 하나 어떤 실마리도 나오지 않았으니, 귀시장으로 옮겨졌을 가능성이 가장 유력하지. 다만 천계와 귀계는 예로부터 경계가 뚜렷한 터라 충분한 증거 없이는 귀시장에 난입할 수 없다. 그래서 비밀리에 하계를 정탐할 인물이 필요한 참이었다."

"일이 커질 수도 있으니, 불필요한 정보가 새지 않도록 신무전의 신관들 앞에서 공개적으로 말씀하지 않으셨군요?"

"그렇다."

"하오면 제가 제군의 명을 받들겠습니다."

"내가 처음으로 떠올린 사람도 너였다. 다만 네가 처리하기에는 조금 불편한 임무일 것 같구나."

"불편하다니요?"

"첫째, 동쪽은 낭천추의 지반이다. 만약 간다면 그와 협력할 수밖에 없어."

"그런 문제라면 전혀 상관없습니다. 안심하십시오."

"둘째, 귀시장이 지금 누구의 지반인지 알고 있느냐?"

살짝 멈칫한 사련이 물었다.

"혹시 화성입니까?"

군오는 느릿하게 고개를 끄덕였다. 마음속 예감이 현실이 되자 사련은 문득 한 가지 일이 떠올랐다.

구조를 요청하는 불기둥은 이레 전에 일어났다. 그리고 화성도 마침 이레 전에 보제관을 떠났다. 가까워도 너무 가까운 시간 간격이었다. 혹시 두 사건 사이에 무슨 연관이 있다면?

"그자와 사이가 제법 괜찮은 것 같던데. 사실 그건 아무래도 좋다. 그자가 이 일에 연루되어 있을까 염려되어 그렇지. 네 입장이 난처하다면 강요하지는 않겠다. 다른 제안이나 적당한 인물이 있다면 편히 말해도 좋다."

사련의 뜻은 여전했다.

"제가 가겠습니다. 전 혈우탐화가 흉심을 품은 악인은 아니라고 봅니다."

군오가 그를 가만히 바라보며 말했다.

"선락, 네 나름대로 생각이 있다는 건 안다. 하지만 네가 항상 남들을 좋은 쪽으로 생각한다는 것도 알고 있어."

그의 말을 들은 사련이 빙긋 웃었다.

"저를 세상 물정 모르는 어린 공주처럼 대하는 건 그만두세요. 지금 그 말씀은 저와 전혀 들어맞지 않습니다."

군오는 고개를 내저으며 말했다.

"네가 사귄 친구에 대해서는 말을 아껴야겠다만, 그래도 한마디만 하겠다. 화성을 조심해라."

군오의 말에 사련은 말없이 고개를 살짝 숙이고 눈을 내리깔았다. 원래라면 자연스레 '네'라는 대답이 나왔어야 한다. 그리 대답하는 것쯤은 한없이 익숙했다. 하지만 무슨 까닭인지 이번 만큼은 그다지 말하고 싶지 않았다.

군오가 거듭 말을 이었다.

"특히 그의 요도(妖刀)를 조심해라."

"그게 뭡니까?"

"곡도 액명은 저주의 칼이자 불길한 칼이다. 그런 사특한 무기는 아주 잔인한 제물과 피 묻은 결심을 바쳐야만 제련할 수 있어. 절대 건드리지 말고, 그 칼에 상처를 입어서도 안 된다. 뒷일은 아무도 책임지지 못하니."

어디서 난 자신감인지는 몰라도, 사련은 화성이 그 칼로 자신을 베지 않을 거란 생각이 들었다. 그러면서도 입으로는 시치미를 뗐다.

"명심하겠습니다."

군오는 고개를 살짝 끄덕였다.

"이 임무는 네게 맡겨야 가장 마음이 편할 것 같다. 네 사정이 좋았다면 더할 나위 없었겠지만, 아무래도 혼자서는 힘겨울 터이지. 동행하고 싶은 신관이 따로 있느냐?"

사련은 짧은 고민 끝에 대답했다.

"누구든 괜찮습니다. 하지만 친화력 있는 성격이면 좋겠습니다. 언제든 빌릴 수 있을 만큼 법력이 강한 분도 좋겠고요."

군오가 웃었다.

"남양과 현진은 첫 번째 조건에서 바로 탈락이구나."

물론이다. 지금의 풍신과 모정은 친화력이 좋다고 말할 만한 성격이 못 되었으니까. 사련도 슬쩍 웃음을 터트렸다. 군오가 다시 물었다.

“두 사람과는 어찌 되었느냐? 말은 좀 나눠 보았고?”

군오는 어떤 통령진에도 접속하지 않으니 그들이 온종일 통령진에서 무슨 소리를 지껄이는지 알 턱이 없었다. 사련이 대답했다.

“몇 마디 나눴습니다.”

“그 오랜 세월이 지났는데 고작 몇 마디 나누었느냐? 그래, 들어 보니 네가 이번에 선경에 오르면서 수많은 신관들의 궁을 부수었다지. 그중에 남양의 것이 있었다고.”

사련이 재빨리 변명하고 나섰다.

“다 갚았습니다! 팔백팔십팔만의 공덕, 남김없이 갚았습니다. 역시 제군께 감사드려야겠네요. 제게 여군산에 갈 기회를 주셨잖습니까.”

하지만 군오는 예상 밖의 말을 꺼냈다.

“감사는 남양에게 하거라. 영문이 내게 일러 주더구나. 나중에 개인적으로 영문전을 찾아와서는 네게 남양전을 보수할 공덕을 받지 말라고 했다던데.”

사련은 순간 얼이 빠졌다.

“무슨…… 저는 전혀 몰랐습니다.”

어쩐지 그 팔백팔십팔만 공덕이 그렇게 쉽게 갚아지나 했다.

엄청난 몫이 면제된 뒤였으니 가능한 일이었다. 당시 가장 심각하게 훼손된 궁전은 남양전이었다. 지붕을 덮은 금장 절반이 무너져 내렸다는 이야기까지 듣지 않았던가. 군오가 입을 열었다.

"남양이 영문에게 함구하라고 했으니 모르는 게 당연하다. 남양은 네가 모르길 바라는 눈치이니, 계속 모른 척하는 편이 낫겠구나."

사련은 이게 어떤 기분인지 알 수 없었다. 복잡하게 뒤섞인 감정이 마음에 녹아들어 모래알처럼 흩어졌다. 그는 끝내 소리 없이 한숨만 내쉬고 다른 생각을 했다.

'역시 이 세상은 절대 다른 사람에게 말하지 말라는 소리를 해 봤자 말짱 헛수고라니까.'

잠시 생각에 잠긴 군오가 다시 물었다.

"남양과 현진이 정 안되면 풍사는 어떻겠느냐?"

"풍사 대인도 좋습니다. 그녀가 저와 순찰을 나갈 마음이 있을지는 잘 모르겠지만요."

"풍사는 법력이 강하고 성격도 활발하다. 새로운 벗을 사귀는 데 열정적이니 네가 말한 친화력 좋은 성격에도 부합하겠지. 지난번 나를 찾아왔을 땐 너를 좋게 평하기도 했다. 내가 보기엔 적당할 것 같구나. 더 마음에 걸리는 문제가 없다면, 이번은 풍사와 함께 귀시장에 내려가서 사건을 조사하도록 해라. 그리고."

"뭔가요?"

군오가 느릿하게 덧붙였다.

"노력하는 건 좋다만, 너무 무리하지는 말아라."

그 말을 들은 사련은 한참을 멍한 채로 있다가, 가볍게 웃어 보였다.

"무슨 말씀을 그리하십니까. 전 무리한 적 없습니다."

군오가 그의 어깨를 툭툭 토닥였다.

"우선 선락궁으로 돌아가 쉬어라. 풍사에게는 내가 인편으로 연락하겠다."

얼떨떨해진 사련이 물었다.

"저는 공덕이 부족해 궁전을 짓지 못했습니다. 예전의 선락궁은 진작에 철거됐을 텐데, 무슨 선락궁을 말씀하시는 겁니까?"

"네게 주려고 새것을 하나 지었다. 그 작고 허름한 도관에서 웅크리고 살 수는 없지 않으냐."

신무전을 떠난 사련은 군오전 소속 소신관에게 이끌려 새로운 '선락궁'에 도착했다.

이 선락궁은 그가 예전에 쓰던 궁전과 얼추 똑같았다. 유리기와와 붉은 담장이 화려하고 고상한 곳이었다. 하지만 그는 궐문 앞에 한참을 서 있었다. 들어가고 싶은 마음이 전혀 들지 않았다. 고물 선인은 낡아 빠진 도관에 사는 편이 어울린다. 지금의 그는 이렇게 화려하고 고아한 선궁에서 지낼 수 없었다.

그는 궐문 앞을 한가로이 서성이면서 풍사 대인이 찾아오기만을 기다렸다. 하지만 긴 기다림 끝에 나타난 사람은, 흰옷을 입은 여인이 아니라 흰옷을 입은 사내였다.

이 도인은 풍채가 맑고 당당했다. 온몸 주변으로는 바람이 표표히, 가볍게 나부꼈다. 바로 아까 신무전에서 배명과 소동을 벌였던 '청현'이라는 자였다. 그는 불진을 한번 휘두르더니 생글생글 웃으며 말했다.

"안녕하세요, 태자 전하!"

사련도 웃음을 머금고 대답했다.

"안녕하세요, 도우님!"

사실 사련은 댁은 대체 누구신가요, 하고 묻고 싶었다. 하지만 그런 말은 분명 결례가 될 터였다. 그는 조용히 두루마리를 뒤적거렸다. 청현이라는 이름을 가진 신관이 누구인지 찾아보려던 그때, 사련에게 다가온 도인이 말했다.

"가시죠! 같이 하계 구경이나 합시다."

사련이 어리둥절한 얼굴로 말했다.

"도우님, 저는 사람을 기다리는 중입니다만."

도인이 불진을 도포 뒷깃에 끼우고 뒤를 돌아보더니 의아한 목소리로 물었다.

"누가 더 오나요?"

"풍사 대인이요."

그 흰옷의 도인은 한층 의아한 표정을 지었다.

"저라면 여기 있잖아요?"

"……."

사련이 미간을 꿈틀거렸다.

"당신이 풍사?"

그가 부채를 펼쳐 흔들면서 말했다.

"제가 풍사라는 걸 의심할 필요가 있나요? 설마 저를 모르시는 건 아니겠죠? 이 풍사청현이라는 이름을 들어 본 적 없다고요?"

사련이 자신을 모르는 건 있을 수 없는 일이라는 듯, 퍽 당당하고 떳떳한 말투였다. 부채의 앞면에는 '풍'이라는 글자가, 뒷면에는 바람 세 줄기가 보였다. 이건 그때 흰옷의 여인이 부치고 있던 그 부채가 아닌가?

사련은 문득 떠올랐다. 상천정에는 특수한 조건 때문에 변신술에 능한 신관들이 있다던 부요의 말. 그리고 반월관에서 남풍이 남겼던 반쪽짜리 말.

– 풍사 대인은 분명 항상…….

항상 뭐? 뭔데?

남자?

사련은 풍사에게 붙잡혀 몇 걸음을 옮기면서도 여전히 현실을 받아들이지 못했다.

"음…… 풍사 대인. 저, 저, 저번에는 왜 여관으로 변신하셨어요?"

"왜요? 예쁘지 않았습니까?"

“예뻤죠? 그래도…….”

풍사는 얼굴에 웃음꽃을 활짝 피우며 말했다.

“예쁘면 됐지 그래도, 라는 말이 왜 나와요? 예쁘면 그만이지요! 당연히 예뻐서 변신한 거 아니겠어요.”

말을 마친 그는 갑자기 무언가가 떠올랐는지, 부채를 탁 접고 사련을 위아래로 한껏 훑어보았다. 이내 그가 입을 열었다.

“그러고 보니 저희, 이번에 귀시장에 가서도 정체를 숨겨야 하지 않아요?”

“…….”

할 말을 잃은 사련의 머리 위로 물음표가 떠다녔다.

14장 태자, 귀시장에서 귀왕을 만나다

무척 송구하게도, 사련은 두 시진이 지나고서야 짬을 내어 남몰래 두루마리를 훑어보았다. 그제야 이 풍사의 내력을 대강 머리에 집어넣을 수 있었다.

천계의 '오사'는 칭호로 성씨를 대신한다. 예컨대 지사의 인간 시절 본명이 '명의'였다면, 등선한 뒤에는 '지사의'로 불리는 식이다. 풍사의 인간 시절 본명은 '사청현'이었으니 등선한 뒤에는 '풍사청현'으로 불렸다. 풍사청현은 그 칭호에 걸맞게 성정이 바람 같았다. 친구 사귀기를 좋아하고 씀씀이가 시원한 데다 사소한 일에 연연하지 않아 상천정에서도 상당히 인기가 좋았다. 통령진에서 흔쾌히 십만 공덕을 뿌리는 것만 보아도 대강 짐작이 갔다. 한편으로는 그의 형이 인간의 재운을 관장하는 대신관이니 통이 크고 아량이 넓을 만도 했다.

그렇다. 풍사청현의 형이 바로 그 '수횡천', 수사 사무도였다.

하계로 내려온 두 사람은 나란히 거닐면서 한담을 나누었다. 사련은 팔짱을 끼고 진심 어린 말투로 말했다.

"배씨 가문의 두 장군이 등선한 것도 인간 세상에서는 진기한 이야기로 통하는데, 풍사 대인과 수사 대인 두 분은 함께 상천정에 오르셨잖아요. 이거야말로 정말 진기하네요."

사람 수만 명이 있어도 반드시 신선이 나오리란 법은 없다. 하다못해 배명과 배숙의 등선에도 몇백 년이라는 간격이 존재한다. 그리고 배숙은 배명의 직계 후손이 아니다. 한마디로, 배명이 아니라 그의 형제 핏줄이 낳은 까마득한 방계 친척 사이였다. 반면 수사무도와 풍사청현은 피를 나눈 진짜배기 형제였다. 진정 한 가문에서 두 사람이 선경에 올랐으니, 이 얼마나 진기한 일인가?

사청현은 웃으며 말했다.

"별거 아니에요. 저와 제 형은 같은 곳에서 자라고, 같은 스승을 모시고, 같은 도를 닦았으니 자연히 선경에도 같이 오르게 된 거죠."

사련도 벼락치기로 두루마리를 넘기면서 읽어 본 내용이었다. 두 사람 가운데 사무도가 먼저 선경에 올랐으며, 이후 사청현도 몇 년 만에 천겁을 겪었다는 이야기. 사람들은 항상 이 두 신관을 나란히 공양했고 같은 사당에 동등하게 모셔 절을 올렸다. 두 형제의 우애가 얼마나 지극한지 알 수 있는 대목이었다.

화성과 남풍이 말한 '배명이 풍사를 건드리지 않는 이유'도 이 수사 때문임이 분명했다. 하기야, 수횡천의 친동생씩이나 되는 인물을 누가 쉬이 건드릴 수 있겠는가?

여기까지 생각이 미친 사련은 문득 다른 한 가지 일이 떠올랐다. 짧은 고민 끝에 그가 물었다.

"풍사 대인, 아까 배 장군은 대인의 형님과 꽤 교분이 있는 것처럼 말씀하시던데요. 그런데 이번에 대인이 소배 장군을 고발하셨으니, 형님께서……."

"괜찮아요. 제가 배명을 못마땅해한다는 건 형도 옛날부터 알았거든요."

"알고는 있어도 실제로 일이 벌어지면 또 모릅니다. 이러다 수사 대인과 배 장군의 사이가 틀어지면 어떡하죠?"

"사이가 틀어지면 차라리 고맙죠. 전 우리 형이 배 장군이랑 그만 어울리고 당장이라도 '삼독류(三毒瘤)' 무리에서 벗어났으면 좋겠거든요."

사련은 어리둥절해졌다.

"삼독류? 세 가지 암 덩어리?"

사청현이 화들짝 놀랐다.

"뭐예요! 이것도 모르신다고요? 에이! 됐어요. 전하가 아무것도 모르신다는 건 잘 알겠네요. 그냥 가볍게 듣고 넘기세요. 이 삼독류는 말이죠, 상천정에서 평판은 나쁜데 사이는 비교적 좋은 신관들을 묶어 부르는 명칭입니다. 그러니까 명광, 영문,

우리 형."

사련은 속으로 생각했다.

'놀랍게도 사련, 사련, 사련이 아니네.'

사청현이 그의 부채 '풍사선(風師扇)'을 한들한들 흔들며 말을 이었다.

"제가 그를 못마땅해하든 말든, 애초에 이번 일은 소배 본인의 잘못이었습니다. 배명은 반월 국사에게 누명을 씌워 소배를 감싸려 했고요. 원하는 대로 흘러가게 두면 안 됐죠. 사람이든 신이든 귀신이든 자신이 한 일에는 책임을 져야 합니다. 어린 낭자를 괴롭힌 게 뭐 그리 대단하다고?"

마지막 한마디에서 제법 경멸이 묻어났다. 그 말을 들은 사련은 웃으며 말했다.

"풍사 대인은 참 의협심이 강하시네요."

사청현도 웃으며 말했다.

"전하도 좋은 분이신걸요. 전 반월관의 소문을 어렴풋이 듣기는 했어도 자세히 파고들 여유가 없었어요. 게다가 우리 형님한테 욕도 몇 번 얻어먹어서 이런저런 사정으로 깜빡 잊어버렸죠. 그날 통령진에서 전하의 질문을 듣고서야 정신을 차리고 다시 찾아가 본 겁니다. 그런데 전하께서 질문에만 그치지 않고 직접 가셨을 줄은 몰랐어요. 그래서 생각했죠. 아, 이 사람은 좋은 사람이로구나!"

풍사는 아주 솔직하고 재미있는 성격의 소유자였다. 사련은 왜 그가 상천정에서 인기가 좋은지 체감할 수 있었다. 이번에 상천정에 올라와서 이런 신관과 친분을 맺게 될 줄이야. 예상치 못한 상황에 사련은 웃음이 새어 나왔다. 하지만 누가 알았으랴. 다시 고개를 돌리고 그를 바라본 순간, 곁에 있던 흰옷의 도인은 또 여인으로 변해 있었다.

난데없는 변화에 사련은 하마터면 발을 헛디딜 뻔했다.

"풍사 대인, 왜 갑자기 변신하셨어요?"

사청현은 긴 머리칼을 쓸어 넘기며 말했다.

"아, 태자 전하. 사실은 말이죠, 저는 이 모습일 때 법력이 더 강해진답니다."

앞서 말했듯이 풍사와 수사는 함께 모셔지는 경우가 많다. 그러나 이로 인해 기묘한 사고가 일어났다. 사람들은 같은 신전에서 공양받는 두 신관이 모두 남자인 게 성에 차지 않은 모양이었다. 남녀가 함께라면 어떤 일이든 힘겹지 않은 법이니, 완벽한 남녀 한 쌍이어야 마땅하다고 생각했을지도 모른다. 이후에 누군가가 일을 저질렀다. 풍사상을 여인의 모습으로 조각한 것이다.

여신상으로 고쳐 놓은 것도 모자라, 풍사와 수사는 원래 오누이였다는 엉터리 고사까지 날조했다. 한술 더 떠서 두 사람이 부부였다고 말하는 판본도 있었다. 이 낭설을 토대로 한 기담이 몇백 년을 거쳐 우후죽순으로 생겨났다. 한순간의 호기심으로 고사를 찾아 읽어 본 두 신관은 소름이 돋아 몸서리를 쳤다. 하지만 이런 망발을 제법 많은 사람들이 믿기 시작했다. 다들 풍사가 사내인지 여인인지도 모르고 '마마, 저를 보우하소서'라고 기도했다. 그래서 사청현도 '풍사마마'라는 별명을 얻게 되었다.

우습기는 하지만 사실 이런 황당한 사례는 적지 않다. 영문도 이와 비슷한 상황을 겪었다. 영문은 여신관이지만 결코 다른 선녀들처럼 곱게 단장하지 않았다. 언제나 새카만 옷을 깔끔하게 차려입고 온종일 영문전에 틀어박혀 문관들이 올린 두루마리 더미에다 광적으로 첨삭할 뿐이었다. 타고난 성정에서 비롯된 행동이었지만 다른 이유도 있었다. 인간 세상에 가서 아무나 붙잡고 '영문진군은 남자예요, 여자예요?'라고 묻는다면 다들 단호하게 대답할 것이다. '남자.'

문신이잖아. 당연히 남자겠지. 바로 이 고정관념 때문에 영문은 선경에 첫발을 내딛자마자 호되게 손해를 보았다. 세상 사람들은 문신인 그녀를 이렇게 생각했다. '여인이 어떻게 문신의 지위에 앉을 수가 있지? 학업 운을 보우할 수나 있겠어? 분명히 영험하지 않을 거야!' 그래서인지 그녀가 성실하게 일해도 향불은 싸늘하기만 했다. 나중에 심기가 불편해진 몇몇 사당은 홧김에 영문의 신상을 몽땅 남자로 고쳐 세우고 '영문원군'이라는 이름을 '영문진군'으로 바꾸어 놓았다. 그뿐 아니라 출신에 관한 휘황찬란한 설화까지 덧붙여 주었다. 이렇게 고쳐 놓자 향불이 되돌아왔다. 사람들은 입이 닳도록 영문진군을 찬양했다. 하지만 사실상 그 신관은 예전과 변함없는 영문이다. 강한 법력도 본디부터 지녀 온 것이다. 영문에 관한 전설은 전부 터무니없는 날조였으나 사람들에게는 이 수법이 통했다. 그 뒤로 영문은 인간들의 꿈에 나타나거나 신통력을 부릴 때 부득이하게 남자의 몸을 써야 했다.

같은 이치로, 사람들은 풍수묘에 남녀 한 쌍을 세워야 분위기가 산다고 생각했다. 그러니 남녀 한 쌍을 세울 수밖에. 신이든 귀신이든 무슨 상관이겠는가? 사람들이 믿는 게 곧 법인 것을. 신의 실제 모습과 천양지차로 달라도 사람들은 저들이 원하는 대로만 생각했다. 상천정의 신관들은 이런 일에 이골이 난 지 오래였다.

사청현으로 말할 것 같으면, 사련이 살펴본 바로는 그다지 개의치 않아 보였다. 아니, 개의치 않다 못해 완전히 즐기고 있었다. 혼자 즐기는 데 그치지 않고 남들에게도 이 즐거움을 맛보게 해 주려고 기를 썼다. 사련은 지난번 그와 동행했던 여인의 정체가 몹시 궁금해졌다. 사청현은 천계에서 지상까지 내려가는 두 시진 내내 여인의 모습으로 변신하라고 사련을 설득했다. 내놓은 이유가 퍽 정당했다.

"여자는 음기가 짙어서 귀시장에 숨어들기 쉬워요."

곰곰이 생각해 본 사련은 완곡하게 거절했다.

"저는 법력이 부족해서 변신할 수 없습니다."

하지만 사청현은 아주 의욕적이었다.

"제가 빌려드릴게요. 이러라고 제군께서 절 보내신 거잖아요?"

"대인, 법력은 싸울 때 빌려주시면 좋겠는데요……."

사련이 넘어오지 않자 사청현도 더 강요하지는 않았다. 이 무렵 두 사람은 황야에 다다랐다. 깊은 밤, 까마귀가 칠흑 같은 숲속에서 우짖으며 스산하고 괴이한 분위기를 자아냈다. 사련은 짧게 주위를 둘러보고 입을 열었다.

"여기서 기다리죠. 음기가 강하고 근처에 큰 묘지도 있으니, 귀시장으로 넘어가려는 한둘쯤은 만날 수 있겠어요. 그때 다시 따라갑시다."

그리하여 두 사람은 듬성듬성 늘어선 무덤가에 쪼그리고 앉아 하릴없이 기다리기 시작했다.

쪼그려 앉은 지 얼마 되지 않아 사청현은 소매 안에 손을 집어넣더니 술 단지 하나를 주섬주섬 꺼내 들었다.

"드실래요?"

사련은 술 단지를 받아 한 모금 마셨다. 술이 넘어오자 목구멍이 타들어 가는 듯했다. 사련은 술 단지를 돌려주며 말했다.

"고맙습니다."

술 단지를 돌려받은 사청현은 두 모금을 들이켜고 물었다.

"술 못 마셔요?"

"마시죠. 그런데 취하면 정신이 나가서 맛만 보는 편이에요. 지금 몇 시진인가요?"

잠시 침묵한 사청현이 대답했다.

"자시[#7]요."

"음, 슬슬 올 때가 됐네요."

말이 끝나기 무섭게 두 사람은 깊은 숲속 멀리서 어렴풋이 빛나는 행렬을 발견했다.

빛의 행렬이 이쪽으로 점점 다가오더니 숲을 빠져나왔다. 두 사람의 시야에 들어온 것은 흰옷을 걸친 채 무표정하게 늘어선 아낙들이었다. 노파와 낭자, 고운 여인과 못난 여인까지 제각기 수의를 두르고 흰 등롱을 든 채 앞으로 꾸물꾸물 걸어갔다.

바로 어둠을 틈타 귀시장으로 향하는 여귀 무리였다.

사련이 작은 목소리로 말했다.

"따라가죠."

고개를 끄덕인 사청현은 두 모금 만에 술 단지를 비우고 바닥에 툭 던졌다. 두 사람은 자리에서 일어나 천연덕스럽게 이 귀신들의 뒤를 따랐다.

두 사람은 사전에 철저히 준비를 해 두었다. 몸에 지닌 영광을 말끔히 지워 나무토막 인형 같아진 두 사람에게서는 생기를 찾아볼 수가 없었다. 귀신들은 흰 등롱을 들고 새카만 숲을 따라 가만히 걸어가면서 가느다란 목소리로 떠들어 댔다.

"너무 기뻐요, 귀시장이 다시 열리다니. 가서 얼굴이나 좀 맞추려고요."

"얼굴이 왜 그래요? 얼마 전에 맞추지 않았어요?"

#7 자시 子時. 오후 11시에서 오전 1시

"또 썩어 버린 거 있죠. 아휴, 지난번에 맞춰 준 점원이 일 년은 안 썩는다고 했는데. 반년도 못 가서 이 모양이니, 원."

귀신들의 뒤를 밟으면서 대화를 들은 사련과 사청현은 한마디도 꺼내지 않았다. 우스운 이야기가 나와도 기껏해야 입꼬리를 비틀며 흘끔 시선을 맞출 뿐이었다. 반 시진쯤 걸었을 무렵, 귀신 행렬은 어느 산골짜기에 도착했다.

골짜기 깊은 사이로 은은한 붉은빛이 퍼져 나오고 있었다. 환상처럼 아스라한 밤빛 속에서 노랫소리가 들려오는 것만 같았다. 사련은 소문으로만 듣던 귀시장이 대체 어떤 모습일지 갈수록 궁금해졌다. 그런데 골짜기에 들어선 순간, 행렬 끄트머리에 서 있던 여귀 하나가 난데없이 뒤를 돌아보았다. 두 사람을 발견한 여귀가 의심스럽게 물었다.

"너희들은 뭐야?"

이 한마디에 앞으로 늘어선 여귀들이 창백한 얼굴을 돌렸다. 다들 이상하다는 표정으로 두 사람을 에워쌌다.

"얘네는 언제 따라왔대? 우리가 무덤에서 나왔을 때 이 둘은 없었잖아."

"너희는 어느 묘지에 살아? 어째 전에는 본 적 없는 것 같다?"

사련은 가볍게 헛기침을 하며 말했다.

"우리는…… 꽤 멀리 떨어진 묘지에서 찾아왔거든요. 당연히 못 보셨을 테죠."

사청현도 웃으면서 말했다.

"맞아요. 일부러 귀시장이 설 때를 맞춰서 먼 길을 건너왔어요."

수의를 걸친 여귀들이 무표정한 얼굴로 그들을 빤히 바라보았다. 다른 사람이었다면 아마 지레 겁을 먹고 무릎을 꿇었을 터다. 하지만 사련은 정체를 들켜도 두렵지 않았다. 이 허약한 여인의 혼백들이 어떻게 그들을 위협하겠는가? 그보다는 눈앞에 있는 귀시장이 문제였다. 이렇게 가까이서 소란을 일으켰다가 괜한 의심을 사게 되면 어쩌지?

이때 한 아낙이 사청현을 빤히 쳐다보면서 느릿느릿 말을 꺼냈다.

"이봐, 동생. 자네 얼굴, 관리를 참 잘했네."

그 말에 사련과 사청현은 나란히 얼이 빠졌다.

곧이어 두 사람은 잽싸게 동시에 고개를 끄덕였다. 사련이 말했다.

"이 정도면 평범하죠."

사청현도 그의 말투를 따라 했다.

"이 정도면 훌륭하죠."

온 여귀들이 와르르 몰려와 열띤 토론을 벌였다.

"그래, 하나도 썩지 않았네."

"동생, 얼굴은 어디서 관리받았어?"

"비결이 뭐야?"

"추천할 만한 가게 있어?"

적절한 대답을 찾지 못한 사청현은 헛웃음을 지으며 말했다.

“그래요? 내가 봐도 내 얼굴이 참 괜찮긴 해요. 아하, 아하하, 하하하하하…….”

죽은 사람의 얼굴을 어떻게 관리하는지 그가 알 턱이 있겠는가? 하릴없이 억지웃음을 지으며 시간을 끌 수밖에 없었다. 바로 그때, 행렬이 한쪽으로 방향을 틀었다. 사련의 눈앞이 환하게 트였다. 검붉은 빛이 온 시야를 덮쳐 왔다.

기묘하고 현란한 세계가, 그의 앞에 펼쳐졌다.

그건 길게 뻗은 거리였다.

끝이 보이지 않는 거리 양옆은 각양각색의 가게와 상인들로 북적였다. 상점의 이름이 쓰인 오색 깃발이 나부끼고 새빨간 등롱이 들쑥날쑥 내걸렸다. 길을 오가는 ‘사람’들은 대부분 가면을 쓰고 있었다. 우는 것, 웃는 것, 노한 것. 사람인 것, 사람이 아닌 것. 가면을 쓰지 않은 자들의 생김새는 ‘괴상망측’하다고 묘사할 수밖에 없었다. 어떤 자는 머리는 큰데 몸이 작았고, 어떤 자는 대나무 장대만큼 홀쭉했다. 호떡처럼 납작한 자는 땅에 바짝 달라붙어 행인들에게 밟히면서 불평을 쏟아 내고 있었다.

사련은 기괴한 것들을 피해 조심조심 발을 내디뎠다. 한 노점을 지나치는데 거대한 뼈 몽둥이로 바지런히 탕을 휘젓고 있는 주인이 보였다. 휘젓는 내내 잇새로 흘러나온 침이 탕 안으로 뚝뚝 떨어졌다. 빛깔이 미묘한 탕에는 눈알 몇 개가 위아래로 떠다니고 있었다. 이를 본 사련은 제 요리 실력에 자신감이 훅 솟았다.

다른 한쪽에서는 기괴한 사람들이 곡예를 선보이고 있었다. 병아리처럼 작은 귀신을 붙잡은 우람한 사내가 입을 벌리자 웅장한 불길이 뿜어져 나왔다. 손에 붙잡혀 타오르는 작은 귀신은 돼지 멱따는 소리로 울부짖으며 버둥거렸다. 주위의 구경꾼들은 박장대소하면서 목청껏 갈채를 보냈다. 이번에는 누군가가 정신을 놓고 허공에 돈을 뿌렸다. 온 하늘에 눈이 흩날리는 것 같았다. 그 돈은 사련의 눈앞까지 나풀나풀 날아들었다. 손을 내밀어 잡아 보니 예상대로 노잣돈이었다.

다시 걸음을 옮겨 푸줏간을 지나쳤다. 점포 앞에는 핼쑥한 사람의 머리들이 일렬로 매달려 있었다. 어린 것에서부터 늙은 것까지 질서 정연하게 늘어선 데다 가격도 적혀 있었다. 어린아이 고기 얼마, 소년 고기 얼마, 사내 고기 얼마, 여인 고기 얼마, 오도독뼈 얼마. 푸줏간 주인은 앞치마를 둘러매고 칼을 쥔 채 분주하게 일에 몰두했다. 놀랍게도 갈기가 새카맣고 긴 멧돼지였다. 그 칼이 다지고 있는 것은 꿈틀거리며 경련하고 있는 사람의 굵직한 다리였다.

마귀 떼가 춤추는 광란의 지옥이 따로 없었다.

사람이 돼지를 써는 것은 흔하지만 돼지가 사람을 써는 것은 흔치 않다. 사련은 참지 못하고 자꾸 흘끔거리다 멧돼지에게 시선을 들켰다. 멧돼지가 냉큼 말했다.

“뭘 봐? 살 거냐?”

사련이 고개를 저었다.

"안 사요."

그 멧돼지 백정이 칼을 도마 위로 사정없이 내리꽂는 바람에 피와 살점이 튀어 올랐다. 그가 투박한 목소리로 윽박질렀다.

"사지도 않는데 뭘 봐! 염병, 시비 걸러 왔냐? 썩 꺼져!"

사련은 재빨리 꺼졌다. 그러나 몇 걸음을 옮기자마자 사달이 났다는 걸 깨달았다.

그 여귀 무리와 사청현이 감쪽같이 사라지고 없었다.

순간 멍해진 사련은 통령으로 연락을 취하려 했다. 풍사가 정말로 여귀들에게 끌려가 얼굴 관리를 받으면 어쩌나 싶어져서였다. 하지만 여기는 귀시장이다. 천계의 통령 법술도 이 안에서는 제한을 받기 마련이었다. 통령이 열리지 않자 사련은 거리를 정처 없이 떠돌아다니며 풍사를 찾기 시작했다. 그리 한참을 걷는데 갑자기 누군가가 그를 끌어당겼다. 신경을 바짝 곤두세우고 있던 사련이 더럭 외쳤다.

"누구냐?"

그를 끌어당긴 사람은 한 여인이었다. 사련의 목소리에 움찔한 여인은 그의 얼굴을 똑똑히 살펴보고는 샐샐 웃으며 교태로운 목소리로 말했다.

"어머나. 이 오라버니, 참 준수하기도 해라."

여인은 반쯤 헐벗은 옷차림에 화장이 무서울 만큼 농염했다. 입을 달싹이자 고르게 발리지 않은 분가루가 우수수 떨어졌다.

가슴은 살갗 안에 무언가를 채운 것처럼 부풀어 있어 꽤 충격적이기도 했다. 사련은 닭발처럼 비쩍 마른 그녀의 손을 살짝 밀어내며 말했다.

"낭자, 하실 말씀이 있다면 좋게 말로 하시죠."

여인이 잠시 멍한 표정을 짓더니 곧장 웃음을 터트렸다.

"세상에나, 지금 날 낭자라고 부른 거야? 아직도 나더러 낭자라고 부르는 사람이 다 있네? 하하하하하하!"

주위 사람들도 우스웠는지 떠들썩하게 웃기 시작했다. 사련이 말없이 고개를 내젓자 여인이 다시 달려들었다.

"가지 마! 젊은 오라버니, 난 오라버니가 마음에 들어. 가서 나랑 하룻밤 즐기자. 돈은 안 받을게."

그녀는 입술을 비죽 내밀며 추파를 던졌다.

"돈이라면 내가 낼 테니까. 호호호호……."

사련은 속으로 송구하다는 말을 거듭하면서도 겉으로는 태연한 척 단호하게 여인을 뿌리쳤다. 그가 부드러운 목소리로 말했다.

"낭자."

그런데 무슨 영문인지, 여인이 갑자기 짜증이 치민 얼굴을 했다.

"왜 자꾸 낭자 타령이야. 누가 이렇게 부르는 거 좋아한대? 됐어, 쓸데없는 말 하지 말고. 어때, 올 거야 말 거야?"

사련을 유혹할 작정이었는지, 그녀는 애초부터 반쯤 헐벗은 옷을 풀어 헤쳤다. 방심하고 있던 사련은 그녀의 노골적인 행동을 막을 생각조차 하지 못했다. 그는 조용히 한숨을 내쉬고 시선을 옮긴 채 멀찍이 돌아가기로 했다. 하지만 그 여귀는 앞을 가로막고 온갖 방법으로 집적거렸다.

"가고 싶지 않아?"

그러나 사련은 어릴 적부터 황극관에 몸담아 오랜 세월 금욕하면서 심신을 굳건하게 지켜 온 사람이었다. 무엇을 보여 주든 고요한 물처럼 마음이 평온했다. 머릿속에서는 경고음 같은 도덕경이 자동으로 낭송되니, 조금도 동요하는 법이 없었다. 유혹에 실패한 여귀가 표정을 바꾸고 이죽거렸다.

"내가 돈을 낸다는데도 마다하다니! 너 사내 맞아?"

사련은 눈길을 피하면서 말했다.

"맞습니다."

"그럼 어디 증명해 봐!"

구경꾼 하나가 호탕하게 웃으며 말했다.

"이 천것아, 늙고 추한 네가 싫어서 마다하겠다는데 뭘 매달리고 앉았어?"

그 말에 사련은 얼굴빛 하나 바꾸지 않고 입을 열었다.

"그건 아니에요. 전 은질[#8]이 있습니다. 서지 않아요."

자리에 있던 모두가 얼이 빠졌다. 이윽고 귀곡성 같은 스산한 웃음소리가 터져 나왔다.

#8 은질 隱疾. 성병처럼 남에게 말 못 할 병을 가리킴

"푸하하하하하……."

이제 비웃음의 대상은 사련이 되었다. 좌중 앞에서 자신이 그런 병에 걸렸다고 대담하게 밝히는 사내가 세상천지 어디에 있겠는가. 하지만 평소 사련은 자신의 아랫도리가 제 기능을 하는지에 대해 추호도 관심이 없었고, 되레 이 병을 핑계로 각종 상황을 헤쳐 나왔다. 이 방법은 몇 번을 써먹어도 효과가 탁월했다. 아니나 다를까, 여귀는 옷섶을 홱 여미더니 더 치근덕거리는 대신 욕을 퍼부었다.

"어쩐지 꼴값을 떨더라니. 돼지 같은 놈, 병이 있으면 일찍 얘기했어야지! 퉤!"

멀지 않은 곳에서 멧돼지 백정이 또 칼을 내리꽂고 고함쳤다.

"염병, 이 천것이 지금 뭐라고 했냐? 돼지가 뭐 어때서?"

여귀도 지지 않고 목청 높여 되받아쳤다.

"그래, 돼지가 뭐 어떻겠어? 나가 뒈질 축생이지!"

긴 거리 곳곳에서 여러 목소리가 야단법석을 피웠다.

"여귀 난창이 또 난동을 부린다!"

"주 백정이 귀신 잡는다!"

두 귀신은 왁자지껄하게 뒤엉켜 싸우기 시작했다. 사련은 그제야 자리를 벗어날 수 있었다. 한참을 걸어간 그는 뒤를 한번 돌아보고 한숨을 내쉬었다.

얼마 지나지 않아 앞쪽이 다시 떠들썩하게 끓어올랐다. 걸음이 닿은 곳은 거대하고 붉은 건물 앞이었다.

이 건물은 풍채가 범상치 않았다. 기둥과 지붕, 외벽을 휘황찬란한 진홍색으로 칠하고 바닥에는 화려한 융단을 두툼하게 깔아 놓았다. 천계의 궁전과 비교해도 전혀 모자람이 없었으나, 위엄보다는 요염함이 더해진 곳이었다. 오가는 귀신들로 한창 문전성시를 이루었다. 건물 안쪽은 왁자한 목소리들이 들끓고 있었다. 귀를 기울여 들어 보니, 이곳은 도박장인 듯했다.

사련은 앞으로 다가섰다. 입구 양쪽 기둥에 세로로 팻말이 걸려 있었다. 왼쪽에 적힌 글자는 '판돈 앞에 목숨 없다'. 오른쪽에 적힌 글자는 '승리 앞에 체면 없다'. 그리고 위를 올려다보니, 가로로 이렇게 적혀 있었다. '하하하하'.

"……."

이렇게 조잡해서야 팻말이라고 부르기도 어려웠다. 더군다나 글을 쓴 필적도 그럴듯한 필법 하나 없이 거칠고 조악했다. 마치 술에 취한 누군가가 커다란 붓을 쥐고 저주하듯이 휘갈긴 글씨가 사악한 바람에 나부껴 이런 꼴이 되어 버린 것 같았다. 사련은 일국의 태자로서 유명한 사범들에게 서예를 배운 몸이었으니, 이런 글자를 보면 처참하다는 생각이 들 수밖에 없었다. 하지만 끔찍하기가 마성의 경지에 이른 탓이었을까. 사련은 오히려 우스워져서 고개를 절레절레 내저었다. 좌우간 여기서 풍사가 놀고 있을 것 같지는 않았다. 그는 여귀들의 얼굴을 수선해 주는 미용 점포를 찾아보자고 생각했다.

분명 그렇게 떠나야 했다. 하지만 사련은 몇 걸음 못 가 귀신에 홀린 것처럼 고개를 돌리고 도박장으로 들어섰다.

도박장의 대청은 역시나 만원이었다. 수많은 귀신들이 몰려든 사이로 웃음소리와 절규가 뒤섞였다. 계단을 몇 걸음 내려가는데 갑자기 비명이 들려왔다. 가만히 보니 가면을 쓴 사내 넷이 한 사람을 들고 어딘가로 향하고 있었다.

그 사람은 몹시 고통스러운지 들려 가면서도 목청이 찢어지게 발악했다. 가는 길을 따라 피가 무섭게 쏟아졌다. 그건 가지런히 잘려 나간 두 다리에서 흐르는 피였다. 한편 자그마한 귀신 한 마리가 뒤를 바짝 쫓으면서 바닥에 흐른 피를 게걸스레 핥아먹었다.

도박장 안의 누구도 이 처참한 광경에 눈길을 주지 않았다. 다들 고함치고, 환호하고, 바닥을 구르느라 바쁠 뿐이었다. 물론, 애초에 이곳에서 노름하는 자들은 대부분 인간이 아니다. 인간이라 한들 보통 사람은 아니었다.

사련은 그 사내들이 사람을 싣고 나가도록 비켜 주고는 다시 도박장 안으로 내려갔다. 웃는 표정의 가면을 쓴 여종이 마중을 나와 웃으며 말했다.

"공자, 노름하러 오셨나요?"

사련은 싱긋 웃는 얼굴로 말했다.

"돈이 없어서 그런데, 잠시 구경만 해도 되겠습니까?"

그의 경험상 가게에 들어가 이런 말을 꺼내면 돈도 없는데 뭘 들어와, 하는 소리와 함께 내쫓기기 일쑤였다. 그런데 그 여종은 히죽거리면서 대답했다.

"없어도 괜찮습니다. 여기서 노는 자들도 꼭 돈을 걸고 도박하지는 않거든요."

"그래요?"

"그렇고말고요. 공자, 절 따라오시지요."

사련을 향해 손짓한 그녀가 앞쪽으로 사뿐히 걸어갔다. 사련은 덤덤한 얼굴로 뒤를 따르면서 사방을 둘러보았다.

이 도박장은 겉모습이든 내부든 화려하지만 사치스럽지 않았고, 아름다우면서도 저속함은 느껴지지 않았다. 나름대로 격조 있는 건물이라 평할 만한 곳이었다. 그 여종은 사련을 대청 맨 뒤쪽까지 안내했다. 그곳에는 구경꾼들이 겹겹이 몰려든 긴 탁상이 있었다. 사련이 다가간 순간, 한 사내의 목소리가 울려 퍼졌다.

"내 한쪽 손을 걸지!"

구경꾼들이 너무 많아 비집고 들어갈 수가 없었다. 사련은 할 수 없이 바깥에 서서 귀를 기울였다. 문득 누군가가 나른하게 입을 열었다.

"필요 없다. 한 손은 무슨, 그 천한 목숨도 여기선 한 푼 값도 안 돼."

이 목소리를 들은 사련의 심장이 덜컥 튀어 올랐다.

그는 마음속으로 읊조렸다.

'삼랑.'

방금 귀에 들어온 건 그 소년의 목소리가 틀림없었다. 다만 사련이 기억하던 목소리보다는 조금 낮았다.

하지만 그래서인지 그 목소리는 한층 듣기 좋았다. 사방을 에워싼 구경꾼들이 히죽거리며 웃어 댔으나, 더없이 또렷한 이 목소리는 시끌벅적한 도박장을 뚫고 사련의 귀를 파고들었다.

사련은 고개를 든 뒤에야 탁자 뒤를 가린 휘장을 발견했다. 그리고 휘장의 뒤편, 여유롭게 의자에 기대앉은 붉은 그림자가 어렴풋이 내비쳤다.

15장 붉은 구름 건너 꽃구경, 한없이 가여워라

경멸이 흘러넘치는 화성의 말은 무례하기 짝이 없었다. 그러나 그가 입을 열자, 사내는 입을 다물고 남들이 자신을 비웃도록 내버려 두었다. 사련을 안내해 준 여종이 말했다.

“공자, 오늘 참으로 운이 좋으십니다.”

사련은 시선을 떼지 못하고 물었다.

“무슨 말씀인가요?”

“우리 성주(城主)께선 이곳에 놀러 온 적이 거의 없으시거든요. 한데 요 며칠 갑자기 취미를 붙이셨으니 운이 좋은 게 아니면 뭐겠어요?”

말투만 들어도 이 ‘성주’를 무척 흠모하고 있는 게 분명했다. 그를 만날 수 있는 것만으로도 대단한 행운이라고 여기는 모양이었다. 사련은 저도 모르게 살며시 웃고 말았다.

얇은 비단 휘장 위로 어른거리는 붉은 그림자. 그 풍경은 한없이 감미롭고 우아했다. 휘장 앞으로는 아리따운 여인들이 서서 노름판을 감독하고 있었다. 바깥에서 구경할 작정이었던 사련은 화성의 목소리가 들리자 구경꾼들을 비집고 들어가 보았다. 그러면서도 먼저 기척을 내지는 않았다. 틈새를 빠져나온 뒤에야 노름판에 판돈을 건 사내가 보였다.

그는 산 사람이었다. 사련은 놀랍지 않았다. 앞서 말했듯이 귀시장에는 귀신뿐 아니라 경지 높은 도사들도 제법 드나든다. 간혹 죽음을 앞둔 자나 죽음을 결심한 자가 실수로 들어서기도 했다. 이 사내도 가면을 쓰고 있었다. 핏발이 돋은 두 눈은 피가 쏟아지는 듯 붉었고, 입술은 오랫동안 햇빛을 보지 못한 사람처럼 창백했다. 어째 산 사람인데도 그 자리에 있는 귀신들보다 훨씬 귀신 같았다.

그는 탁상에 놓인 도박용 나무 잔을 두 손으로 억누른 채 한참 숨을 죽였다. 그러고는 어떤 대가라도 치르겠다는 듯 필사적으로 말했다.

"하지만…… 그럼 왜 아까 그 사람은 다리를 걸 수 있었던 거요?"

휘장 앞에 서 있던 여인 하나가 웃으며 말했다.

"방금 그자는 악명 높은 도적입니다. 훌륭한 경공으로 전국 각지를 두루 헤집고 다녔지요. 그 두 다리는 그자의 삶을 책임지는 밑천이었어요. 그러니 판돈으로 걸 가치가 있었습니다. 당신은 장인도 명의도 아닌데 그 손에 무슨 가치가 있답니까?"

남자는 이를 악물었다.

"그럼…… 그럼 난 내 딸의 수명 십 년을 걸겠소!"

그 말에 사련은 얼이 빠졌다.

'천하에 제 자식의 수명을 거는 아버지가 있다니. 이래도 괜찮은가?'

그런데 휘장 뒤쪽의 화성이 짧게 웃더니 입을 열었다.

"그리해."

착각인지는 모르겠지만, 사련은 그 한마디 속에서 오싹한 무언가를 느꼈다. 그는 또 생각했다.

'삼랑은 자기가 항상 운이 좋다고 했었고, 점괘도 전부 상상첨이었어. 이 사람과 내기를 한다면 딸의 십 년 수명은 따 놓은 당상 아닌가?'

곰곰이 생각에 빠진 그때, 탁자 옆에서 여인이 농염한 목소리로 일러 주었다.

"짝수가 패, 홀수가 승. 한번 잔을 열면 절대 무를 수 없습니다. 자!"

알고 보니 화성은 이곳에 처음 방문하는 모양이었다. 사내는 벌벌 떠나 싶더니 두 손으로 나무 잔을 꽉 그러쥐고 한바탕 흔들었다. 대청 안이 다소 조용해졌다. 주사위가 잔에 부딪치는 소리는 한층 또렷하게 들려왔다. 얼마나 지났을까, 그의 움직임이 덜컥 멈추었다. 쥐 죽은 듯한 침묵이 뒤를 이었다.

한참이 지나서야 이 남자는 아주, 아주 느릿하게 나무 잔의 귀퉁이를 들고 틈새를 힐끔 엿보았다. 핏발 돋은 두 눈이 불현듯 휘둥그레 뜨였다.

그는 나무 잔을 번쩍 쳐들고 실성한 사람처럼 기뻐했다.

"홀! 홀! 홀! 이겼다! 이겼어! 으하하하핫, 내가 이겼다! 내가 이겼다고!"

물론 탁자를 둘러싼 구경꾼들이 보고 싶었던 건 이런 결과가 아니었다. 다들 쳇, 볼멘소리를 내고는 불만스럽게 탁자를 두들기며 야유했다. 한 여인이 웃는 목소리로 말했다.

"축하해요. 당신의 장사는 금방 좋아질 겁니다."

남자는 한바탕 큰 소리로 웃고는 다시 외쳤다.

"잠깐! 한 번 더 걸겠소."

"환영입니다. 이번에는 뭘 원하시나요?"

그 남자는 표정을 무섭게 가라앉혔다.

"내가 원하는 건, 같은 장사를 하는 경쟁자들이 모조리 비명횡사하는 것이오!"

그 말이 나오자 대청 안에 혀를 차는 소리가 쏟아졌다. 여인은 입을 가리고 웃으며 말했다.

"그거라면 아까 당신이 요구한 것보다 좀 더 어렵겠군요. 다른 걸 고를 생각은 없습니까? 예를 들어, 장사 수완이 한층 더 좋아지게 해 달라든지?"

사내는 두 눈을 벌겋게 부릅뜨고 말했다.

"아니! 나는 여기에 걸겠네. 여기에 걸겠어."

"글쎄요. 이 소원을 고른다면, 딸의 십 년 수명이라는 판돈으로는 부족할지도 모릅니다."

"부족하면 더 얹지. 내 딸의 수명 이십 년, 거기에…… 그 아이의 인연까지 얹겠네!"

귀신 무리가 왁자하게 웃음을 터트렸다.

"이 아비가 아주 정신이 나갔구먼! 딸내미를 팔아먹네!"

"대단해, 대단해!"

여인이 다시 외쳤다.

"짝수가 승, 홀수가 패. 한번 잔을 열면 절대 무를 수 없습니다. 자!"

그 사내는 다시 벌벌 떨면서 잔을 흔들기 시작했다. 만약 여기서 진다면 그의 딸은 이십 년짜리 수명과 멀쩡한 인연을 잃게 되니, 큰 낭패가 아닐 수 없다. 하지만 이긴다면 정말 이 사내의 소원대로 같은 업계의 장사꾼들이 전부 비명횡사하게 된단 말인가? 사련은 화성이 그런 일이 벌어지게 두지는 않으리라고 생각했다. 그는 잠시 주저한 끝에 앞으로 살짝 나섰다. 나서서 적당히 잔꾀라도 부려야 하나 고민하던 그때, 누군가가 그를 잡아당겼다. 고개를 돌려 보니 사청현이었다.

사청현은 이미 남자의 몸으로 돌아와 있었다. 그가 목소리를 낮추어 말했다.

"서두르지 마세요."

사련도 작은 목소리로 물었다.

"풍사 대인, 왜 또 이 모습으로 돌아오셨어요?"

사청현이 대답했다.

"어휴, 한 마디로는 설명 못 해요. 그 여인들이 절 끌고 가면서 좋은 가게를 소개해 주겠다는 걸 겨우겨우 거절하고 도망쳤는데, 또 잡힐까 봐 무서워서 일단 본모습으로 돌아왔어요. 절 어디론가 밀어 넣고 얼굴에 뭔가를 잔뜩 바르더니 잡아당기고 늘리고 두드리고 때리더라니까요. 빨리 제 얼굴 좀 봐 줘요. 어떻게 됐어요? 어디 이상하진 않습니까?"

그는 얼굴을 사련의 눈앞으로 들이밀었다. 사련은 자세히 살펴보고 솔직하게 대답했다.

"더 매끄럽고 하얘진 것 같은데요."

사청현은 이 말을 듣자 얼굴이 환해졌다.

"그래요? 잘됐네, 아주 잘됐어. 하하하하. 거울이 어딨지? 여기 거울 없어요? 좀 봐야겠어요."

"이따가요. 귀시장에선 통령을 쓸 수 없으니까 우리 다시는 흩어지지 마요. 참, 풍사 대인. 제가 여기 있는 건 어떻게 아셨어요?"

"전하가 여기 계신 줄은 전혀 몰랐어요. 전 천추와 여기서 만나기로 약속해서 온 거였거든요. 아까 서로 헤어지고 나서 일단 여기로 찾아왔는데, 안에 들어와 봤더니 마침 전하가 계신 거 있죠."

"천추와 약속하셨다고요? 여기에서 만나기로요?"

사청현이 대답했다.

"그래요. 천추는 낭천추, 태화 전하. 이 정도는 알고 계실 테죠? 천추는 동쪽을 관장하는 무신이지 않습니까. 여기까지 왔으니 그와 만나는 편이 낫지요. 그리고 귀신 도박장은 귀시장에서 가장 번화하고 혼잡한 곳 중 하나이자 대표적인 명소예요. 귀신이든 인간이든 오가는 자가 많아서 의심을 피하기 좋은 곳이라 여기서 만나자고 미리 말을 해 놓았고요."

사련은 살짝 고개를 끄덕였다. 다시 앞을 돌아보니 아직 잔을 열지 않은 사내가 눈을 까뒤집고 입속말을 중얼대고 있었다. 도박장에서 날뛰는 다른 귀신들과 전혀 다를 바가 없었다. 사련은 한숨을 내쉬었다.

"저 사람은……."

사청현은 자신의 얼굴을 더듬으면서 말했다.

"무슨 말씀을 하시려는지 압니다. 저도 동감이에요. 하지만 귀시장은 화성의 지반입니다. '서로가 원하는 대로', 그게 귀신 도박장의 규칙이지요. 도박을 하든 놀음을 하든 천계는 관여할 수 없어요. 일단은 조용히 지켜봅시다. 정 안되겠으면 그때 다시 방법을 생각해 봐요."

사련은 잠시 고민했다. 삼랑이 그런 일이 벌어지게 둘 리는 없었다. 잠시 상황을 지켜봐도 괜찮을 듯하니 더는 나서지 않기로 했다. 탁자 앞에 선 그 사내도 마침내 용기를 냈는지 잔을 슬머시 젖혔다. 이제 결과가 드러날 차례였다. 그러나 누가 알았으랴. 바로 이때, 난데없이 뛰어든 한 사람이 새카만 나무 잔을 내리쳐 단숨에 산산조각 냈다!

그 사람의 일격은 나무 잔을 박살 내다 못해 잔을 감싸고 있던 사내의 손까지 으스러뜨렸다. 온 탁자에도 기다란 금이 갔다.

가면을 쓴 사내는 뼈가 으스러진 손을 붙잡고 바닥을 구르며 아우성쳤다. 귀신들도 연신 아우성쳤다. 좋다고 외쳐 대거나 놀라서 호들갑을 떠는 소리들이었다. 갑자기 끼어든 그 사람은 손을 휘두르면서 목청을 높였다.

"네 이놈, 참으로 독한 심보로구나! 부귀영화나 빌면 그만인 것을 다른 사람의 죽음을 빌어? 도박을 하려거든 네놈 목숨을 걸어야지, 딸의 수명과 인연을 판돈으로 걸어? 사내란 이름이 아깝고 아비 될 자격도 없다!"

날카롭게 뻗은 눈썹과 또렷한 눈매에서 용맹함이 흘러넘쳤다. 화려한 복색도 아닌 수수한 검은 옷을 걸쳤는데도 귀티는 감출 수가 없었다. 이 청년이 영안국의 태자 전하 낭천추가 아니면 누구겠는가?

그를 본 사련과 사청현은 귀신 무리 사이에 서서 동시에 얼굴을 가렸다.

사련이 신음했다.

"……풍사 대인, 여기에 도착하면…… 조심해야 하고, 조용히 해야 한다고…… 일러두지 않으신 건가요……."

사청현도 신음하며 말했다.

"마…… 말은 했죠. 그렇지만…… 천추는 원래 저런 사람이라…… 제가 뭘 어쩌겠어요……. 이럴 줄 알았으면…… 그냥 같이 내려오자고 약속하는 건데……."

"그래요…… 이해해요……."

그때, 휘장 뒤에서 화성이 가볍게 웃었다.

사련의 마음도 덩달아 철렁했다.

이 소년은 자신과 함께 있을 때 늘 웃었다. 덕분에 이제는 얼추 구별할 수 있었다. 언제 진심인지, 언제 일부러 비웃는지. 그리고 언제 살의를 일으키는지.

화성의 목소리가 유유하게 들려왔다.

"내 구역에 와서 소란을 피우다니 담이 제법 커."

소리가 난 쪽을 바라본 낭천추는 두 눈에 불을 켜고 대꾸했다.

"네놈이 이 도박장의 주인이냐?"

주위의 귀신들이 키득거리며 비웃었다.

"이 세상 물정 모르는 꼬맹이 같으니. 네가 누구와 얘기하고 있는지 알기나 하느냐? 그분은 우리 성주시다."

냉소하는 자도 있었다.

"어디 이 도박장뿐일까. 이곳 귀시장 전체가 그분의 것이다!"

낭천추는 그 말에 별다른 반응이 없었지만 사청현은 화들짝 놀랐다.

"맙소사. 저 뒤에 있는 게 설마 그자예요? 혈우탐화?"

사련이 대답했다.

"네…… 맞아요."

"확실해요?"

"확실해요."

"이제 우린 죽었다. 그럼 천추는 어쩌죠?"

"……본인이 정체를 밝히지 않길 바랄 수밖에요……."

사방을 한 바퀴 둘러본 낭천추는 한층 화가 치밀었다.

"이 괴상한 곳은 그야말로 아수라장에 마귀들의 소굴이구나. 뭐 하는 것들이기에 이리 모여서 수작을 벌이는 것이냐? 이런 곳을 운영하다니 인간성이라곤 눈 뜨고도 찾아볼 수 없군!"

온 귀신들이 야유를 쏟아 냈다.

"우리는 원래 인간이 아닌데 무슨 인간성을 따져. 그딴 건 줘도 안 가진다!"

"넌 또 뭐 하는 놈이길래 여기까지 와서 우리한테 이래라저래라야!"

화성이 웃으며 입을 열었다.

"이곳은 본디 환락의 지옥이다. 네가 천계로 난 길을 마다하고 문도 없는 지옥에 뛰어든 것인데, 나라고 별수 있나?"

'천계'라는 두 글자에 사련과 사청현은 불현듯 깨달았다.

역시 화성은 낭천추가 어디서 왔는지 이미 간파하고 있었다!

하지만 낭천추는 이 말의 속뜻을 전혀 이해하지 못하고 다시 탁자 위를 내리찍었다. 긴 탁자 끝에 서 있던 그가 손을 휘두르자 주변을 둘러싼 귀신들이 재빨리 꽁무니를 뺐다. 탁자는 휘장 뒤의 붉은 그림자를 향해 돌진했다. 그 그림자는 앉은 자세 그대로 손만 가볍게 흔들었다. 이내 방향을 튼 탁자가 다시 낭천추의 앞으로 돌진했다.

탁자가 날아오자 낭천추는 한 손으로 그것을 막아 들었다. 하지만 한 손으로는 버틸 수 없다는 걸 깨달았는지 재빨리 한 손을 더 보탰다. 버티고 버티던 그의 이마에 얕은 핏대가 서서히 불거졌다. 대청에 왁자하던 귀신들은 각자 숨고 도망친 뒤였다. 사련과 사청현은 도와야 할지 말아야 할지 확신이 서지 않았다. 지금 두 사람은 아직 정체를 들키지 않았으니 몰래 힘을 보탤 수 있을 터였다. 하지만 정말 뛰어나가 돕는다면, 단번에 셋이 붙잡히는 꼴이 될지도 몰랐다.

한편 낭천추는 숨을 훅 들이쉬고 묵직한 탁자를 다시 한번 밀어냈다. 붉은 휘장 뒤, 화성의 그림자는 변함없이 비스듬한 자세로 가볍게 주먹을 말아 쥐고 다시 펼쳤다. 탁자가 삽시간에 무수한 조각으로 부서져 낭천추를 향해 날아들었다.

맹렬한 칼바람을 휘감은 나무 부스러기는 그 어떤 암기보다도 섬뜩했다. 낭천추가 계속 법력을 숨기고 인간의 몸을 유지한다면 결코 피하지 못할 터였다. 그렇게 다음 순간, 그는 몸에서 희미한 영광을 발했다. 사련과 사청현은 상황을 깨닫고 속으로 외쳤다. 큰일이다, 본모습으로 현신하려는 거야!

그러나 이 희미한 빛은 빠르게 사라졌다. 아마 낭천추가 이번 출행에서 정체를 들키면 안 된다는 걸 겨우 기억해 내고 아슬아슬하게 영광을 거둔 모양이었다. 하지만 낭천추가 물러섰을지언정 화성은 물러서지 않았다. 휘장 뒤쪽에 편안히 앉은 붉은 그림자가 손짓을 바꾸었다. 가볍게 말아 쥔 주먹을 살짝 들어 올린 것이다.

이 손짓을 따라 낭천추의 온몸이 허공으로 솟구쳤다. 그는 팔다리를 대자로 뻗은 채 대청 천장으로 떠올랐다.

꼼짝없이 붙잡힌 낭천추는 자신이 어쩌다 갑자기 떠오르게 됐는지 모르겠다는 듯, 멍한 얼굴로 몸을 버둥거렸다. 사련은 골치가 아파졌다.

"법력이 잠겼어요. 이젠 현신하고 싶어도 못 하겠네요."

사청현도 말했다.

"귀시장은 화성의 지반이니 마음만 먹으면 잠글 수 있겠죠."

지금 낭천추는 남의 손바닥 안 신세였지만 한편으로는 잘된 점도 있었다. 그의 진짜 신분을 간신히 비밀에 부쳤다는 점이었다. 만약 그가 방금 일어난 교전에서 본모습으로 현신했다면, 그래서 동방의 무신 태화진군이 귀시장에 나타나 난동을 부렸다는 사실을 들켰더라면, 분명 일이 간단하게 끝나지는 않았을 것이다. 그럴 만도 했다. 이 오랜 세월 동안, 천계와 귀계는 정말 특별한 경우가 아니고서야 서로가 그은 경계선을 넘지 않았으므로.

도박장에 소란을 일으킨 불청객이 붙잡히자, 달아났던 귀신들이 모두 방향을 틀고 대청에 모여들었다. 귀신들은 사로잡힌 채 공중에 떠 있는 낭천추를 손가락질하며 낄낄거렸다. 낭천추는 살면서 거의 처음으로 당하는 낭패에 얼굴이 후끈 달아올랐다. 그는 이 형태 없는 속박에서 벗어나기 위해 입을 다물고 속으로 악을 썼다. 종종 아래에 있던 귀신들이 뛰어올라 머리를 치려 했으나 화성이 그를 아주 높이 걸어 둔 덕분에 얻어맞지는 않았다. 그렇지 않았다면 굉장한 굴욕을 맛보아야 했으리라. 붉은 휘장 뒤에서 화성이 웃음기를 섞어 말했다.

"오늘 잡은 장난감은 너희가 가지고 놀아라. 운이 좋아 한몫 크게 따는 쪽이 가져가서 삶아 먹도록 해."

그러자 대청에 환호성과 아우성이 끊임없이 쏟아졌다.

"대소 노름! 대소 노름으로 하자! 가장 큰 숫자가 나오면 저 놈을 갖고 가서 삶는다!"

"어머나. 이 도련님, 몸보신하기 딱 좋게 생겼네. 흐흐흐……."

"하하하하하, 멍청한 것. 네가 누구의 근거지에서 소란을 피운 것인지 똑똑히 가르쳐 주마!"

가면을 쓴 사내대장부 넷이 다시 새 탁자를 들고 왔다. 바닥에서 손을 끌어안고 울며불며하는 사내에게 눈길을 주는 자는 없었다. 귀신들은 탁자 가장자리에 모여 다시 도박판을 벌였다. 이번 노름의 판돈은 공중에 걸려 있는 낭천추였다. 도박판의 열기가 하늘을 찌르자, 지켜보던 사청현이 자리를 서성거리면서 조바심에 손을 휘저었다.

"어떡하죠? 우리도 도박판에 껴서 천추를 따내야 할까요? 아니면 아예 싸울까요?”

사련이 물었다.

“풍사 대인, 대인은 운이 어떻습니까?”

사청현이 대답했다.

“당연히 좋았다 나빴다 하죠. 운 같은 건 정해진 게 없잖아요?”

“있습니다. 예를 들면, 저요. 전 여태껏 운이 좋았던 적이 없거든요.”

“그렇게 비참하다고요?”

사련은 침통하게 고개를 끄덕였다.

“주사위를 던지면 많이 나와 봐야 2점이에요.”

미간을 구긴 사청현은 금세 좋은 방법을 떠올리고 다리를 탁, 내리쳤다.

“아니면 이렇게 해요. 많아야 2점이니까 누구의 점수가 가장 작은지 대결하는 거죠. 분명 아무도 전하보다 작은 숫자를 내진 못할 거예요.”

잠시 고민해 본 사련이 대답했다.

“일리가 있네요. 한번 해 볼게요.”

그리하여, 그는 탁자 옆으로 바짝 끼어들었다.

“가장 낮은 점수를 던지면 이기는 쪽으로 규칙을 바꾸면 어떨까요? 숫자가 작은 사람이 승리. 어때요?”

탁자 위가 술렁거렸다. 저마다 좋다 싫다 의견이 분분했다. 사련은 주사위 두 개를 가져와 시험 삼아 한번 던져 보았다.

그는 속으로 주문을 외웠다.

'작은 거. 작은 거. 작은 거.'

주사위가 떨어지자 두 사람은 재빨리 모여들어 확인해 보았다. ―6이 두 개!

"……."

"……."

사련이 미간을 문지르며 말했다.

"아무래도 운수는 규칙이 바뀐다고 달라지는 게 아닌가 봐요."

사청현도 사련을 따라 미간을 문지르며 말했다.

"아니면 그냥 직접 싸우는 게 어떨까요."

이때 한 여인이 붉은 휘장 가까이 다가가 살짝 몸을 기울였다. 휘장 뒤의 사람의 지시를 듣는 것처럼 고개를 끄덕인 그녀는 다시 고개를 들고 목소리를 높였다.

"여러분, 조용히 하십시오. 성주께서 전언이 있으시답니다."

그녀가 성주의 말이 있다고 전하자 모든 귀신이 삽시간에 고요해졌다.

"성주께서 말씀하시길, 규칙을 바꾸겠다 하십니다."

귀신들이 너도나도 소리쳤다.

"성주님이 곧 규칙이지!"

"뭐든지 성주님 말씀대로!"

"어떻게 바꿉니까?"

여인이 대답했다.

"성주께선 오늘 기분이 좋으니 여러분과 함께 놀고 싶다 하십니다. 성주와 내기를 해서 이긴 자가 위에 매달린 저 물건을 가져가는 겁니다. 삶아도 좋고, 끓여도 좋습니다. 지지든 볶든 튀기든 절여 먹든, 승자 마음입니다."

성주와 내기를 하라는 소리에 귀신들이 머뭇거렸다. 과연, 화성은 평소 이곳에 놀러 온 적이 전혀 없는 모양이었다. 몇몇 대담한 자들은 몸이 근질근질했으나 대담하게 첫 번째로 나서지는 못했다. 아까부터 위에서 열심히 바르작대던 낭천추가 핏대를 세우고 외쳤다.

"저 물건이라니? 난 물건이 아니다! 네놈들이 뭔데 날 판돈으로 거느냐?"

그가 큰 소리로 '나는 물건이 아니다'라고 외치자 수많은 여귀들이 키득거리며 비웃었다. 그러고는 노골적인 눈빛으로 낭천추를 바라보며 새빨간 혀끝으로 입술을 쓸었다. 한층 구미가 당겨 그를 뜯어먹고 싶은 것처럼 보였다. 사련은 속으로 중얼거렸다.

'아이고…… 꼬마야. 넌 아무래도 말을 아끼는 게 좋겠다.'

조용히 한숨지은 사련이 앞으로 나서서 부드럽게 말했다.

"그렇다면 소생도 한판 끼고 싶습니다."

그 말에 붉은 휘장 뒤의 그림자가 멈칫하나 싶더니, 이내 천천히 자리에서 일어났다.

휘장 앞을 지키고 있던 여인이 웃으며 말했다.

"그럼 공자께서는 앞으로 오십시오."

대청 안의 모두가 저도 모르게 물러서서 이 용사에게 길을 터 주었다. 사련이 앞으로 다가서자, 그 여인은 까마반드르한 도박용 잔을 쟁반에 받쳐 양손으로 들고 왔다.

"공자 먼저 하시지요."

앞서 그녀는 다른 도박꾼들을 '당신'이라고 칭하면서 상대했다. 말투는 부드러웠으나 그 내용은 그리 깍듯하지 않았다. 하지만 지금은 사련을 '공자'라고 칭한 데다가 말투도 무척 공손했다. 새카만 나무 잔을 받아 든 사련은 감사하다는 말을 건네고 가볍게 목을 가다듬었다.

평소 이런 물건을 만져 본 일이 없었지만, 잔을 붙잡고 되는 대로 흔들면서 짐짓 익숙한 듯이 행세했다. 그는 잔을 흔들면서 위에 매달려 있는 낭천추를 흘끔 올려다보았다. 그도 눈을 동그랗게 뜨고 사련을 빤히 쳐다보고 있었다. 그러면서도 결국 소리는 내지 않았다. 그 표정을 본 사련은 왠지 모르게 우스워져서 웃음을 꾹 삼켰다. 한참이나 흔들리던 잔이 마침내 멈추었다.

수많은 눈동자가 그의 손에 가려진 잔을 뚫어져라 바라보고 있었다. 사련은 이 작은 잔이 유난히 무겁게 느껴지기 시작했다. 정확히 어떤 자세로 여는 것인지도 알 수가 없었다. 그가 막 결과를 공개하려는 찰나, 그 여인이 다시 말했다.

"기다리십시오."

"왜 그러시죠?"

여인이 대답했다.

"성주께서 말씀하시길, 공자께서 잔을 흔드는 자세가 틀렸다 하십니다."

사련은 생각했다.

'정말 정확한 자세가 있나 보네? 설마 그동안 내가 운이 나빴던 건 다 자세가 틀려서?'

그는 겸손하게 물었다.

"그럼 송구하지만, 어떤 자세가 올바른 자세인가요?"

여인이 대답했다.

"성주께서 말씀하시길, 이리 오시면 가르쳐 드리겠다 합니다."

이 대답에 도박장을 채운 귀신들이 힉, 하고 숨을 들이켰다.

사련의 귓가에 귀신들이 쑥덕거리는 소리가 들려왔다.

"성주께서 가르치신다니, 참말로 전대미문의 사건이구먼. 저 사람 죽는 거 아닌지 몰라."

"성주께선 무슨 생각이신 거지? 저 사람이 뭔데? 저놈을 왜 가르쳐?"

"잔은 원래 저렇게 흔들지 않냐? 무슨 올바른 자세가 있었어?"

사련도 같은 문제를 생각하고 있었다. 그 여인은 붉은 휘장을 공손히 가리키며 말했다.

"이리로 드시지요."

그렇게 사련은 새카만 나무 잔을 품에 안고 붉은 휘장 앞으로 다가갔다.

너울대는 휘장 너머로 붉은 그림자가 어른거렸다. 휘장 뒤의 그 사람은 사련을 마주 보고 서 있었다. 두 사람 사이에는 팔 절반만큼의 거리만이 존재했다.

짧은 침묵 끝에, 겹겹이 흘러내린 휘장 뒤에서 한 손이 빠져나왔다. 그 손은 사련의 손등을 감싼 채로 나무 잔을 그러쥐었다.

그건 오른손이었다. 늘씬하고 창백하며 손가락 마디가 또렷했다. 세 번째 손가락에는 붉은 실이 매여 있었다.

까마반지르한 나무 잔이 대조를 이루자 흰빛은 한껏 창백하게, 붉은빛은 한껏 선명하게 불거졌다. 천천히, 사련이 눈을 들어 올렸다.

붉은 구름 같은 휘장 뒤에 열아홉 남짓으로 보이는 소년이 말없이 서 있었다.

삼랑이다.

여전히 옷은 단풍보다 붉고, 살갗은 눈처럼 희다. 똑바로 쳐다보기가 힘들 정도로 준수했던 그때 그 소년의 모습 그대로였다. 다만 윤곽은 풋풋함을 벗고 한결 또렷해져 더 차분하고 여유로워 보였다. 소년이라 말해도 좋지만, 사내라고도 말할 수 있었다.

양미간을 물들인 오만하고 거친 분위기는 조금도 사그라지지 않았다. 여전히 별처럼 맑게 빛나는 눈동자가 사련을 깊은 시선으로 물끄러미 응시했다.

다만, 별처럼 맑게 빛난 것은 왼쪽 눈뿐이었다.

검은색 안대가 그의 오른눈을 가리고 있었다.

붉은 휘장은 얕은 틈새만 두고 열렸을 뿐이다. 이 위치에서는 사련만이 휘장 뒤를 볼 수 있었고, 대청에 있는 다른 자들은 사련의 몸에 시야가 가로막혀 아무것도 보이지 않았다. 물론, 함부로 볼 용기도 없었다. 그 왼쪽 눈은 사련을 가만히 바라보았다. 사련도 그를 바라보며 살짝 넋을 잃었다.

화성의 이 모습은 나이뿐만 아니라 키까지 성장해 있었다. 예전에 그를 바라볼 때는 억지로나마 눈높이를 맞출 수 있었지만, 지금은 고개를 바짝 치켜들어야 했다.

한참 시선을 맞춘 끝에 화성이 느릿하게 입을 열었다. 낮은 목소리가 물어 왔다.

"큰 쪽, 아니면 작은 쪽?"

나지막하고 듣기 좋은 목소리가 들리자 사련은 조금 정신을 차렸다. 어차피 크나 작으나 마찬가지였다. 그가 대답했다.

"큰 쪽."

"좋아. 내가 먼저 하지."

사련은 왼손으로 나무 잔의 덮개를 받치고 오른손으로 잔의 둥근 윗부분을 감싸 쥐었다. 그와 마주 선 화성은 오른손으로 사련의 왼손을 감싼 채 가볍게 한 번 흔들고 잔을 열었다. 덮개에 놓인 주사위는 각각 6점과 5점이었다.

위에 매달려 있는 낭천추는 똑똑하게 주사위를 목격했다. 한

번 흔들자마자 이렇게 큰 수가 나오다니. 그는 눈을 휘둥그레 뜨고 놀라움을 금치 못했다.

"이게 말이 돼?"

화성은 손에서 살짝 힘을 빼면서 사련에게 말했다.

"이렇게 흔드는 거야. 해 봐."

사련은 그의 손동작을 따라 두 번 흔들었다. 그러나 화성이 말했다.

"틀렸어."

사련을 지적하는 말이었지만 어조는 한없이 나직하고 인내심이 있었다. 화성은 지적과 동시에 사련의 아래쪽 손을 감싸 받쳤다. 그러고는 왼손을 뻗어 잔 위에 놓인 사련의 오른손을 덮고 낮은 목소리로 말했다.

"이렇게."

이리하여 화성의 손바닥이 사련의 두 손등을 전부 감쌌다.

차갑고 따뜻한 두 살갗이 옥처럼 부드럽게 맞닿았다. 반면 화려하고 정교한 은제 호완은 쇠처럼 차가웠다. 화성은 호완이 사련에게 닿지 않도록 조심스럽게 움직였다. 사련의 손을 감싼 두 손이 빠르지도 느리지도 않은 속도로 나무 잔을 흔들었다.

한 번, 두 번, 세 번.

잘그락, 잘그락, 잘그락.

나무 잔 안을 굴러다니는 주사위 두 개는 서로 부딪치며 낭랑한 소리를 냈다. 이 미약한 울림에도 사련의 손바닥과 손등이 욱신욱신 저려 왔다. 이 저릿한 감각은 이내 손목을 타고 온몸으로 퍼져 나갔다.

한창 잔을 흔들던 사련은 무심결에 시선을 들었다. 화성은 잔을 아예 쳐다보고 있지도 않았다. 줄곧 입가를 휘어 올린 채 사련을 빤히 응시할 뿐이었다. 사련도 참지 못하고 그를 향해 살짝 웃었지만, 위아래로 지켜보고 있는 수많은 눈들을 떠올리고 재빨리 웃음기를 지웠다. 그는 다시 머리를 숙이고 진지하게 화성의 손짓을 따라 했다.

"이렇게요?"

화성의 입가에 걸린 웃음기가 한층 깊어졌다.

"응. 맞아, 이렇게."

사련이 기대에 부푼 얼굴로 잔을 몇 번 흔들자 화성이 다시 말했다.

"열어 볼래?"

사련은 잽싸게 잔을 열었다. 덮개 위로 새하얀 주사위 두 개가 보였다. 전부 3점이었다.

3점이 두 개라니. 과거에는 상상조차 할 수 없었던 놀라운 성적이었다. 사련은 마음속에 봄바람이 불어오는 듯한 기분으로 중얼거렸다.

'설마 정말로 요령을 터득했나?'

하지만 제아무리 놀라운 성적이어도 6점은 11점보다 작다. 그는 가볍게 헛기침하며 말했다.

“죄송합니다. 제가 졌네요.”

그런데 화성이 입을 열었다.

“괜찮아. 이 판은 무효야. 지금은 내가 가르쳐 주고 있잖아. 다시.”

그 한마디에 낭천추며 사청현이며 전부 넋을 놓고 말문을 잃었다. 구경하던 귀신들은 더욱 어안이 벙벙해져서는 부산스럽게 수군거리기 시작했다.

“성주가 왜 저러시지? 난 성주가 저놈에게 본때를 보여 주시려는 줄 알았는데, 진짜 가르치시는 거였어?”

“이번은 무효로 친다고? 이렇게 놀아도 되는 거야?”

“이번 판을 안 세면 언제부터 세?”

“오늘 성주님 기분이 정말 좋은가 봐…….”

화성이 왼쪽 눈썹을 치켜올리자 바깥에 서 있던 여인이 즉시 말했다.

“여러분, 정숙하세요.”

대청 안은 순식간에 고요를 되찾았다. 하지만 모두 입만 다물었을 뿐 한층 노골적인 눈빛을 보냈다. 짧게 웃은 화성이 다시 사련의 귓가에 대고 부드럽게 다독였다.

“다시 할까?”

도박장에 보는 눈이 너무 많아서였을까. 사련은 왠지 모르게 뺨에 조금 열이 오르는 것 같았다.

“좋아요.”

잘그락, 잘그락. 다시 두 번을 흔들었다. 이번에 열어 보니 무려 두 개가 4점이었다. 화성이 말했다.

"어때, 더 커지지 않았어?"

뭔가 이상하다고 생각하면서도 사련은 고개를 끄덕였다.

"네…… 커졌네요."

"잘했어. 계속해."

그가 이렇듯 사련을 차근차근 가르치자, 무슨 영문인지 주위에서 쿡쿡거리는 미묘한 웃음소리가 쏟아졌다. 들어 보니 모두 여귀들의 소리인 것 같았다. 사련은 대체 어떤 자세가 옳은지 헷갈리기 시작했다. 처음에는 화성이 손을 어떻게 두는지, 속도는 어떤 식으로 조절하는지 나름대로 성실하게 연구했다. 하지만 이제는 화성이 이끄는 대로 아무렇게나 흔들어 대고 있었다. 잔을 흔들면 흔들수록 한 가지 생각이 또렷해졌다.

'혹시 삼랑이 날 속이는 건 아니겠지…….'

줄곧 위에서 지켜보고 있던 낭천추도 사련과 같은 생각을 한 모양이었다. 그가 참다못해 끼어들었다.

"당신, 그거 그만 흔들어요. 저자는 분명 당신을 속이고 있습니다. 올바른 자세 따위가 어디 있겠습니까. 틀림없이 속임수를 쓰는 겁니다!"

낭천추가 더럭 고함치자 사청현은 다시 한번 자신의 얼굴을 가렸다.

바닥에 있던 귀신들의 야유가 끓어오르더니 빗줄기 같은 주사위가 낭천추에게 쏟아졌다. 왁자지껄한 목소리도 들려왔다.

"무식한 자식, 입 다물어!"

"어디서 수선을 떨어! 한창 명장면을 보고 있던 참인데!"

"저 도사가 우리 성주께서 가르쳐 준 자세대로 했더니 점점 큰 점수가 나온 건 사실이라고!"

"맞아! 네놈이 뭘 알아!"

낭천추가 발끈했다.

"이, 이 뻔뻔하게 거짓이나 떠벌리는 오합지졸들…… 악!"

그는 갑자기 입을 다물고 온 안색을 붉혔다. 여귀들이 아래로 늘어진 허리끈을 사정없이 잡아당기면서 야단친 탓이었다.

"꼬마야, 자꾸 시끄럽게 굴면 못써요. 또 헛소리하면 이 누님들이 바지를 벗길 줄 알아!"

이런 종류의 위협을 난생처음 받는 낭천추는 기가 차 말도 나오지 않았다.

"당신…… 당신들!"

귀신들에게 두들겨 맞기만 했다면 다행이지만, 정말로 바지가 벗겨지면 떳떳하게 한 지방을 관장하는 무신의 체면이 제대로 구겨질 것이다. 때문에 낭천추는 더는 입을 열지 못했다. 사련은 고개를 들었다. 필사적으로 자신을 쳐다보고 있는 낭천추를 보자 우습기도 하고 가엾기도 했다. 그는 하는 수 없이 고개를 숙이고 작은 목소리로 말했다.

"……삼랑."

그가 이 호칭으로 자신을 부르자 화성은 가볍게 웃었다.

"저쪽은 신경 쓰지 마. 계속하자."

"……."

사련은 별수 없이 잔을 받쳐 들고 다시 두 번 흔들었다. 예상대로, 이번에는 두 개 다 5점이 나왔다.

이 장면을 본 귀신들은 한층 흥이 올라서는 낭천추를 정신없이 골려 댔다.

"봤냐? 갈수록 커진다니까!"

사련도 화성이 자신을 데리고 노는 것임을 알고 있었다. 그는 약간 기가 막혔다. 역시 세상에는 올바른 자세 따위 존재하지 않구나, 하는 생각이 들었다. 사련 같은 사람에게는 어떤 자세든 틀린 자세로 통한다. 앞으로 운수가 트일 거란 희망도 버리는 게 좋을 터였다. 반쯤 자포자기한 그가 마지막으로 잔을 흔들려는 그때, 화성이 말했다.

"잠깐."

사련은 자신의 손을 덮은 손바닥에 살짝 무게가 실리자 동작을 멈추고 물었다.

"왜 그러세요?"

화성은 진담인지 농담인지 알 수 없는 투로 말했다.

"형, 그러고 보니 얘기를 못 들었네. 졌을 땐 어떻게 할 거지?"

그가 사련을 '형'이라고 부르자 사청현과 낭천추는 뭐라 말할 수 없는 표정을 지었다. 귀신 무리도 머리카락이 쭈뼛 곤두섰다. 더욱 질겁한 자들은 제 머리통을 바닥에 떨어뜨렸다.

말하기 부끄럽지만, 사련은 마음이 조급했던 탓에 이 판돈 문제를 미처 생각하지 못했다.

"그게……."

처음에는 자신도 수명 십 년을 걸면 어떨까 싶었다. 하지만 신관의 수명은 워낙 길어서 십 년은 별다른 가치가 없을지도 모른다. 돈과 보물? 없다. 법력과 영력? 없다. 한동안 고민해 보았으나 적당한 판돈이 떠오르지 않았다. 그렇다면 도박장의 주인에게 물어볼 수밖에.

"제가 가진 물건 중에서 판돈으로 걸 만한 게 뭐라고 생각해요?"

화성은 그의 말을 듣고 웃기 시작했다.

"뭐든 상관없어. 뭘 가지고 있는데?"

잠깐 고민해 본 사련은 가볍게 헛기침을 하고 솔직하게 말했다.

"저는…… 오늘…… 먹다 남은 찐빵 하나만 가지고 나왔어요."

화성이 피식 실소했다. 그는 웃었지만, 다른 귀신들은 웃고 싶어도 감히 그러지 못했다.

그는 웃고 나서 고개를 끄덕였다.

"좋아. 그 찐빵으로 해."

이 말이 나오자 귀신들은 물론 도박판을 감독하는 여인들까지 충격에 빠졌다.

이 도박장이 문을 연 이래로 상상조차 못 할 오만 가지 판돈이 오갔다. 내장에, 수명에, 감정에, 능력까지. 그러나 어떤 판돈도 오늘처럼 이렇게 터무니없지는 않았다. 먹다 남은 찐빵 하나. 낭천추마저도 충격을 이기지 못했다.

"이게…… 이게 무슨 뜻이야? 그 말은 내…… 내가 먹다 남은 찐빵 하나 값이라는 거야?"

귀신들이 히죽거렸다. 누군가가 크게 소리쳤다.

"찐빵 하나가 어때서? 이것도 많이 쳐 준 것이니 입 다물지 그래!"

사련은 금세 알아들었다. 정신이 반쯤 나간 이 목소리는 귀신들 틈새에 숨어 있는 사청현이었다. 사련이 울지도 웃지도 못하고 있는데 화성이 그에게 말했다.

"자, 마지막 판이야. 긴장하지 말고."

"긴장 안 해요."

두 사람은 손을 겹친 자세 그대로 잔을 몇 차례 흔들었다. 실제로 사련은 그다지 긴장하지 않았지만, 도박 잔을 쥐고 있는 손등과 화성의 손바닥이 마주 닿은 곳에 희미하게 땀이 맺히는 것도 같았다. 마침내 두 사람의 움직임이 멈추었다. 이제 승부의 결과를 밝힐 차례였다. 그는 가볍게 숨을 들이쉬고 잔을 열어 보았다.

주사위 두 개, 모두 6점!

안도의 한숨을 내쉰 사련은 왜 이런 결과가 나왔는지 알겠다는 듯 화성을 올려다보았다. 화성은 눈썹을 까딱 치켜올렸다.

"아. 내가 졌군."

패배를 인정한 이 한마디는 아주 진지하면서도 성의는 눈곱만큼도 없었다. 자리에 있던 귀신들도 침묵에 빠졌다.

아까 이번 판을 안 세면 언제부터 세냐며 꿍얼대던 누군가의 의문에 대한 답이 나왔다. '이 사람이 이겼을 때 센다.'

이렇게 대놓고 져 주다니!

하지만 여기에 이견을 달 수 있는 사람은 없었다. 여인은 새카만 나무 잔을 높이 들어 올리며 말했다.

"축하합니다, 공자. 이번 판은 공자의 승리입니다."

다들 화성의 눈치를 보면서 요란하게 외쳤다.

"성주는 패해도 어쩜 이리 깔끔하게 패하시는지! 멋지다!"

"이긴 사람도 어차피 성주님의 수제자가 아니냐! 성주님의 가르침이 훌륭해서 이긴 것이지!"

"그래! 오늘 제대로 견문을 쌓았다니까, 주사위 흔드는 올바른 자세도 배우고! 알찬 시간이었다! 십 년 써먹고도 남아!"

사방에서 설레발치는 소리가 들리자 사련은 웃음을 참지 못했다. 그의 웃는 모습에 화성도 웃음을 흘리더니 붉은 휘장을 살짝 젖혔다. 이때 위쪽에서 낭천추가 외쳤다.

"네놈이 졌으니 날 내려놓을 차례다!"

화성은 변함없이 웃는 얼굴로 사련을 빤히 바라보았다. 그러면서 위쪽은 한번 흘기지도 않고 손을 내저었다. 낭천추는 곧장 바닥으로 세차게 나동그라졌다. 엄청난 굉음에 사련이 눈가를 움찔거렸다. 사청현은 존재를 드러낼 수 없었기에 앞으로 뛰어나오지 못했다. 사련이 대신 돌아서서 몸을 숙이고 낭천추를 살폈다.

"괜찮아요?"

자리에서 일어난 낭천추는 몸의 먼지를 툭툭 털면서 말했다.

"괜찮아요. 감사합니다. 저자는 틀림없이 속임수를 써서 지게 할 속셈으로 당신을 끌어들인 겁니다. 그래도 이겨서 다행이에요!"

사련은 속으로 생각했다.

'완전 잘못 짚었어. 삼랑이 일부러 져 주지 않았다면, 억년이 지나도록 도박을 해도 널 따내지 못했을걸…….'

그렇게 생각하고 있던 순간, 문득 '잘그락'하는 맑은 소리가 울렸다. 곧이어 주변에서 나지막한 탄성이 들려왔다. 사련은 뒤를 돌아보았다. 화성이 드디어 붉은 비단 휘장 뒤에서 걸어나온 것이다.

지난번 소년의 형상이었던 화성은 항상 긴 머리카락을 비뚜름하게 묶고 있었다. 하지만 지금은 흩트린 검은 머리카락이 붉은 옷과 짙은 대비를 이루어 준수하면서도 요염함이 흘렀다. 오른편 머리카락에는 가늘게 땋아 내린 머리가, 그 끝에는 붉은 산호주가 매달려 있었다. 이 모습에서는 의외로 장난기가 느껴졌다. 호완, 신발에 달린 사슬뿐 아니라 허리띠마저 은제였다. 허리춤에 찬 것은 늘씬한 곡도였다. 매끄럽고 기묘하게 휘어진 칼 역시 은제였다. 칼도 늘씬하고 그 주인도 늘씬했다.

그는 반쯤 열린 붉은 휘장 옆에 비스듬히 서서 팔짱을 끼고는, 웃는 듯 마는 듯 한 얼굴로 말했다.

"형. 형이 날 이겼네."

물론 방금 어떻게 이길 수 있었는지는 말하지 않아도 뻔했다. 사련은 체념한 투로 말했다.

"놀리지 마세요."

화성은 눈썹을 치켜세웠다.

"아니야. 그럴 리가 있겠어?"

아래쪽에 있던 귀신들은 머리끝까지 솟은 흥분을 감추지 못하고 끓는 물처럼 이리저리 튀어 오르면서 저들끼리 소곤거렸다.

"성주께서 오늘 또 가죽을 바꾸셨네?"

"죽겠네. 성주의 새 가죽이 멋져서 죽을 거 같아. 야들야들하고 탄탄하고!"

"죽긴 뭘 죽어, 이 여편네야. 옛날 옛적에 죽어 놓고는!"

보아하니 화성은 남들에게 본모습을 보인 적이 없고 가죽도 자주 바꾸는 모양이었다. 그러니 귀시장의 귀신들조차 그의 확실한 생김새를 모를 수밖에. 다들 이 모습이 그의 새로운 가죽이라고 생각하는 듯했다. 하지만 사련만큼은 잘 알았다. 눈앞의 이 모습은, 전설 속 혈우탐화의 본모습이 확실했다.

사련은 붉은 옷의 소년을 바라보며 운을 뗐다.

"그……."

뭐라도 말하고 싶었지만, 당장은 수많은 눈동자가 사방에서 이쪽을 지켜보고 있었다. 화성도 그걸 아는 듯 모르는 듯 모호한 태도로 일관했다. 서로 구면이라는 사실을 귀시장에서 들키면 곤란해지니 일부러 이러는 것일지도 몰랐다. 섣불리 말을 이을 수 없었던 그는 할 수 없이 덧붙였다.

"감사합니다."

낭천추가 말했다.

"감사할 필요가 있습니까? 저자가 바로 이곳의 주인인 것을. 분명 처음부터 꿍꿍이가 있었을 겁니다."

"……."

사련은 목소리를 작게 낮추었다.

"태자 전하, 그만 말씀하시고 빨리 가요."

계속 여기에 있다간 낭천추가 무슨 말을 할지 몰랐다. 하물며 아직 임무가 남았으니 시간을 지체할 수는 없었다. 사련은 화성을 흘끔거리면서 낭천추를 밖으로 떠밀었다. 이때 사련의 등 뒤에서 화성이 입을 열었다.

"잠깐."

그 목소리에 사련은 걸음을 멈추고 뒤를 돌아보았다. 귀신 무리 사이에서도 말소리가 튀어나왔다.

"성주, 저들을 이리 놓아줄 순 없습니다!"

"저자는 행동이 수상쩍고 힘도 장사였으니 내력이 단순하진 않을 겁니다. 잡아 놓고 고문해야 한다고 생각합니다."

"암요. 일부러 우리 구역을 음해하려고 어딘가에서 보내온

밀정일지도 모르잖습니까!"

이 마지막 말은 제대로 정곡을 찔렀다. 확실히 천계에서 오긴 했지만, 본래의 의도는 음해가 아니라 그저 상황을 알아보려 한 것이었다. 사련은 화성이 아까 낭천추가 엉겁결에 내뿜은 영광을 보았을지, 만약 보았다면 자신들을 놓아줄 가망이 있을지 확신이 서지 않았다. 순간 마음이 조금 불안해졌다. 그런데 화성이 유유히 말했다.

"판돈도 안 놓고 가려고?"

사련은 멍하니 되물었다.

"판돈?"

낭천추가 사련의 앞을 가로막고 경계심을 드러냈다.

"승부를 번복할 셈이냐?"

하지만 사련의 생각은 달랐다.

'삼랑은 한번 승낙한 일은 절대 번복하지 않아. 혹시 다른 의미라도 있나?'

고민을 마친 그는 낭천추의 뒤에서 걸어 나왔다.

"하지만 방금 한 내기는 이미 제가 이기지 않았나요?"

화성이 대답했다.

"형이 이긴 건 사실이야. 이건 확실해. 하지만 앞선 판에서 졌다는 걸 잊으면 안 되지."

사련은 일띨띨한 목소리로 말했다.

"하지만 당신이 그랬잖아요. 괜찮다고, 무효라고."

진 판은 무효, 이긴 판은 유효. 상당히 염치없게 들리는 말이었지만 그래도 사련은 뻔뻔하게 물었다. 화성이 대답했다.

"나와의 대결에서 진 건 무효가 맞아. 내가 말하는 건, 형이 밑에서 놀았던 첫 번째 판."

사련은 그제야 생각났다. 아까 시험 삼아 주사위를 던졌다가 6점을 두 개나 내지 않았던가. 화성은 지금 그 이야기를 하는 것이었다.

낭천추가 가라앉은 목소리로 말했다.

"저자에게 꿍꿍이가 있다고 했잖습니까. 이리 쉽게 우리를 보내 줄 생각이 없는 겁니다. 이번만큼은 절대 붙잡히지 않겠습니다."

그는 싸울 준비를 마친 사람처럼 의욕에 불타고 있었다. 사련은 다급하게 그를 붙들었다.

"괜찮으니까 긴장 풀어요. 다시 싸울 필요 없습니다."

멀찍이 서 있던 화성이 고개를 까딱 기울이며 거듭 물어 왔다.

"어때? 형, 인정해?"

도박을 했으면 결과에 승복해야 하는 법. 순순히 인정하는 것 외에 무슨 방법이 있겠는가? 사련은 고개를 끄덕였다.

"인정합니다."

화성은 왼손을 내밀며 말했다.

"그럼, 약속한 판돈을 줘."

……약속한 판돈?

잠시 머뭇거린 사련은 오른손을 왼쪽 소매 안에 넣고 더듬거린 끝에 반쪽짜리 찐빵을 꺼냈다. 어쩐지 화성을 똑바로 볼 수가 없었다. 그는 마지못해 찐빵을 넘겨주었다.

"당신이 말하는 게…… 이거 맞아요?"

솔직히 사련은 이 반쪽짜리 찐빵을 꺼낸 순간, 팔백 년 동안이나 무너진 적 없던 얼굴이 갑자기 체면을 잃고 벌벌 떨려 오는 것 같았다.

진작에 할 말을 잃은 나머지 귀신들은 조용히 구경을 이어갔다. 성주가 처음으로 누군가와 내기를 했는데, 받기로 약조한 판돈이 먹다 남긴 찐빵이다. 그건 넘어갈 수 있었다. 성주가 장난을 친 것일지도 모르니까. 하지만 지금 성주는 이 반쪽짜리 찐빵을 가져가겠답시고 진지하게 독촉하고 있다. 참으로 기가 막힐 노릇이 아닌가. 어떤 귀신은 한술 더 떠서 이런 대담한 생각까지 떠올렸다. '이 반쪽짜리 찐빵에 하늘이 놀랄 만큼 엄청난 비밀이 숨겨져 있는 거다. 아니면 이 사람이 진짜 성주의 친형이든지!'

화성은 기분 좋은 얼굴로 찐빵을 받아 들고 흘긋 쳐다보더니, 손에 쥔 찐빵을 흔들면서 말했다.

"판돈, 잘 받을게."

그가 정말로 찐빵을 받자 사련은 뭐라고 말해야 좋을지 모르게 되었다. 한참 뒤에야 그가 어렵사리 입을 열었다.

"그거…… 차가워요. 조금, 딱딱해진 것 같던데."

"괜찮아. 난 상관없어."

이런 대답이어서야 말을 이을 여지가 없었다. 할 수 있는 말이라면 이미 다 했다. 사련은 다시 빙글 뒤돌아서 밖을 향해 걸음을 옮겼다. 아까 길을 터 준 도박장의 귀신들은 그를 선두에 나선 용감한 전사를 보듯 바라보았다. 하지만 지금 길을 터 주면서는 경외심과 호기심이 뒤섞인 눈빛으로 보고 있었다. 사련이 몇 걸음 내디뎠을 무렵, 등 뒤에서 귀신들의 왁자한 목소리가 들려왔다.

"성주, 성주, 이제 어디로 가시려고요?"

화성은 나른하게 대답했다.

"오늘은 기분이 좋으니 극락방으로 간다."

이 말에 대청 안은 명절이라도 맞은 듯이 환호성으로 들끓었다. 사련은 결국 다시 뒤를 돌아보았다. 마침 이쪽으로 몸을 돌린 화성이 보였다. 그는 손에 들린 반쪽짜리 찐빵을 위로 던졌다가 받더니, 자연스레 고개를 숙여 한 입 베어 물고 사련에게 시선을 보냈다.

이 장면을 본 사련은 발밑이 얼어붙었다. 이유는 모르겠지만 한시라도 빨리 이곳을 떠나야겠다는 생각이 들었다. 그는 낭천추를 낚아챈 채로 걸음에 박차를 가해 재빠르게 뛰쳐나갔다.

도박장을 빠져나온 두 사람은 한참을 정신없이 달리면서 여러 노점을 치어 넘어뜨릴 뻔했다. 간신히 한적한 골목에 도착하자 사청현이 곧바로 나타나 합류했다. 사청현은 긴 머리카락이 휘날리도록 마구잡이로 부채를 부치면서 말했다.

"위험했다, 큰일 날 뻔했어. 세상에, 아까는 진심으로 놀라서 얼굴까지 하얗게 질렸어요."

급하게 뜀박질한 탓인지 사련의 심장도 쿵쿵 요동치고 있었다. 낭천추가 말했다.

"그러니까요. 풍사 대인, 지금도 얼굴이 굉장히 하얘 보여요."

사청현은 얼굴을 만져 보며 웃었다.

"그래? 하하하하, 이건 놀라서 그런 게 아니라 내 타고난…… 큼! 크흠. 천추, 명색이 한 지방을 관장하는 무신인데 어찌 그리 경솔하게 굴어? 이곳은 귀계의 구역이다. 혹여나 네가 붙잡혀 정체를 들켰다면 어쩔 뻔했느냐. 변장한 천계의 신관이 귀시장에 잠입해 수상한 행동으로 삼계의 안녕을 깨트렸다, 그런 말이 퍼지면 제군에게 뭐라고 설명을 드려?"

낭천추는 머리를 숙이고 얌전히 잘못을 인정했다.

"죄송합니다. 아까는 제가 너무 경솔했습니다."

그러더니 다시 고개를 들고 말을 덧붙였다.

"하지만 거기 있던 도박꾼들은 제정신이 아니었습니다. 그 사내가 잔을 열게 두었다면 이기나 지나 결과가 나빴을 겁니다. 그의 딸의 운수가 사나워지든지, 업계 장사꾼들이 비명횡사하게 되든지. 그래서 순간 화를 참지 못하고 그 잔을 깨뜨렸습니다."

사청현이 말했다.

"아무리 그래도 직접 뛰어들지는 말았어야지."

낭천추는 멍한 얼굴로 물었다.

"풍사 대인, 그럼 어찌해야 합니까? 제가 아니면 달리 뛰어들 사람도 없었는걸요."

그가 진지하게 물어 오자 사청현은 약간 곤혹스러운 것처럼 부채로 자신의 관자놀이를 긁적였다.

"그건 말이지……."

사련이 미소를 지으며 말했다.

"됐어요."

낭천추가 시선을 들어 사련을 쳐다보았다. 사련이 말을 이었다.

"전, 태화 전하는 설령 붙잡혀서 고문을 당하더라도 상대에게 자신의 신분을 말하지 않을 거라고 생각해요. 하지만 말이 길어지면 상대방이 실마리를 잡을 수도 있잖아요. 앞으로는 붙잡히지 않도록 조심하시면 좋겠어요."

낭천추가 고개를 끄덕였다.

"알겠어요! 그리하겠습니다."

사청현이 말했다.

"좋아요, 잔소리는 여기까지. 아 참, 태자 전하……."

이 '태자 전하'라는 부름에 사련과 낭천추 두 사람은 동시에 그를 바라보았다. 사청현이 설명을 덧붙였다.

"오, 제가 부른 건 나이가 많으신 이분."

"……."

사련은 약간 울적하게 미간을 문지르면서 생각했다.

'나이가 많으신……. 그래, 나이가 많긴 하지. 그래도 아주 지긋한 편은 아닌데, 왜 항상 내 얘기만 나오면 어르신 취급하는 것 같지?'

사청현이 계속해서 말했다.

"태자 전하, 두 분 저번에 신무전에서 만나셨나요? 만난 적 없으시다면 제가 다시 소개해 드리죠. 이분은 영안국의 태자 전하 낭천추, 동방을 관장하는 무신입니다. 그리고 이분은 선락국의 태자 전하 사련, 이분은 고물…… 이 아니라…… 제군의 두터운 신임을 받는 신관입니다."

끝까지 듣지 않아도 그가 무슨 말을 더듬거렸는지 알 만했다. 고물을 줍는다! 애써 중간에 말을 바꾸느라 문장에 어색한 흠이 생겼지만. 풍사의 말에 낭천추는 사련을 바라보며 신기한 듯이 물었다.

"선경에 세 번 오르셨다는 그 태자 전하 맞으십니까?"

보아하니 신무전 집의 때 정말 처음부터 끝까지 잠들어서 그가 누군지도 기억하지 못하는 것 같았다. 만약 다른 사람이 사련의 코앞에 대고 이런 말을 했다면, 그건 두말할 것 없는 빈정거림이다. 하지만 이건 낭천추의 입에서 나온 말이다. 사련은 이 아이가 세 번 선경에 오른 사실을 진심으로 신기해하는 것뿐이라고 믿어 의심치 않았다. 사련은 눈을 접어 웃었다.

"맞아요. 저예요."

낭천추가 말했다.

"아까는 정말 감사했습니다! 하마터면……."

그는 무언가 떠올랐는지 황급히 고개를 숙이고 허리끈을 단단히 조였다. 여전히 두려움이 남은 얼굴이었다. 여하튼 선락국과 영안국 사이의 인연을 깊게 신경 쓰지는 않는 듯했다. 사청현도 소개는 이만하면 됐다고 생각하고 사련에게 말했다.

"전하, 혈우탐화는 전하와 구면이지 않아요? 아까는 왜 전하를 모르는 척했을까요?"

허리끈을 제대로 고쳐 맨 낭천추가 말했다.

"그거 정말 혈우탐화입니까? 본존이에요?"

사련이 대답하기도 전에 사청현이 말했다.

"본존일 리가 있나? 화성은 가죽을 백여 장씩 바꾸고 다닌다지 않느냐. 그의 본존이 어떻게 생겼는지는 아무도 모르지. 저번에 반월관에서 본 모습과 비슷한 것 같기는 하다만, 틀림없이 가짜 가죽일 거다. 가짜야, 가짜."

그러나 사련은 화성이 보제관에서 했던 '다음에 다시 만날 때는, 원래 모습으로 형을 볼게'라는 말을 줄곧 기억하고 있었다. 사련은 속으로 중얼거렸다.

'진짜였어.'

물론 이 말은 입 밖에 내지 않았다. 다들 그 모습이 가짜 가죽이라고 확신하는 지금, 오직 사련만이 그 모습이 혈우탐화의 본존임을 알고 있다. 어쩐지 대단한 비밀을 간직하고 있는 기분이었다.

'삼랑의 오늘 모습은 전과 크게 다르지 않았어. 조금 더 나이가 많아지고, 조금 더 키가 컸을 뿐이지. 그럼 사실 나를 처음 만났을 때도 거의 진짜 모습이었던 거잖아.'

다시 속으로 생각한 사련은 왠지 모르게 조금 기뻐졌다.

사청현이 다시 말했다.

"다들 화성의 성미가 괴팍하다고 하더니, 보니까 정말로 괴팍하네요. 뻔히 전하를 봐주고 정색하면서 모른 척을 하니 무슨 속셈인지 알 수가 있어야지요. 우리의 경계심을 늦추기 위해서 그런 건 아닐까요?"

그 말에 사련은 연신 기침을 해 댔다. 역시 아까 도박장에서 화성이 한 수 접어 주었다는 사실을 다들 알아본 모양이다. 어쩌면 당연하다. 봐주는 정도를 넘어서서 아주 노골적으로 져 주었으니. 하지만 낭천추는 여전히 영문을 모르고 미간을 찌푸렸다.

"일부러 져 주었다고요? 어째서요?"

다른 두 사람은 그의 어깨를 토닥이면서, 긴 설명은 하지 않기로 마음을 정했다. 화성이 왜 사련에게 일부러 져 주었을까? 아는 사이라서 그랬나? 낭천추는 혼자 제자리에 서서 고민했다. 두 사람은 그런 낭천추를 뒤로하고 걸음을 옮겼다. 사련이 말했다.

"이제 우리는 행적이 탄로 난 셈이겠네요. 앞으로 어떻게 움직이죠? 가죽을 바꿔서 다시 올까요? 사실 가죽을 바꾸는 건 권하고 싶지 않습니다. 별 소용이 없을 거예요. 아까 태화 전하의 싸움으로 귀시장의 경계가 한층 강화될 테니까요."

"솔직히 탄로 날 수도 있겠다고 생각은 했지만, 이렇게 빨리 탄로 날 줄은 몰랐어요."

사련이 한숨지었다.

"뭔지 알겠네요."

사청현이 다시 말했다.

"탄로 난 걸 뭐 어쩌겠습니까. 기왕 들켰으니 그냥 떳떳하게 밀어붙이세요."

사련은 '떳떳'한 게 뭔지 어렴풋이 짐작이 갔다. 예상대로 사청현이 말했다.

"지금이라도 둘러대려면 방법은 한 가지뿐이에요. 전하가 떳떳하게 화성을 찾아가서 난 오늘 널 보러 온 거다, 하고 말하는 거죠. 그자도 전하가 천계의 신관인 걸 알잖아요? 그렇다면 천계의 동생들을 몇 명 데리고 왔다고 말해도 통할 거예요."

그런데 사련이 대답하기도 전에 낭천추가 끼어들었다.

"안 됩니다!"

사청현이 되물었다.

"왜 안 되는데?"

낭천추는 진지하게 말했다.

"선락 전하. 전하께선 혈우탐화와 아는 사이시죠? 두 분의 말씀을 들어 보니까 전하와 그자는 친구인 것 같은데요."

사련은 고개를 끄덕였다. 낭천추가 말을 이었다.

"그럼 당연히 안 됩니다. 물론 전 이 귀왕이 별로 좋은 자는 아니라고 생각합니다만, 그래도 그자는 전하께 일부러 져 주었습니다. 전하를 친구로 생각했기 때문이겠지요. 그러니 절대 거짓말로 친구를 속여서는 안 돼요."

사청현은 머리가 아프다는 듯 외쳤다.

"아이고, 천추. 사람이 어찌 이리 고지식해!"

반면 사련은 웃으며 고개를 끄덕였다.

"좋은 말씀이네요."

낭천추도 웃는 얼굴로 물었다.

"선락 전하도 같은 의견이지요? 그렇죠?"

사청현이 말했다.

"좋기는 뭐가 좋습니까. 셋씩이나 되는 신관이 이번 출행에서 빈손으로 돌아가면 분명 영문전보다 효율이 낮다는 소리나 들을 텐데요. 체면 구겨지게."

빙긋 웃은 사련이 입을 달싹인 순간, 뒤편에서 찢어지는 비명이 들려왔다. 세 사람은 저들도 모르게 나란히 고개를 돌렸다. 골목 어귀 바깥에서 무언가를 쫓아 우르르 내달리는 요괴와 귀신 무리가 보였다. 고함 소리가 뒤를 이었다.

"그 얼굴 가린 꼬맹이는? 그 꼬맹이 못 봤어?"

사련은 신경을 곤두세운 두 사람을 보고 말했다.

"괜찮아요. 우릴 찾는 게 아니에요."

말을 마치자마자 귓전을 찢는 처절한 비명이 그들의 귓속을 날카롭게 파고들었다.

16장 극락방, 임과 함께 선락에 대해 묻다

갑자기 들려온 처참한 비명에 사련은 심장이 쿵 내려앉았다. 머리가 반응하기도 전에 몸이 먼저 움직였다. 골목 바깥에서 기기괴괴한 형상의 요괴들이 빙 둘러서서 제각기 소리를 지르고 있었다.

"잡았다!"

"다시 때려죽여 버리자고!"

"제기랄, 이 쥐새끼 같은 놈. 네놈이 훔쳐 먹은 음식만큼 살점을 뜯어내 주겠어!"

사청현의 목소리가 들려왔다.

"태자 전하, 무슨 일이에요?"

사련은 대답도 없이 골목 바깥으로 한 걸음씩 다가갔다. 점점 빨라지던 걸음은 이내 달음박질이 되었다. 그는 바깥을 둘러싼 귀신들을 힘껏 밀어젖히고 다급히 안쪽을 살펴보았다. 포위망에 갇혀 맞고 있는 사람은 옷이 남루한 소년이었다. 몸집을 보니 겨우 열댓 살에 가까워 보였다. 소년은 몸을 둥글게 말고 땅에 웅크린 채 벌벌 떨고 있었다.

소년은 양손으로 머리를 단단히 감싸고 있었으나 머리에 엉망으로 휘감긴 붕대가 훤히 보였다. 붕대는 소년의 머리카락처럼 퍽 지저분했다.

스치듯 만나 흔적도 없이 사라져 아무리 수색해도 찾지 못했던, 여군산에서 만난 그 붕대 소년이 아니던가?

며칠 전 영문전이 조사에 진척이 없다고 말했던 것도 당연했다. 소년이 귀계의 지반으로 도망쳤다면, 천계의 영문전이 인간 세상에서 그를 찾아낼 수 있었겠는가?

사련에게 밀려난 귀신 몇 마리가 벌컥 성을 내며 다시 사련을 끌어냈다. 한 귀신은 소년의 머리에 감긴 붕대를 잡아당기며 말했다.

"이 잡놈은 나보다 더 추하게 생겼을 거야. 얼굴에 이딴 걸 감아 놓고 잡아당기면 칠색 팔색을 하니……."

그때 분노한 낭천추가 외쳤다.

"너희들 뭐 하는 거냐!"

그러고는 귀신 몇 마리를 내동댕이쳤다. 그를 막을 틈도 없었던 사청현은 속수무책으로 부채를 휘두르면서 소리쳤다.

"천추, 다시는 충동적으로 뛰어들지 않겠다더니!"

이제 귀신들은 낭천추에게 화가 났다.

"웬 놈이 또 중간에 끼어들고 난리야!"

귀신들이 역정을 내며 그를 향해 달려들었다. 낭천추가 말했다.

"죄송합니다, 풍사 대인. 이번이 마지막이에요!"

그러고는 귀신들과 요란하게 싸우기 시작했다. 사청현은 체념했다.

"하! 두 번 다시는 너와 같이 순시 나오지 않을 거다!"

하지만 그렇게 외친 그도 결국에는 싸움판에 뛰어들었다.

유감스럽게도 그들은 영광을 드러내 법술을 부릴 수 있는 처지가 아니라 맨몸으로 주먹다짐을 해야만 했다. 소년을 밟고 때리던 다른 귀신들은 사련의 손길에 밀려났다. 그는 소년을 일으켜 주려고 허리를 굽혔다.

"괜찮니?"

이 목소리를 듣자마자 소년은 어깨를 흠칫 떨고 머뭇거리며 그를 쳐다보았다. 소년의 얼굴이 드러나자, 사련은 그가 감고 있는 붕대가 피에 젖어 더러워진 것임을 깨달았다. 검붉게 물든 모습이 몹시 끔찍했다. 지난번 그들이 헤어졌을 때보다 훨씬 오싹한 몰골이었다. 반면 붕대 틈새로 드러난 두 눈 만큼은 이상하리만치 또렷하고 맑았다. 그러나 사련의 모습이 엇비친 새까만 눈동자는 공포와 두려움으로 가득 차 있었다.

사련은 소년의 팔을 부축하면서 말했다.

"자, 일어나렴. 이제 괜찮아."

그러나 소년은 난데없이 악, 소리를 지르고는 사련을 밀치고 벌떡 일어나 도망쳤다.

이 소년은 인면역 환자였으니 분명 선락국과도 밀접한 관계가 있을 터다. 그와 재회한 사련은 심장이 무섭게 내려앉았다. 정신이 조금 흐릿해진 와중에 갑작스레 밀쳐져 삿갓까지 땅에 떨어뜨렸다. 사련은 우두커니 서서 외쳤다.

"기다려!"

소년을 뒤쫓으려는 순간, 아까 밀려났던 악귀 몇몇이 다시 시비를 걸어 왔다. 그 소년은 긴 거리로 도망쳤다. 거리 위는 한창 북새통이었다. 조그만 몸으로 귀신들 사이를 몇 번 파고들면 머지않아 자취를 감추게 될 것이다. 이런 곳에서는 약야가 사람을 붙잡기도 어려웠다. 다급해진 사련이 외쳤다.

"이쪽은 두 분께 맡기겠습니다! 일단 따로 움직여요. 다들 행적을 잘 숨기시고, 늦어도 사흘 뒤에는 여기서 다시 모입시다!"

어느덧 튀어나온 약야가 악귀 몇 마리를 두 사람 쪽으로 날려 버렸다. 사련은 허리를 숙여 삿갓을 낚아채고 소년이 도망친 방향으로 빠르게 내달렸다.

그는 거리를 힘겹게 비집고 나아가면서 연달아 외쳤다.

"실례합니다, 지나갈게요!"

하지만 오랜 시간 인간 세상에서 숨어 산 소년에게 도망치기란 식은 죽 먹기였다. 머리통이 보였다, 뒷모습이 보였다 하더니 얼마 뒤에는 또 모습을 감추면서 갈수록 멀어지기만 했다.

게다가 사련의 착각인지 모르겠지만, 걸음을 옮길수록 주변 거리가 떠들썩해지는 것 같았다. 사람이며 귀신이며 발 디딜 틈 없이 몰려든 탓에 사이를 비집고 들어가기도 점점 어려워졌다. 마음이 혼란했던 사련은 본의 아니게 몇몇 노점의 좌판을 뒤엎고 말았다. 그가 황급히 외쳤다.

"미안합니다! 미안합니다!"

그러나 결코 만만한 상대가 아닌 귀신들은 곧장 욕을 퍼부었다.

"죄송하기는 개뿔이 죄송해? 저놈 잡아라!"

문득 사련의 등 뒤가 서늘해졌다. 어떤 손이 자신을 붙잡은 것 같았다. 사련은 뒤로 손을 날려 그 손을 되받아쳤다.

"누구냐!"

예상 밖에 그를 붙잡은 것은 어디서 튀어나왔는지 모를 촉수였다. 귀신 무리가 원을 그리며 몰려들었다. 높낮이도 굵기도 제각기 다른 목소리들이 그를 포위했다.

"어이! 어서 이 기생오라비를 따끔하게 혼내 주자고. 감히 귀시장에서 소란을 피워?"

새까만 요괴들이 파도처럼 쏟아져 나왔다. 눈앞에서 소년을 놓치게 생긴 사련은 그 촉수를 붙잡고 힘껏 떼어 내며 말했다.

"여러분! 참으로 죄송하게 됐습니다. 정말 고의는 아니었습니다. 제가 지금 사람을 찾고 있어서 그런데, 이따 다시 돌아와서 어떻게 배상할지 상의하면 안 될까요?"

귀신들은 호락호락하게 넘어가 주지 않았다.

"꿈 깨시지!"

실랑이를 벌이는 사이에 소년은 완전히 자취를 감추고 말았다. 사련은 얼이 빠졌다. 솔직히 말하면, 그도 자신이 지금 어떤 기분인지 설명할 수 없었다. 소년을 붙잡지 못해 낙담한 것일까, 아니면 다시 자신에게서 멀어진 악몽에 안심한 것일까.

이때 귀신 무리가 불안하게 들썩이면서 양쪽으로 갈라섰다. 대단한 인물이라도 왔나 싶어 사련은 퍼뜩 정신을 차렸다. 호리호리한 몸에 검은 옷을 걸친 사람이 갈라진 군중 사이에서 나타나 사련을 향해 걸어왔다.

"다들 소란 피우지 말고, 어서 놓아드려라!"

이 검은 옷차림의 사람은 거리를 채운 요괴와 귀신들처럼 가면을 쓰고 있었다. 체념한 자의 쓴웃음처럼 익살스러운 표정의 가면이었다.

"하현월사가 오셨다!"

그의 등장에, 귀신들이 고래고래 떠벌리더니 사련을 놓아주었다. 아무래도 이자는 귀시장의 거물인 모양이었다.

그는 사련을 보자마자 허리를 굽혀 예를 올렸다.

"도장, 성주께서 찾으십니다."

사련이 자신을 가리키며 물었다.

"네? 저를요?"

하현월사가 대답했다.

"그렇습니다. 한참 전부터 극락방에서 기다리고 계십니다."

주변 귀신들이 헉, 하고 숨을 들이켰다.

"성주께서 찾으신다? 내가 잘못 들은 거겠지? 성주께서?"

"극락방? 거긴 성주께서 밤놀이하시는 곳이잖아? 지금까지 낯선 손님을 들이신 적이 없다고!"

다른 거리에서 건너온 귀신도 끼어들었다.

"잠깐, 이 사람은 오늘 도박장에서 성주를 이긴, 아니지, 성주에게 가르침을 받은 그 도장이잖아?"

못해도 구리 방울만치 큰 눈들이 쌍쌍으로 자신을 쳐다보자, 견디다 못한 사련은 삿갓을 들어 시선을 가로막았다. 하현월사가 다시 말했다.

"가시지요."

사련은 고개를 끄덕이고 그를 따라나섰다.

양쪽의 군중들이 알아서 길을 터 주었다. 이 귀사(鬼使)는 사련을 이끌고 귀신들 사이를 빠져나갔다. 감히 뒤쫓아 와 구경하는 자는 없었다. 이 주향 뒤, 두 사람은 북적거리는 거리를 벗어나 점점 외진 곳으로 들어섰다.

걷는 내내 두 사람은 거의 대화를 나누지 않았다. 사련은 앞장선 하현월사가 금방이라도 어둠 속으로 사라질 듯한 느낌이 들어 의식적으로 바짝 따라붙었다. 무심코 그 귀사의 손목을 곁눈질한 순간, 사련은 문득 그 위를 감싼 새카만 족쇄를 발견했다.

그에게는 더없이 익숙한 물건이었다.

주가?

사련은 눈을 크게 뜨고 소리 없이 경악했다. 이때 그 귀신이 불쑥 말했다.

"여기입니다."

사련은 고개를 들었다. 도착한 곳은 호수 앞이었다. 수없이 가물거리는 도깨비불이 수면 위에서 서로 쫓고 쫓기며 장난을 쳤다. 호숫가에는 휘황찬란한 누각이 서 있었다.

천계와 귀계에는 모두 화려한 건물이 있다. 그러나 천계의 건물이 화려한 가운데 엄숙한 기운을 지녔다면, 귀시장의 건물들은 요염하고 경박하게 화려했다. 이 누각에 걸린 '극락방' 세 글자에서조차도 요사한 기운이 묻어나고 있었다.

안에서는 기이한 노랫소리가 흘러나왔다. 바람에 나부끼듯 나긋하고 부드러운 곡조였다. 장난스럽게 웃음을 흘리는 여인들이 곡조에 맞춰 단아하게 춤추는 것도 같았다.

사련은 노랫소리를 따라 천천히 걸어 들어갔다. 주렴을 걷어 올리자 포근한 분내가 훅 끼쳐 왔다. 그는 이 퇴폐적인 향기를 피하려는 듯이 고개를 살짝 기울였다.

극락방 대전에는 두툼한 융단이 깔려 있었다. 어떤 요수의 털가죽인지는 모르겠으나 놀랍게도 온전한 한 장이었다. 아름다운 여인들은 눈처럼 흰 맨발을 드러내고 얇은 비단옷을 걸친 채 요염하게 몸을 뻗으며 가무를 선보였다. 방금 그 노랫소리는 바로 그녀들의 입에서 흘러나온 것이었다.

여인들은 가시를 빼곡히 세운 장미처럼 흥겹게 휘돌며 깊은 밤중에 피어났다. 사련의 앞을 지나치면서는 자못 유혹적인 눈길을 보냈다. 한밤중에 난입한 행인이 이 광경을 마주쳤다면 공포심이 앞설지 음심이 앞설지 모를 노릇이었다. 하지만 대전을 둘러보는 사련의 시선은 이 여인들을 곧장 관통했다. 그가 처음으로 본 것은 대전의 끝에 앉아 있는 화성이었다.

대전 끝에는 새카만 묵옥(墨玉)으로 짠 긴 침상이 있었다. 열댓 명도 누울 수 있을 만큼 널찍해 보였으나 위에는 화성 한 사람만이 앉아 있었다. 그는 앞에서 흥겹게 노래하며 춤추는 귀계의 절세미인들에겐 눈길 한번 주지 않고, 따분한 얼굴로 제 눈앞만 응시했다.

그의 눈앞에는 금빛으로 찬란한 작은 궁전이 있었다. 얼핏 보기에는 천계의 건물과 비슷한 생김새였다. 다시 자세히 들여다보니, 놀랍게도 그건 얇은 금박을 한 장씩 정교하게 쌓아 만든 궁전이었다. 그가 무심하게 감상하고 있는 물건 역시 얇은 금박이었다.

금박으로 궁전 짓기. 사련이 어린 시절 선락 황궁에서 종종 하던 놀이였다. 이 놀이의 재미란 평민 아이들이 돌멩이를 쌓아 집을 짓는 것과 별반 다르지 않았다. 어린 시절의 그는 북적이는 모임을 좋아하고 헤이짐을 싫어했다. 그 대상이 무엇이든 한번 모아 놓은 것은 흩뜨리려 하지 않았고, 잘 만들어 놓은 것은 부수려 들지 않았다. 그래서 무언가를 쌓으면 아무도 건드리지 못하게 했다. 영영 변하지 않을 수만 있다면 풀칠이라도 하려고 안달을 냈다. 조금 더 어렸을 때는, 자기가 쌓은 오두막이 무너지면 밥도 못 넘기고 잠도 이루지 못할 만큼 슬퍼해서 국주와 황후가 계속 달래 주어야 진정할 수 있었다. 그리고 지금, 백 장 남짓한 금박을 쌓아 올린 화성의 궁전이 위태롭게 휘청거리고 있었다. 그 모습을 보고 있자니 한 성어가 떠올랐다. '위여누란[#9]'. 산들바람만 불어와도 쓰러질 것 같았다. 사련은 마음속으로 되뇌었다.

'무너지지 마라, 무너지지 마라.'

하지만 누가 예상이나 했을까. 궁전을 잠시 들여다보던 화성이 갑자기 싱긋 웃더니, 한 손가락을 내밀어 작은 궁전을 가볍게 쳤다.

와르르, 금박 궁전이 송두리째 허물어졌다.

온 바닥에 금박이 흩어졌다. 궁전이 무너졌는데도 화성의 표정은 조금 유쾌해 보였다. 마치 어린아이가 쌓아 올린 나무 장난감을 쓰러뜨렸을 때처럼 즐거운 얼굴이었다.

그는 손안에서 가지고 놀던 금박을 내던지고 침상에서 뛰어내렸다. 너울너울 춤추던 여인들은 빠르게 양옆으로 물러나 손으로 입을 가리고 노랫소리를 삼켰다. 화성은 찬란한 금빛 조각들을 밟고 지나쳐 사련이 서 있는 문어귀를 향해 걸어왔다.

"형, 기왕 왔는데 안으로 들어오지 않고? 며칠 떨어져 있었

#9 위여누란 危如累卵. 쌓아 올린 달걀처럼 위태로움

다고 삼랑과 소원해진 건 아니겠지?”

이 말을 들은 사련은 들추었던 주렴을 아래로 늘어뜨렸다.

“아까 도박장에서 먼저 날 모른 체한 건 삼랑이야.”

화성은 그새 사련의 옆으로 다가와 있었다.

“낭천추도 자리에 있었잖아. 내가 대충 얼버무리지 않았다면 형 입장이 귀찮아졌을걸.”

말 그대로 참 대충이었다고, 사련은 속으로 생각했다. 어쩌면 화성은 귀신 무리에 섞여들었던 사청현의 존재까지 알고 있을지도 모른다. 사련도 괜히 숨기지 않기로 했다.

“역시 삼랑은 한결같이 식견이 넓네.”

화성이 웃으며 말했다.

“그야 당연하지. 형, 오늘은 날 보러 여기까지 온 거야?”

“…….”

사련은 가슴에 손을 얹고 생각해 보았다. 만약 화성이 여기 있는 줄 알았다면, 시간이 날 때 한 번쯤은 보러 왔을 것이다. 하지만 공교롭게도 오늘은 그런 상황이 아니었다.

화성도 그의 대답을 기다리지 않고 살짝 웃으며 말했다.

“형이 날 보러 왔든 아니든, 난 기뻐.”

그 말에 사련은 한순간 멍해졌다. 그가 뭐라 말을 꺼내기도 전에 양옆에서 입을 가리고 있던 여인들이 쿡쿡, 하고 교태로운 웃음을 터뜨렸다.

화성이 고개를 살짝 틀자 그녀들은 머리를 조아리고 삽시간에 빠짐없이 물러갔다. 이제 넓고 화려한 대전에는 두 사람만이 남았다. 화성이 입을 열었다.

"형, 이리 와서 앉아."

사련은 화성을 따라 걸어가면서 그를 향해 살짝 웃어 보였다.

"이게 네 진짜 모습이지?"

화성의 발걸음이 살짝 굳어졌다.

착각일지도 모르지만, 사련은 화성의 어깨가 한순간 굳어진 것 같다고 생각했다. 하지만 이윽고 그가 평소와 다름없는 표정으로 대답했다.

"내가 말했었지. 다음에 다시 만날 땐, 원래 모습으로 형을 보겠다고."

사련은 빙긋 웃으며 진심을 담아 말했다.

"좋네."

놀림조도 아니고 위로하는 투도 아닌, 담백한 한 마디였다. 화성은 푹 웃었다. 이번만큼은 정말로 평소와 다름없는 그 표정이었다. 두 사람이 다시 몇 걸음을 거닐었을 무렵, 사련은 불현듯 아주 중요한 일을 떠올렸다. 그는 가슴께에 늘어진 은사슬을 풀어내고 물었다.

"맞다, 이거. 네가 놓고 간 거 맞지?"

화성은 사슬에 걸린 반지를 흘긋 보고 가볍게 웃었다.

"형에게 주는 거."

"이게 뭔데?"

"별로 귀중한 물건은 아니야. 심심풀이로 가지고 다니면 돼."

그는 이렇게 말했지만, 사련은 이게 놀라울 정도로 귀중한 물건이라는 사실을 내심 알고 있었다.

"그럼 감사히 받을게, 삼랑."

사련이 반지가 걸린 은사슬을 다시 목에 두르자 화성의 눈빛이 희미하게 반짝였다. 사련은 주변을 둘러보며 말했다.

"도박장에서 네가 극락방에 가겠단 말을 하길래 무슨 기루 같은 곳인가 싶었는데. 지금 와서 보니 연회장에 가깝네."

화성이 눈썹을 까딱 치켜세웠다.

"무슨 말을 하는 거야. 난 지금까지 한 번도 기루에 간 적 없어."

사련은 그 말에 새삼 놀랐다.

"정말이야?"

"당연하지."

두 사람은 묵옥 침상으로 다가가 나란히 앉았다. 화성이 다시 말을 꺼냈다.

"여긴 재미 삼아 지은 곳이야. 거처 중 하나라고 볼 수도 있겠지. 한가하면 와서 놀고 바쁠 땐 내버려 두고."

"네 집이었구나."

화성은 사련의 말을 바로잡았다.

"거처. 집이 아니라."

"뭐가 달라?"

"당연히 다르지. 집에는 가족이 있잖아. 혼자 사는 곳은 집이라고 할 수 없어."

이 말을 들은 사련은 마음 한구석이 일렁였다. 그렇다면 사련은 '집'이라는 것 없이 살아온 지가 벌써 팔백 년이었다. 화성의 얼굴에 쓸쓸한 기색은 없었지만, 사련은 어쩌면 그도 자신과 비슷할지도 모른다는 생각이 들었다. 다시 화성의 목소리가 들려왔다.

"집이라고 한다면, 보제관처럼 작은 곳이라도 내 극락방보다는 백배 천배 더 나아."

사련은 동감이라는 듯 웃으며 말했다.

"삼랑이 이렇게 감성적인 사람인 줄은 몰랐네. 그래도 보제관을 여기에 견주다니 너무 부끄럽다."

화성이 짧게 웃음을 터트렸다.

"뭐가 부끄러워? 솔직히 말해서 형의 보제관은 작기는 해도 내겐 여기 극락방보다 더 편안했어. 훨씬 집 같았어."

사련이 상냥한 어조로 말했다.

"그래? 너만 괜찮다면 앞으로는 오고 싶을 때 와서 묵어도 돼. 보제관 대문은 언제나 널 위해 열려 있을 거야."

화성의 눈가가 살짝 휘어졌다.

"형이 이렇게까지 말하니 사양은 하지 않을게. 나중에 내가 귀찮게 군다고 싫어하면 안 돼."

사련이 급히 대답했다.

"설마, 안 그래! 맞다, 삼랑. 네게 부탁하고 싶은 일이 있는데, 혹시 시간이 될까?"

"무슨 일인데? 여기는 내 구역이잖아. 편하게 말해 봐."

"저번에 여군산에서 일을 좀 처리하다가 한 소년을 만났어. 그 소년이 내 고국과 관계가 있을지도 몰라."

화성은 말없이 눈을 가늘게 좁혔다. 사련이 계속해서 말했다.

"그때 소년이 많이 놀라는 바람에 도망쳐 버렸거든. 한동안 행방을 찾지 못했는데, 아까 귀시장을 헤매다가 그 애가 여기로 온 걸 봤거든. 삼랑은 이곳의 주인이잖아. 나 대신 그 애를 찾아봐 줄 수 있을까? 얼굴에 붕대를 감은 소년이야. 방금 극락방 근처에서 달아났어."

화성은 웃으면서 대답했다.

"좋아, 알겠어. 형은 걱정하지 말고 기다리면 돼."

사련은 안도의 한숨을 내쉬었다.

"고마워. 또 신세를 지네."

"이 정도야 뭐. 그나저나, 낭천추는 아예 버리고 왔어?"

만약 낭천추가 이 자리에 있었다면, 그 정직한 성격에 또 무슨 소란을 피울지 몰랐다. 그러니 나중에 다시 모이는 편이 나았다. 그래서 사련은 재빨리 말을 돌렸다.

"아까 도박장에서 태화 전하가 네게 폐를 끼쳤지. 미안해."

화성은 이번에도 약간의 경멸이 담긴 웃음을 지었다.

"별거 아냐. 그딴 건 폐를 끼치는 축에도 못 들어."

"부서진 물건은……."

화성이 웃으며 말했다.

"형을 봐서라도 부서진 물건값은 받지 않을게. 대신 내 앞에서 얼쩡거리지 말고 눈치껏 돌아가라고 해."

사련은 의문에 빠졌다.

"삼랑, 신관이 네 구역을 돌아다니는데 신경 쓰이지도 않아?"

설마, 정말 믿는 구석이라도 있는 건가?

화성이 웃으며 대답했다.

"형이 몰라서 그래. 비록 삼계의 모두가 여기를 타락한 지옥이고 귀신의 소굴이라고 떠들어 대지만, 실제로는 다들 얼쩡거리고 싶어 안달이거든. 특히 천상의 수많은 신관들. 겉으로는 귀시장을 멸시하는 척 내숭을 떨잖아. 그래 놓곤 남몰래 위장하고 들어와 온갖 비리를 저지르는 놈들이 한둘이어야 말이지. 문제만 일으키지 않으면 별로 신경 안 써. 문제를 일으키면 그 김에 쓸어버리면 되고."

사련이 말했다.

"태화 전하가 일부러 소란을 피운 건 아니야. 그런 식의 도박은 꼭 막아야겠다고 생각해서 잠시 욱했을 뿐이지."

화성이 무덤덤하게 대답했다.

"그놈의 식견이 너무 좁은 것이지. 자신이 십 년 더 살지, 적을 십 년 덜 살게 할지, 둘 중에서 주저 없이 후자를 고르는 게 인간이야."

말을 마친 그는 다시 팔짱을 끼고 한마디 덧붙였다.

“낭천추 같은 얼간이도 선경에 오를 수 있다니. 천계도 참 인물이 없어.”

약간 뜨끔해진 사련은 미간을 문지르며 속으로 중얼거렸다.

‘그렇게 말하면 어떡해. 나 같은 것도…… 세 번이나 선경에 올랐는데…….’

그는 잠시 망설인 끝에 말을 꺼냈다.

“삼랑. 지금부터 하는 말은 조금 참견이 될지도 모르겠지만, 그래도 한마디만 할게. 네 도박장은 너무 위험해. 그러다 자칫 사고가 나지 않을까?”

아들이며 딸이며 사람의 수명에 타인의 죽음까지 거는 도박판이라니, 실로 큰 죄업이다. 하물며 규모가 작으면 그럭저럭 눈감아 주겠으나, 만에 하나 판이 너무 커지는 날에는 천계도 수수방관할 수 없을 터였다. 이 말을 들은 화성은 사련을 흘긋 바라보고 깍듯하게 말문을 뗐다.

“전하, 낭천추에게 왜 뛰어들었냐고 물어본 적 있으십니까?”

사련은 뜬금없는 질문에 조금 어리둥절해졌다. 화성이 말을 이었다.

“자신이 뛰어들지 않았다면 나서는 사람이 없었을 거다, 분명 이리 말했을 테지요.”

아주 정확하게 알아맞혔다. 아무래도 벌써 낭천추라는 사람을 간파한 모양이었다.

“정확히 그렇게 말했어.”

"그렇다면 제 상황은 정반대입니다. 제가 이곳을 장악하지 못한다면 다른 자가 나서서 장악할 테니까요. 다른 자의 손에 들어가게 두느니 제 손에 두는 게 낫죠."

매사에 적정선을 지킬 줄 아는 사련은 가만히 고개를 끄덕이며 말했다.

"이해했어."

화성이 자유롭고 방종한 성격이기는 해도, 의외로 사련의 생각보다 자신의 지배력에 연연하는 모양이었다. 화성이 다시 말했다.

"그래도 신경 써 줘서 고마워, 형."

이때 문밖에서 누군가의 목소리가 들려왔다.

"성주, 찾았습니다."

사련은 문어귀 쪽으로 눈을 돌렸다. 주렴 바깥에서 허리를 숙이고 서 있는 하현월사가 보였다. 손에 붙들고 있는 건 남루한 옷을 걸친 그 붕대 소년이었다.

화성은 고개 한번 까딱하지 않고 말했다.

"데려와."

하현월사는 소년을 들고 다가와 가만히 바닥에 내려놓았다. 사련은 참지 못하고 그의 손목을 슬쩍 쳐다보았다. 정말로 주가가 있는지 다시 확인해 볼 생각이었으나, 하현월사는 몸을 숙여 예를 올리고 곧장 물러났다. 물론 지금 그가 관심을 가져야 할 사람은 따로 있었다. 사련은 우선 그 소년에게 말을 걸었다.

"겁내지 말렴. 지난번에는 내가 잘못했어. 다시는 그러지 않을게."

소년의 커다란 두 눈에 반신반의하는 빛이 어른댔다. 더는 도망칠 기력이 없어서였을까, 도망칠 수 없다는 걸 알아서였을까. 소년은 그를 힐끔 보더니 다시 묵옥 침상 위에 놓인 소반[#10]을 쳐다보았다. 사련은 소년을 따라 시선을 옮겼다. 그 소반 위에는 빛깔 좋은 과일이 담긴 쟁반 하나가 놓여 있었다. 생각해 보면 소년은 오랫동안 숨어 다니느라 여러 날을 굶었을 터였다. 사련은 화성을 돌아보았다. 뭐라 말을 꺼내기도 전에 화성이 먼저 입을 열었다.

"형이 원하는 대로 해. 나한테 물을 필요 없어."

"고마워."

예의를 차릴 여유가 없었던 사련은 짧게 감사의 말을 전한 뒤, 과일이 담긴 쟁반을 가져와 소년에게 건넸다. 소년은 허겁지겁 쟁반을 낚아채 과일을 통째로 입에 욱여넣기 시작했다.

아이는 무척이나 허기가 진 모양이었다. 사련이 한창 가난에 쪼들려 들개처럼 굶주렸던 시절에도 이토록 게걸스럽게 음식을 먹은 적은 없었다. 사련이 말했다.

"천천히 먹으렴."

잠시 망설인 그는 소년에게 슬쩍 질문을 던졌다.

"이름이 뭐야?"

#10 소반 작은 크기의 상

소년은 과일을 먹으면서 뭔가를 말하려는 듯 어물거렸지만 발음이 불분명했다. 화성이 말을 보탰다.

"사람과 대화를 나눈 지 오래라 말문이 닫혔을지도."

확실히 이 소년은 소형하고도 몇 마디 나눠 본 적이 없는 듯했다. 아마 오래전부터 이런 상태였으리라. 사련이 한숨을 섞어 말했다.

"천천히 생각하자."

그렇게 소년은 과일 한 쟁반을 게 눈 감추듯 말끔히 해치웠다. 사련은 검붉은 핏자국으로 얼룩덜룩한 붕대를 보고 잠시 고민하다가 상냥하게 말했다.

"얼굴의 상처가 심해 보이는데, 내가 잠깐 봐 줄까?"

상처를 언급하자 소년의 눈에 두려움이 물씬거렸다. 하지만 사련이 상냥한 목소리로 거듭 타이르니 얌전히 자리에 엉덩이를 붙였다. 사련은 소매에서 가루약이 담긴 병을 꺼내고, 다시 느릿하게 손을 들어 엉망으로 감긴 붕대를 풀어냈다.

과연, 소년의 얼굴은 살갗이 뭉그러져 피범벅이었다. 다만 그 오싹한 인면역의 흔적은 온데간데없고 새빨간 상처만이 남아 있었다.

지난번 여군산에서 만났을 때, 소년은 얼굴에 화상을 입었어도 붕대에 묻은 핏자국은 많지 않았다. 아무래도 그 이후에 인면역이 남긴 사람 얼굴을 칼로 베고 잘라 낸 모양이었다.

소년의 얼굴에 약을 바르는 사련의 손이 희미하게 떨려 왔다. 이때 화성이 그의 손목을 붙잡았다.

"내가 할게."

사련은 고개를 가로저었다. 화성의 손을 부드럽게 뿌리친 그가 가라앉은 목소리로 말했다.

"괜찮아. 내가 직접 할게."

팔백 년 전 선락 황성에서, 인면역에 걸린 수많은 사람들이 최후의 수단으로 이런 방법을 택했다. 그 광경은 진정한 생지옥이었다. 자칫 위험한 부위까지 베어 내 심한 출혈로 죽는 사람도 있었다. 어떤 사람들은 인면을 제거하고도 상처가 아물지 않았다.

사련은 소년의 얼굴에 새 붕대를 겹겹이 감아 주었다. 붕대를 감을수록 소년의 얼굴과 이목구비가 몹시 반듯하다는 사실을 깨달았다. 곧은 콧날과 맑고 또렷한 두 눈. 본디 준수했을 소년의 얼굴은 지금 이토록 숨 막히는 모습으로 변해 있었다.

이 소년도 그 사람들과 마찬가지다. 기괴한 인면을 베어 냈으나, 한 번 본 것만으로도 악몽을 꾸게 하는 모습만이 남았다. 또한 앞으로도 영영 본래의 모습으로 돌아갈 수 없다.

사련은 겨우 소년에게 새 붕대를 감아 주고 떨리는 목소리로 물었다.

"넌…… 선락국 사람이니?"

소년은 커다란 눈으로 그를 가만히 응시했다. 사련이 다시 한번 물었으나 소년은 고개를 가로저었다.

"그럼 어디 사람인데?"

소년은 어렵사리 대답했다.

"……영안!"

인면역은 선락국에서만 발병하지 않았던가. 그런데 이 소년은 영안국 사람이라니!

한순간 눈앞이 새카매진 사련은 경황없이 물었다.

"백의화세를 본 적 있어?"

백의화세. 역병의 근원. 불길한 징조.

그는 혈우탐화가 세상에 나오기 전까지 선대 신들의 악몽이었다. 군오가 친히 그를 멸하지 않았더라면 그 악몽은 오늘날까지 계속되었을 터다.

이 '절'은 사시사철 새하얀 상복을 입고 널따란 소매를 나부끼며, 얼굴에는 '희비면'을 쓰고 다닌다.

희비면이란 오른쪽 얼굴 절반은 울고 왼쪽 얼굴 절반은 웃는, 표정에 기쁨과 슬픔이 뒤섞인 가면을 일컫는다. 어디가 되었든 그가 나타난 곳에는 머지않아 막대한 재앙이 닥쳤다.

마지막 전투 당일. 사련은 선락 황성의 성루 위에 서서 재 가루와 눈물이 뒤범벅된 얼굴로 망연히 아래를 내려다보고 있었다. 흐릿한 시야로 바라본 성 바깥, 굶어 죽은 백성들의 시체 가운데에 새하얀 그림자가 서 있었다. 나부끼는 소매가 너무도 선연했다. 사련은 고개를 숙여 그를 바라보았다. 하얀 유령도 사련을 올려다보더니 그를 향해 손을 흔들었다.

그 희비면은, 사련이 수백 년이 지나도 떨쳐 낼 수 없는 악몽이었다.

소년은 '백의화세'가 뭔지 잘 모르겠다는 듯 사련을 멀거니 쳐다보다가 악, 하고 대뜸 소리를 질렀다. 사련이 무의식적으로 소년의 어깨를 힘껏 움켜쥔 탓이었다. 그 비명에 정신을 차린 사련은 재빨리 손에서 힘을 빼고 소년에게 사과했다.

"미안해."

화성이 낮은 목소리로 말했다.

"형도 지쳐서 그래. 일단 쉬자."

그의 말이 떨어지자마자 대전 한쪽의 곁문에서 우아한 여인 두 명이 들어와 소년을 데려갔다. 소년이 자꾸 뒤를 돌아보자 사련이 말했다.

"괜찮아. 이따가 내가 다시 찾아갈게."

화성은 사련을 돌아보며 말했다.

"형은 일단 앉아서 쉬어. 저 아이는 당분간 만나지 마. 물어볼 게 있다면 내가 어련히 녀석의 입을 비틀어 열 테니까."

'입을 비틀어 연다'는 다소 과격한 표현에 사련이 재빨리 말했다.

"괜찮아. 그 애가 말을 못 한다면 어쩔 수 없지. 천천히 하면 돼."

화성은 그의 옆에 나란히 앉으며 물었다.

"저 소년은 어떻게 할 생각이야?"

사련은 잠시 고민해 보고 입을 열었다.

“일단은 옆에 데리고 다니다가 나중에 다시 정하려고.”

“녀석은 인간이 아니라 귀신이야. 차라리 귀시장에 남겨 두지 그래. 먹는 입 하나 늘어도 상관없으니까.”

“삼랑, 고마워. 하지만…… 내가 데리고 다니겠단 건 꼭 돌보겠다는 뜻만은 아니야.”

귀시장은 명백한 화성의 지반이다. 그가 전적으로 감싼다면 아무도 소년에게 상처를 입힐 수 없고, 그를 굶기지도 않을 것이다. 하지만 가장 중요한 일은 사실 따로 있다. 소년의 정신과 언어를 분명하게 갈무리해 정상적인 모습을 되찾을 수 있도록 서서히 이끌어 주는 것. 물론 귀시장은 번화했지만, 온갖 귀신들이 들끓는 곳이니 소년이 지내기에는 적합하지 않았다. 끈질긴 인내심으로 이 소년을 이끌어 줄 사람이 자신 외에 누가 있을지 도저히 떠올릴 수 없었다. 사련이 다시 말을 이었다.

“이 소년을 찾아준 것만으로도 고마운걸. 다음 일까지 네게 폐를 끼칠 수는 없지.”

화성은 영 탐탁지 않은 눈치였으나 군말 없이 대답했다.

“폐는 무슨. 내 구역이잖아. 필요한 게 있으면 뭐든지 말하면 돼. 가고 싶은 곳이 있으면 가면 되고.”

이때 사련은 문득 이상한 움직임을 감지했다. 화성이 허리춤에 차고 있는 곡도에 갑작스러운 변화가 생긴 것 같았다.

그는 고개를 숙이자마자 흠칫했다. 지금 보니 곡도의 칼자루에 은빛 눈동자가 새겨져 있었다. 은선 몇 개로 단순하게 이어진 문양이었으나 마치 살아 있는 것처럼 생동감이 넘쳤다. 이전에 발견하지 못했던 건, 눈이 한 가닥 선으로 닫혀 있었기 때문이었다. 하지만 지금은 눈을 뜨고 홍보석 같은 붉은 눈알을 도르르 굴리고 있었다.

화성도 금세 눈치를 채고 낮은 목소리로 말했다.

"형, 잠깐 나가 봐야겠어. 금방 돌아올게."

"경고 신호야?"

풍사 대인과 낭천추가 귀시장에서 본모습을 현신한 건 아닐까? 사련도 자리에서 일어났다.

"나도 갈게."

화성은 그를 가벼운 손길로 저지했다.

"안심해. 태화 전하 쪽은 아니야. 형은 앉아 있어. 가지 않아도 돼."

이런 말까지 들은 이상, 사련도 무리해서 동행할 수는 없었다. 화성은 돌아서서 대전 바깥으로 걸어갔다. 멀찍이 손을 흔들자 주렴이 저절로 갈라졌다. 알알이 엮인 주렴은 그가 빠져나간 뒤에야 다시 좌르륵, 닫혔다. 구슬이 서로 부딪치며 낭랑한 소리를 냈다.

묵옥 침상에 잠시 앉아 있던 사련은 이번 출행의 목적이 떠올라 몸을 일으켰다. 아까 두 여인이 물러났던 곁문을 지나자 화원이 펼쳐졌다. 화원 곳곳을 가로지른 주홍색 회랑에는 사람 그림자도 보이지 않았다.

사련이 어디로 가야 좋을지 고민하고 있던 그때, 검은 뒷모습이 스쳐 지나갔다.

저 뒷모습은, 틀림없는 하현월사다!

사련은 그의 손목을 감싼 주가를 떠올렸다. 아무래도 퍽 신경이 쓰였다. 이 사람의 행동을 돌이켜 보면 다른 사람에게 들키는 것을 무척 꺼리는 듯했다. 그래서 사련은 소리를 죽이고 그를 뒤쫓았다.

사련은 그가 사라진 모퉁이를 돌아 벽에 몸을 바짝 붙이고 조용히 시선을 던졌다. 사내는 지극히 민첩하게 움직이면서 사방으로 주의를 기울였다. 확실히 누군가에게 들킬까 봐 경계하는 눈치였다. 사련은 생각했다.

'하현월사는 삼랑의 수하잖아. 왜 삼랑의 지반에서 저렇게 수상하게 행동하는 거지?'

어쩌면 은밀한 속셈을 품고 있을지도 모른다. 의심스러워진 사련은 몸을 숨기고 계속해서 뒤를 쫓았다. 하현월사는 한참이나 길을 이리저리 에돌아갔다. 사련은 시종일관 숨을 죽이고 서너 장 남짓 떨어진 뒤에서 그를 미행했다.

이제 접어든 곳은 긴 회랑이었다. 저 끝에는 화려한 대문이 서 있었다. 사련은 속으로 생각했다.

'만약 지금 뒤돌아보면 좌우 어디든 피할 곳이 없는데.'

그렇게 생각하던 찰나, 하현월사가 발걸음을 멈추고 뒤를 돌아보았다.

그가 멈칫한 순간 사련은 아차 싶어졌다. 사련은 아슬아슬하게 약야를 날려 머리 위 대들보를 몇 바퀴 감고, 높이 솟아올라 회랑 천장에 달라붙었다.

하현월사는 고개를 돌렸지만 아무도 발견할 수 없었다. 그는 위쪽까지 살펴볼 생각은 하지 못하고 빙글 돌아서서 계속 걸음을 재촉했다.

섣불리 바닥으로 내려갈 수 없었던 사련은 천장에 달라붙은 자세 그대로 소리 없이 앞을 향해 움직였다. 그는 앞으로 몸을 옮기면서 자신이 왠지 도마뱀이라도 된 것 같다고 생각했다. 다행히 하현월사는 더 멀리 가지 않고 그 화려한 대문 앞에 멈춰 섰다. 사련도 움직임을 멈추고 상황을 조용히 지켜보았다.

이 작은 누각의 대문 앞에는 자태가 우아한 여인의 석상이 서 있었다. 물론 사련의 위치에서 가장 잘 보이는 것은 그녀의 둥그런 머리와 손에 받쳐 든 둥그런 옥쟁반뿐이었다. 하현월사는 문을 여는 대신 석상 쪽으로 돌아섰다. 그러고는 손을 들어 그 옥쟁반에 무언가를 던졌다. 달그락, 맑은 소리가 울려 퍼졌다. 사련은 넌지시 추측했다.

'주사위?'

어쩌면 꽤 오랜 시간이 지나도 잊지 못할, 오늘 그가 수도 없이 들은 소리였다. 아니나 다를까, 하현월사가 손을 치우자 옥쟁반 위로 주사위 두 개가 보였다. 모두 선홍빛 6점이었다.

하현월사는 그제야 주사위를 챙겨 문을 열고 들어갔다. 놀랍게도 그 문에는 자물쇠가 없었다. 그가 들어가고 문이 닫혔지만 자물쇠를 채우거나 빗장을 거는 소리는 들리지 않았다. 사련은 짧은 기다림 끝에 종잇조각처럼 살포시 바닥으로 내려섰다. 그러고는 팔짱을 끼고 이 문에 대해 곰곰이 생각해 보았다.

이 정도 크기의 방이라면 안에서 무엇을 하든 약간의 소리는 들려오기 마련이다. 하지만 하현월사가 문을 닫고 들어간 뒤로 방 안에서는 기척이 전혀 느껴지지 않았다. 사련은 과감하게 손을 들고 문을 밀었다.

문을 열자 역시나 방 안은 텅 비어 있었다. 그저 화려하게 꾸며 놓은 평범하고 작은 방이었다. 방 안의 물건들이 한눈에 담길 정도이니, 비밀 통로를 숨겼을 가능성은 없었다.

문을 닫은 사련은 시녀 석상과 그 석상의 손에 들린 옥쟁반을 바라보며 생각에 잠겼다.

아무래도 기묘한 비밀은 이 옥쟁반 위의 주사위 두 개에 담겨 있는 모양이다.

이 방은 지금도 잠겨 있다. 그러나 진짜 자물쇠가 아니라 일종의 술법으로 잠긴 것이다.

이 자물쇠를 열기 위해서는 열쇠나 암호가 필요하다. 이 쟁반에 6점짜리 주사위 두 개를 던지고 문을 열어야 비로소 진짜 목적지가 드러날 터다.

그렇지만 사련이 당장에 6점을 두 개나 던진다는 건 결코 있을 수 없는 일이었다. 사련은 방을 바라보며 한숨을 내쉬고는,

결국 문 앞을 잠시 서성이다가 뒤돌아 자리를 떴다. 한동안 걷던 그는 불현듯 걸음을 멈추었다. 맞은편에서 붉은 옷을 입은 훤칠한 그림자가 걸어오고 있었다. 허리춤에 늘씬한 은빛 곡도를 찬 그 사람은, 화성이었다.

그는 팔짱을 끼고 다가오며 말했다.

"형, 한참 찾았잖아."

아까 극락방을 나섰을 때와 별반 다를 것 없는 모습이었다. 다만 그의 허리춤에 걸려 있던 곡도는 이미 칼집을 빠져나온 채, 칼집과 함께 붉은 옷자락에 매달려 걸음을 따라 기고만장하게 덜그럭댔다. 칼자루에 새겨진 은색 눈도 감겨 있었다. 사련은 침착하게 말을 받았다.

"그 애를 보러 가려고 했는데, 네 집이 생각보다 너무 넓어서 다른 길로 들어와 버렸어."

원래는 화성에게 방금 목격한 일을 알려 줄 생각이었다. 하지만 그는 입가까지 차오른 말을 다시 되돌려 삼켰다.

그가 오늘 귀시장에 온 것은 실종된 신관의 행방을 조사하기 위해서다. 수상한 실마리는 단 하나라도 놓쳐서는 안 됐다. 어쩌면 실종된 그 신관이 그 비밀스런 방에 갇혔을지도 몰랐다.

우선 방법을 찾아 문 안쪽을 살펴보는 편이 좋을 듯했다. 이 두 가지 사건이 서로 무관하다면, 당장 화성에게 그의 수하가 수상한 낌새를 보였다고 알릴 것이다. 하지만 만약 관계가 있다면…….

화성은 그를 데리고 돌아가면서 말했다.

"녀석을 만나고 싶다면 내가 사람을 보내서 데려올 테니까, 굳이 직접 가지 마."

말 못 할 비밀을 숨긴 탓일까, 화성에게 대답하는 사련의 말투가 무의식중에 한결 부드러워졌다.

"그래……. 아까 그 일은 벌써 다 끝냈어?"

"끝냈지. 폐물 더미들이 또 추태를 부렸을 뿐이야."

'폐물'이라고 말하는 말투가 어째 무척 익숙했다. 사련이 넌지시 물었다.

"청귀척용이 와서 소란을 피운 거야?"

화성이 웃으며 대답했다.

"맞아. 내가 말했잖아. 다들 여기 귀시장을 그렇게 못 잊어 안달이라니까. 그 폐물이 귀시장을 탐낸 게 한두 해는 아니지만, 기껏해야 속으로만 군침을 흘리는 게 다거든. 그래서 늘 그 놈보다도 못한 폐물을 보내서 수작을 부려. 하루 이틀 일도 아니야. 그건 됐고, 마침 형에게 보여 주고 싶은 곳이 있는데. 내가 부탁하면 따라와 주려나?"

사련이 흔쾌히 대답했다.

"물론이지."

두 사람은 긴 회랑 몇 군데를 지났다. 화성은 그를 높다랗게 솟은 대전 앞으로 안내했다.

대전의 문은 강철로 주조한 듯했다. 위에 조각된 흉악한 맹수가 오싹함을 자아냈다. 화성이 들어서자, 맹수들이 저절로 갈라지며 문을 열었다. 사련은 안으로 들어서기도 전에 정면으로 끼쳐 온 살기를 느꼈다. 손등에 핏줄이 돋았다. 약야는 이미 만반의 준비를 마친 뒤였다.

그러나 방 안의 모습을 확인한 그는 눈을 깜박거리며 방어 태세를 풀고 말았다. 멋대로 움직인 두 다리가 그를 방 안으로 이끌었다.

대전 안쪽, 사면을 둘러싼 벽에 온갖 무기가 진열되어 있었다. 도, 검, 창, 방패, 채찍, 망치…… 이곳은 다름 아닌 무기고였다!

무릇 사내라면, 이런 무기고에 서서 각종 무기에 둘러싸인 순간 꼭 천계에 있는 것처럼 피가 끓어오르기 마련이다. 사련도 예외는 아니었던지라 눈을 휘둥그레 뜨고 온 얼굴을 환하게 빛냈다. 그가 마지막으로 이런 표정을 지었던 곳 역시 군오의 무기고였다.

그는 짐짓 담담한 척을 하면서도 마음속에 흥분이 밀려든 나머지 말을 더듬고 말았다.

"마…… 만져 봐도 돼?"

화성이 웃으며 대답했다.

"형 마음대로."

곧장 손을 뻗은 사련은 푹 빠진 얼굴로 온갖 무기와 법보를 어루만지며 넋을 놓고 중얼거렸다.

“이거…… 다 진귀한 물건이야! 이 검 괜찮다. 혼자 많은 적을 상대할 때도 신기를 발휘할 수 있겠어. 이 검도 좋네! 잠깐, 이 칼도 정말…….”

화성은 문가에 기대어 서서는, 얼굴을 홍조로 물들인 채 들떠 있는 사련을 쳐다보며 입을 열었다.

“형, 어떤 것 같아?”

사련은 무기를 구경하느라 고개도 제대로 돌리지 못하고 되물었다.

“어떤 것 같냐니?”

화성이 물었다.

“마음에 들어?”

사련이 대답했다.

“마음에 들어.”

화성이 거듭 물었다.

“너무 좋아?”

사련도 거듭 대답했다.

“너무 좋아!”

화성이 슬며시 웃었지만 사련은 알아차리지 못했다. 그는 한층 두근대는 마음으로 예리한 장검을 검집에서 뽑으며 감탄을 금치 못했다. 화성이 말했다.

“형, 마음에 드는 거라도 있어?”

사련은 환한 얼굴로 칭찬을 쏟아 냈다.

"마음에 들어. 마음에 들고말고. 난 다 마음에 들어."

"난 형이 들고 다니는 무기가 없으니, 이 안에 괜찮은 게 있다면 하나 골라서 가져가라고 할 생각이었거든. 형이 이렇게까지 말하는데 전부 주는 게 나으려나?"

사련이 급히 말했다.

"아, 아냐, 그러지 마. 괜찮아. 들고 다닐 무기는 없어도 돼."

"그래? 하지만 분명 검을 아주 좋아하는 것 같던데."

"좋아한다고 꼭 손에 넣어야 하는 건 아니니까. 난 무기를 쓰지 않은 지 오래됐거든. 그냥 보는 것만으로도 기뻐. 게다가 전부 줘도 둘 만한 곳이 없는걸."

"그거야 쉽지. 내가 이 방도 같이 주면 그만이잖아?"

사련은 화성의 말을 농담으로 여기고 빙긋 웃으며 대답했다.

"이렇게 큰 방은 못 들고 가."

"들고 갈 필요 없어. 땅도 형에게 주면 되지. 시간 날 때 보러와."

"됐어, 정말 괜찮아. 무기고는 자주 청소하고 손질해 주어야 하는데, 나라면 이 무기들을 방치하게 될지도 몰라."

그는 검을 조심스레 선반 위에 되돌려 놓고는 그리운 듯이 말했다.

"옛날에는 나도 이런 무기고가 있었어. 하지만 이후에 불타 버렸지. 이 무기들은 전부 흔치 않은 법보니까, 소중하게 여겨야 해."

화성이 입을 열었다.

"그것도 쉽네. 시간이 날 때 내가 형 대신에 무기고를 정리하면 되잖아?"

사련이 웃으며 말했다.

"어떻게 그런 부탁을 해. 감히 귀왕 각하에게 잡일을 시키라고?"

문득, 그는 선경을 떠나기 전에 군오가 말해 준 경고가 떠올랐다.

– 곡도 액명은 저주의 칼이자 불길한 칼이다. 그런 사특한 무기는 아주 잔인한 제물과 피 묻은 결심을 바쳐야만 제련할 수 있어. 절대 건드리지 말고, 그 칼에 상처를 입어서도 안 된다. 뒷일은 아무도 책임지지 못하니.

잠시 고민한 사련은 결국 말을 꺼냈다.

"그런데 삼랑, 이 무기들은 네 곡도 액명과 비교도 안 되겠지?"

화성이 왼쪽 눈썹을 까딱 치켜올리며 물었다.

"오? 형도 내 칼에 대해 들어 봤어?"

"소문이라면 조금 들었어."

화성은 쿡쿡 웃음을 치며 말했다.

"별로 좋은 소문은 아닐 것 같은데. 이 칼이 피를 바치는 사술로 제련됐고 거기에 산 사람을 제물로 썼다, 뭐 이렇게 말하지 않았어?"

참으로 한결같이 예리한 통찰력이었다. 사련이 말했다.

"괜찮아. 누구나 거북한 소문 몇 개쯤은 가지고 있지만 그렇다고 모두가 그걸 믿는 건 아니니까. 내게도 전설 속의 곡도 액명을 구경할 기회가 오려나?"

"형. 사실, 형은 벌써 봤어."

그는 사련의 앞으로 몇 걸음 다가서서 나지막하게 말했다.

"봐 봐, 형. 이게 그 액명이야."

그의 허리춤에 걸린 패도(佩刀)의 눈이 도르르, 사련을 향해 돌아갔다. 착각인지 모르겠지만, 사련은 이 은빛 눈이 샐쭉 실눈을 뜬 것 같다고 생각했다.

17장 한밤, 운을 빌려 극락방을 정탐하다

사련은 허리를 굽히고 곡도에게 인사를 건넸다.

"안녕."

그의 인사를 듣자 이 눈은 훨씬 더 가늘게 다물렸다. 전체가 활처럼 굽어져 있어, 마치 웃는 것처럼 보였다. 눈동자는 왼쪽 오른쪽 할 것 없이 민첩하게 굴러다녔다. 칼자루에 새겨진 무늬가 아니라 정말로 사람 몸에 달린 한쪽 눈 같았다.

이 모습을 본 화성이 입꼬리를 휘어 올리면서 말했다.

"형, 녀석이 형을 좋아하네."

사련은 고개를 들고 물었다.

"정말?"

화성이 눈썹을 치켜올리며 대답했다.

"응, 정말로. 싫어하는 건 아예 쳐다보기도 귀찮아해. 액명이 누군가를 좋아하는 경우는 꽤 드물어."

그 말을 들은 사련은 웃으며 액명에게 말했다.

"그럼, 정말 고마워."

그러고는 다시 화성을 향해 말했다.

"나도 이 칼이 마음에 들어."

이 한마디에 칼자루의 눈이 연달아 깜박거리더니, 화성의 허리에 매달린 채로 난데없이 와들와들 떨기 시작했다. 화성은 단호하게 말했다.

"안 돼."

사련이 물었다.

"안 된다니?"

화성이 거듭 말했다.

"안 돼."

액명은 당장이라도 칼집에서 뛰쳐나오고 싶다는 것처럼 또다시 벌벌 떨어 댔다. 사련은 어리둥절해졌다.

"너 지금 이 칼에게 안 된다고 말하는 거야?"

화성이 퍽 진지한 얼굴로 대답했다.

"맞아. 형더러 자기를 쓰다듬어 달래. 그래서 안 된다고 했어."

"안 될 게 뭐가 있어?"

사련은 미소를 띠고 말하면서 한쪽 손을 내밀었다. 액명은 기대에 부푼 것처럼 눈을 번쩍 떴다. 이때 사련은 문득 이런 생각이 들었다.

'여긴 만지면 안 되겠다. 눈을 찔리면 아플 테니까.'

다시 손을 아래로 가져간 그는 칼집의 곡선을 따라 살며시 쓰다듬었다. 실선처럼 완전히 다물린 눈이 한층 심하게 와들거렸다. 흡사 대단한 기쁨을 만끽하고 있는 모습이었다.

칼을 쓰다듬는 기분이 무척 기묘했다. 사련은 나름대로 동물의 호감을 사는 체질이었다. 예전에도 보송보송한 고양이나 강아지를 쓰다듬어 주면 하나같이 편안하게 늘어져서는, 이런 식으로 눈을 가늘게 뜨고 그의 품속을 파고들며 낑낑거렸다. 그런데 이 저주받은 전설의 칼, 서늘한 은빛 곡도를 쓰다듬으면서 강아지를 쓰다듬는 듯한 느낌을 받다니. 이게 어떻게 피를 삼키는 요도이자 불길한 칼이란 말인가?

처음에도 믿지 않았지만, 이제 직접 자신의 눈으로 보았으니 그런 악담은 '불신'의 쓰레기 더미 속에 던져 버리기로 했다. 피를 바치는 잔혹한 사술로 이렇게 영리하고 사랑스러운 영물을 제련할 수 없는 법이니.

두 사람은 무기고에서 진귀한 무기들을 한차례 품평했다. 무기고를 나온 사련은 흥에 겨웠던 나머지 화성의 손을 붙잡고 나란히 극락방으로 돌아갔다.

소년도 머리를 빗고 얼굴을 씻어 말끔하게 단장한 모습으로 대전에 돌아왔다. 옷가지도 붕대도 깨끗하게 바뀌어 있었다. 붕대로 빈틈없이 감싼 얼굴은 여전했지만, 몰라보게 달라진 모습이었다.

늘씬한 팔다리와 가는 뼈대를 보아 하니 훌륭하게 자라날 새싹이 분명한데, 저렇게 고개도 들지 못하고 움츠러든 모습이 안타깝기만 했다. 사련은 소년을 끌어당겨 자리에 앉혔다.

"소형 낭자가 죽기 직전에 내게 너를 부탁했고, 나도 그러겠다고 약조했어. 그래도 네게 직접 물어봐야겠지. 앞으로 나와 함께 수행할 마음이 있니?"

소년은 그를 멍하니 바라보았다. 누군가가 자신을 데리고 수행하려 한다는 사실이 믿기지 않는지, 망설이면서도 내심 기대하는 눈치였다. 사련이 다시 말했다.

"내 쪽도 조건이 그렇게 좋지는 않지만, 이것만큼은 장담할게. 이제 더는 여기저기 숨어 다닐 필요 없어. 밥을 훔치다 얻어맞는 일도 없을 거야."

이 말을 하면서 그는 곁에서 소년을 쏘아보는 화성의 서늘한 시선을 눈치채지 못했다. 소년을 철저하게 검사하는 듯한 눈빛이었다.

사련은 온화한 목소리로 말을 이었다.

"네 이름이 떠오르지 않는다면, 새로 하나를 짓자."

소년은 곰곰이 생각해 보더니 한 글자를 내뱉었다.

"형."

소형 낭자를 기리기 위해 고른 글자구나, 속으로 어림짐작한 사련이 고개를 끄덕이며 말했다.

"좋아, 정말 좋은 이름이야. 너는 영안인이고 영안국 왕조는 대대로 '낭'씨를 쓰니까, 앞으로 네 새로운 이름을 '낭형'이라고 하면 어떨까?"

소년이 마침내 느릿느릿 고개를 끄덕였다. 사련은 자연스레 이해할 수 있었다. 이제 자신을 따라올 마음이 든 것이리라.

소년의 일이 얼추 해결된 뒤, 연회가 열렸다. 화성이 사련을 위해 마련한 작은 연회였다. 그러나 화려한 분위기만큼은 수십 명을 접대하는 큰 연회에 견줄 만했다. 아름다운 여인들이 가지각색의 맛난 음식 훌륭한 술, 신선한 과일과 간식이 담긴 옥쟁반을 들고 나긋한 걸음으로 대전을 돌면서 묵옥 침상을 지날 때마다 옥쟁반을 공손히 내밀었다. 낭형은 그저 바라만 볼 뿐 손을 대지 않았다. 그는 사련이 접시 몇 개를 앞에 밀어 주고 나서야 천천히 음식을 집어 먹기 시작했다.

이 소년을 보고 있자니 사련의 머릿속에 어렴풋한 장면이 떠올랐다.

마찬가지로 온 얼굴에 붕대를 감은 또 다른 소년이었다. 꾀죄죄한 몸으로 바닥에 쪼그려 앉아, 공양 접시를 끌어안은 채 머리를 파묻고 접시 안 음식을 허겁지겁 집어 먹던 소년.

이때 자색 비단옷을 입은 아리따운 여인이 술과 술잔을 올렸다. 화성이 사련에게 술을 따라 주며 물었다.

"형, 한잔 마실래?"

딴생각에 정신이 팔려 있던 사련은 술잔을 건성으로 받아 들고 입으로 가져갔다. 그는 입에 머금고 나서야 술이라는 걸 깨닫고 시선을 돌렸다. 그러나 누가 알았으랴. 때마침 화성의 등 뒤쪽이 시야에 들어왔다. 방금 술을 가져다준 여인이 그를 향해 한쪽 눈을 찡긋해 보였다.

사련은 그 자리에서 뿜었다.

"푸흡."

다행히 술은 벌써 삼킨 뒤라 아무것도 내뿜지 않았다. 다만 사레가 들리는 바람에 기침이 멈추지 않았다. 낭형도 덩달아 놀라 손에 든 과자를 상 위로 떨어뜨렸다. 사련은 기침을 하면서 그에게 말했다.

"괜찮아. 별일 아니야."

화성이 사련의 등을 토닥여 주면서 물었다.

"왜 그래? 술이 입에 안 맞아?"

사련이 화들짝 대답했다.

"아니! 술맛은 훌륭해. 그냥, 내가 수행하는 길에서는 금주가 필수 덕목이었다는 게 갑자기 생각나서."

"그래? 내 불찰이야. 제대로 신경을 못 써서 계율을 어기게 만들었네."

"넌 아무 잘못 없어. 내가 깜빡한 거지."

미간을 문지르며 돌아앉은 사련은 대전 한복판으로 은근슬쩍 시선을 던졌다.

여인은 사련을 등진 채 나긋나긋 앞으로 걸어갔다. 그 몸짓이며 걸음걸이가 참으로 매혹적이었다. 화성은 본인 일에만 몰두하거나 사련을 마냥 주시하느라 저런 아리따운 미인들에게는 눈길을 주지 않았고, 자연히 여인들의 얼굴을 유심히 본 적도 없었다. 하지만 사련은 방금 무심결에 스쳐본 것만으로도 똑똑히 알 수 있었다.

술을 진상한 저 아리따운 여인은, 바로 풍사청현이 아닌가?

풍사 대인은 극락방에 잠입하기 위해서라면 여상(女相)으로 변신하는 것마저 마다하지 않는구나……. 사련은 그 요염한 눈짓에 간담이 서늘해졌다. 놀란 가슴을 진정하게 술이라도 더 달라고 말하고픈 심정이었다. 이때 화성이 무심하게 몇 마디를 던졌다.

"수행이라. 예전에는 수행이 자유를 추구하는 길이라고 생각했는데. 이것도 저것도 다 끊어야 한다면 안 하느니만 못하네. 형 생각은 어때?"

사련은 매우 빠르게 침착함을 되찾고 태연하게 그의 말을 이었다.

"그건 어떤 길을 수행하느냐에 따라서 다르지. 이런 걸 전혀 중시하지 않는 종파도 있어. 하지만 내가 수행하는 이 길은 금주와 금색이 관례야. 술은 가끔씩 해도 괜찮지만, 후자는 절대로 어기면 안 돼."

'금색'이라는 두 글자의 등장에 화성이 오른쪽 눈썹을 약간 치켜올렸다. 유쾌하다기보다는 조금 성가시다는 듯한 표정이었다.

사련이 말을 이었다.

"사실, 분노를 금해야 한다는 규율도 있어. 도박장처럼 희비가 오가는 곳도 분노를 낳기 쉬우니 경계해야겠지. 하지만 정신을 다스리고 승패에 연연하지 않는다면 일부러 도박을 끊을 필요는 없어."

화성은 그 말에 하하, 짧게 소리 내어 웃었다.

"어쩐지, 형이 도박장 같은 곳엘 다 놀러 왔나 했어."

한참을 돌고 돈 끝에 사련은 '도박'이라는 단어로 물 흐르듯 화제를 옮겼다.

"그러고 보니 삼랑의 도박 기술은 참 신통하더라."

"별거 없어. 운이 좋았을 뿐이지."

"……."

자신의 운발을 비교해 본 사련은 한순간 견딜 수 없이 마음이 쓰렸다.

"진짜 궁금해서 그러는데, 놀리지 말고 대답해 줘. 주사위 던지기, 정말로 뭔가 비법이 있는 거 아니야?"

비법이 없다면 화성도 도박장에서 원하는 점수를 얻지 못했을 것이다. 그 하현월사도 마찬가지로 한 번에 6점 두 개를 던지지 않았던가. 하지만 화성은 웃으며 말했다.

"내가 어떻게 형을 놀리겠어? 물론 비법은 있지. 다만 하루아침에 얻어지진 않아. 노력한다고 해서 모든 사람이 배울 수 있는 것도 아니고."

사련도 내심 짐작했던 대답이었다. 화성이 다시 말을 덧붙였다.

"하지만 속성으로 배우는 방법은 알려 줄 수 있어. 형의 뜻대로 백전백승하게 될 거라고 보장할게."

"어떤 방법인데?"

화성이 오른손을 들어 올렸다. 세 번째 손가락에 붉은 실이 매여 있는 그 오른손이었다. 위쪽으로는 작은 나비매듭이 유난히 곱게 묶여 있었다. 그는 사련에게 말했다.

"손 이리 줘 봐."

사련은 영문을 알 수 없었지만, 화성이 한 말이니 곧이곧대로 손을 건넸다. 화성의 손에는 온도가 없었으나 그리 차갑지는 않았다. 그는 사련의 손을 잠시 쥐고 있다가 이내 싱긋 웃으면서 주사위 두 개를 꺼내 보였다.

"해 볼까?"

사련은 마음속으로 6점 두 개가 나오기를 빌면서 주사위를 받아 던졌다. 도르륵, 바닥으로 굴러간 주사위는 정말 두 개의 선홍빛 6점이었다. 놀란 사련이 물었다.

"이건 어떤 법문이야?"

"법문은 아니고, 형에게 운을 조금 빌려줬을 뿐이야."

사련이 신기해하며 말했다.

"원래 운도 법력처럼 빌릴 수 있는 거였어?"

화성이 웃으며 대답했다.

"빌릴 수 있지. 다음에 도박할 일이 생기면 먼저 날 찾아와. 형이 원하는 만큼 빌려줄게. 장담하는데 상대가 백 년이 걸려도 못 갚을 만큼 따게 될걸."

두 사람은 서로를 마주 본 채 열댓 번씩 마구잡이로 주사위를 던졌고, 화성의 말이 사실임을 확인한 사련은 그제야 조금 피곤하다는 말을 꺼냈다. 화성은 수하를 시켜 낭형을 돌려보낸 다음 직접 사련을 데리고 가서 쉬게 해 주었다.

붉은 그림자가 서서히 시야에서 멀어지자, 사련은 문을 닫고 탁자 옆에 앉아 이마를 짚었다. 화성이 자상하게 챙겨 줄수록 사련의 죄책감은 깊어만 갔다.

'삼랑은 내게 완벽할 정도로 잘해 줬어. 이 일이 정말 삼랑과 무관해야 할 텐데. 진상이 밝혀지면 바로 삼랑에게 솔직하게 털어놓고 사과하자.'

자리에 앉은 지 얼마나 지났을까. 문득 문밖에서 희미한 목소리가 흘러나왔다.

"전하…… 전하…… 태자 전하……."

사련은 이 소리를 듣자마자 재빨리 문을 열었다. 문밖에서 웅얼거리던 사람이 단숨에 뛰어들었다. 역시나, 여상으로 변한 사청현이었다.

여전히 가볍지만 저속하지 않은 얇은 비단옷에 허리를 가늘게 동여맨 귀계 여인의 차림새였다. 그는 들어오자마자 바닥을 구르면서 남자의 몸으로 돌아와 가슴을 감싸 안고 외쳤다.

"숨 막혀! 숨 막혀! 세상에, 허리끈에 숨통 졸려 죽는 줄 알았네!"

사련은 문을 닫고 뒤를 돌아보았다. 요염한 자색 비단옷을 입은 남자가 바닥에 누워 미친 사람처럼 웃옷과 허리끈을 찢어발기는 장면이 눈앞에 펼쳐졌다. 사련은 이 모습을 차마 똑바로 보지 못하고 눈을 가렸다.

"풍사 대인…… 풍사 대인! 원래 입으셨던 흰 도포로 바꾸실 수는 없을까요?"

"제가 바보예요? 이 한밤중에 번쩍거리는 흰옷 차림으로 남들에게 표적이라도 되어 주라고요?"

사련은 속으로 생각했다.

'아뇨……. 어떤 의미로는, 지금 옷차림이 훨씬 눈에 거슬리고 훨씬 공격하고 싶어지는 표적인데요!'

그는 자리에 쪼그리고 앉아서 물었다.

"풍사 대인은 왜 잠입하셨어요? 사흘 뒤에 다시 모이기로 했었잖아요?"

사청현이 대답했다.

"별수 있나요! 길에서 수소문해 보니 태자 전하가 극락방으로 보내졌다잖아요. 이 극락방은 귀왕의 보금자리가 아닙니까! 이름부터가 경박하다 싶더니, 멀리서 보는데도 어마어마하게 음란한 곳이라는 생각이 들더라니까요. 얼마나 요사스럽던지. 전하의 안위가 걱정돼 천신만고의 노력 끝에 몰래 숨어든 거예요. 이번 여정은 참 재수가 없네요. 여귀들에게 끌려가 얼굴을 관리당하질 않나, 임무를 위해 치욕을 참고 이런 꼴을 하질 않나. 저는 정말로 살면서 이렇게 큰 희생을 치른 건 처음이에요."

'분명 즐기고 계셨으면서…….'

속으로 중얼거린 사련이 그에게 물었다.

"태화 전하는요? 혼자 밖에 두었다가 또 문제가 생기면 어쩌시려고요."

사청현은 가슴을 옥죄고 있던 옷을 전부 찢고서야 겨우 숨을 돌렸다. 그가 바닥에 널브러진 채로 말했다.

"걱정 마세요! 제가 선배의 권한으로 다시는 날뛰지 말라고 명령해 두었으니 다른 문제는 생기지 않을 겁니다. 그나저나 태자 전하, 정말 운이 좋으시네요."

"네?"

사련이 되물었다.

"저요? 제가 운이 좋다고요?"

사청현이 말을 이었다.

"그래요. 저랑 천추는 귀시장에서 얼마나 비참한 취급을 받았는데요. 매달린 채로 허리띠가 당겨지는 수모도 당하고, 밖에서 개처럼 떠돌아도 받아 주는 곳 하나 없고. 전하는 식사도 챙겨 드시고 지낼 곳도 있는 데다가 혈우탐화가 접대까지 해 주잖아요!"

……이렇게 비교하니 퍽 비참했다. 사청현은 마침내 자리에서 몸을 일으키고 사련에게 물었다.

"그래서, 태자 전하께선 우리가 이번에 어떤 임무로 귀시장에 왔는지 기억하고 계시죠?"

사련은 곧장 진중한 얼굴로 대답했다.

"물론이지요. 아까 극락전에서도 임무를 위한 준비를 하고 있었습니다."

사청현이 의심스럽게 물었다.

"그래요? 극락전에서 무슨 준비를 하셨지? 저는 혈우탐화와 전하가 주사위 굴리던 것만 기억나는데. 제대로 노는 것도 아니고 서로 이 손을 더듬었다가, 저 손을 더듬었다가. 이건 무슨 새로운 놀이인가요?"

"……."

잠시 침묵한 사련이 대답했다.

"풍사 대인, 그리 이상하게 말씀하지 마세요. 그냥 연습 삼아 던져 본 겁니다. 제가 극락방에서 약간의 실마리를 발견해서 지금 조사 중이거든요. 계속해서 조사하려면 약간의 운이 필요하고요."

그가 오른손을 들어 올리더니, 무언가를 붙잡는 것처럼 단단히 주먹을 쥐고 자못 진지하게 말했다.

"빌려 왔어요."

조용히 문을 나선 두 사람은 이 주향 뒤에 그 누각을 찾아낼 수 있었다.

사련은 시녀상 앞에서 화성이 준 주사위 두 개를 꺼낸 뒤, 호흡을 가다듬고 가볍게 던졌다. '도르르' 하는 마찰음이 들려왔다. 과연 단번에 두 개의 선홍빛 '6'이 나왔다.

사련은 안도의 한숨을 내쉬었다. 하지만 이 운이 극락전에서 화성이 몸소 빌려준 것이라고 생각하니 마음이 편치 않았다. 그가 죄책감에 물든 표정을 짓자, 사청현이 그의 어깨를 두드려 주었다.

"이미 닥친 상황이니 긍정적으로 생각하자고요. 하지만 제가 전하였다면, 이번에 제군이 부탁하신 임무는 받지 않았을 거예요. 괜히 나쁜 사람 되고 싶진 않으니까."

고개를 가로저은 사련은 사청현이 군오를 잘 모르는구나, 생각했다. 확실히 이번 일은 사련이 맡기에 난처한 구석이 있었다. 군오도 그런 속사정을 모르지 않았다. 사련이 알고 있는 군오는 이런 상황에서 그에게 이 일을 언급하지 않고 다른 신관을 파견해 임무를 처리했을 것이다. 하지만 군오는 그가 난처하다는 것을 알면서도 의향을 물어 왔다. 결론은 단 한 가지. 군오는 이번 임무를 맡길 적당한 인물을 찾지 못했고, 부득이한 상황이 닥쳐서야 그에게 부탁했다는 뜻이 된다.

더군다나 그 실종된 신관은 이레 전에 구조 신호를 보냈고, 화성도 이레 전에 보제관을 떠났다. 이 우연성이 자꾸만 마음에 걸렸다.

폭 한숨을 내쉰 사련은 주사위를 갈무리하고 문을 밀어젖혔다. 문 너머는 더 이상 예전처럼 평범하고 작은 방이 아니었다. 대신에 나타난 것은 어두컴컴한 지하 동굴이었다. 깊숙한 바닥까지 층층이 늘어진 계단 아래에서 위쪽으로 차가운 바람이 불어왔다.

사련과 사청현은 서로 시선을 교환하며 고개를 끄덕였다. 두 사람은 앞뒤로 자리를 잡고 동굴 안쪽으로 걸어 들어갔다.

앞에서 걷는 사청현은 손가락을 튕겨 불꽃을 받쳐 들고 발밑 계단을 비추었다. 사련은 조용히 문을 닫고 뒤를 엄호했다.

사련은 계단을 내려가면서 사청현에게 한 가지 질문을 던졌다.

"풍사 대인, 최근 몇 년 사이에 상천정에서 폄적된 신관이 있나요? 제 말은, 저를 제외하고요."

"있어요. 그런데 그건 왜 물으세요?"

"귀시장의 하현월사가 손목에 주가를 찬 걸 봤거든요. 그렇다면 상천정의 신관일 수밖에 없겠죠."

사청현이 놀란 얼굴로 물었다.

"뭐라고요? 주가? 혈우탐화가 상천정 신관이었던 자를 자기 부하로 부려요? 그렇게 방자하다고요?"

"방자하다고 할 수는 없겠죠. 이젠 천계 소속도 아니니 어디로 갈지는 개인의 선택에 달렸어요. 너무 파고들 생각은 없었지만, 그 저승사자의 행동이 영 수상하고 불안해서요. 그래서 풍사 대인께 좀 여쭐까 하는데요, 혹시 달리 떠오르는 인물은 없나요?"

사청현은 가만히 생각해 보고 대답했다.

"확실히 몇 년 전에 서방의 한 무신이 폄적된 일이 있었어요. 당시만 해도 제법 큰 소란이었죠."

서방의 무신? 서방의 무신은 그 권일진이 아니었던가?

사청현이 말을 이었다.

"하지만 그 전하는 귀계까지 와서 귀사 노릇을 할 분이 아닐 텐데요! 정통성 있는 출신이고 그리 가벼운 성정도 아니거든요."

그렇다면 폄적된 이유는 뭘까? 사련이 다시 물어보려던 찰나, 60칸 남짓한 돌계단을 내려온 두 사람은 드디어 평지에 발을 내디뎠다.

이곳은 대여섯 사람도 거뜬히 거닐 만큼 넓은 일방 통로였다. 길은 단 하나다. 앞쪽은 칠흑 같은 어둠, 뒤쪽은 지면으로 올라가는 계단. 그리고 좌우 양옆은 전부 두툼한 벽이니, 어디로 가야 할지 망설일 것 없이 앞으로 나아가기만 하면 그만이었다.

다만 이 지하 동굴을 2백 걸음 남짓 걸었을 무렵, 얼음장 같은 돌벽 하나가 두 사람 앞에 나타나 앞길을 가로막았다.

"이렇게 길이 끊긴다고? 말도 안 돼요."

의아해진 사청현은 한 손에 불꽃을 받쳐 들고 다른 손으로 벽면을 더듬었다. 비밀 장치가 있는지 살펴보고 눈속임 술법을 깨뜨리는 주문을 몇 개 외워 보았으나 벽은 요지부동이었다. 그가 어쩔 도리가 없다는 듯이 말했다.

“뚫어 버릴까요?”

사련이 입을 열었다.

“기척이 너무 커서 극락방 전체가 눈치챌 거예요.”

사청현은 돌벽 위에 손을 대고 영력을 내보냈다. 한참 뒤, 그는 손을 떼고 말했다.

“쳐도 뚫리지 않겠어요. 이 벽은 두께가 적어도 열 장은 되는 것 같아요.”

사련은 하현월사가 이곳에 들어오는 것을 두 눈으로 똑똑히 보았다. 그가 비록 수상한 일을 꾸미지는 않았더라도, 이런 막다른 골목에 명상이나 하려고 들어올 리는 없지 않겠는가? 틀림없이 또 다른 술법이 있을 터였다. 두 사람은 사방을 샅샅이 살펴보았다. 얼마 지나지 않아 사련이 입을 열었다.

“풍사 대인, 바닥을 보세요. 뭔가 있는 것 같습니다.”

그가 지면을 가리키자 사청현은 재빨리 손바닥을 낮추었다. 두 사람은 함께 자리에 웅크려 앉았다.

지하 통로 바닥에는 작은 문짝만 한 크기의 벽돌이 빼곡하게 깔려 있었다. 그리고 이 돌벽 앞에서 그들이 밟고 있는 석판 위에는 그림이 하나 그려져 있었다. 크기는 크지 않았다. 그건 작은 사람이 주사위를 던지고 있는 그림이었다.

사청현이 고개를 들었다.

“혹시 여기도 위에서 문을 열었던 방법과 마찬가지로 정확한 점수를 던져야만 돌벽이 열리는 걸까요?”

사련이 작게 고개를 끄덕였다.

“그런 모양이네요. 하지만 저는 하현월사와 함께 들어온 게 아니라서 여기를 통과하는 숫자가 몇일지는 모르겠어요.”

“여기까지 왔는데 다시 알아보러 철수하는 것도 현실적으로 무리겠죠. 우선은 아무렇게나 던져 보자고요.”

사련도 찬성하며 말했다.

“풍사 대인, 대인께서 던져 보세요. 전…… 빌린 운이 몇 번이나 더 버틸지 알 수가 없어서요.”

사청현은 사양하지 않고 주사위를 받아 바닥에 던졌다.

“어때요?”

그가 던진 수는 2와 5였다. 두 사람은 돌벽이 열릴 때까지 잠시 기다려 보았다. 소식이 없자 사련은 주사위를 줍고 말했다.

“역시 안 되네요.”

이때 사청현이 불쑥 외쳤다.

“태자 전하! 발밑을 보세요. 그림이 바뀌었어요!”

그 말에 사련은 곧장 고개를 숙였다. 정말이었다. 네모난 벽돌 위의 그림은 원래 작은 사람이 주사위를 던지는 모습이었으나, 색이 서서히 옅어지고 다시 진하게 물들면서 다른 그림으로 바뀌었다. 마치 둥글고 덩치가 우람한 검은 뱀 같았다.

사청현이 말했다.

"이게 대체 뭐죠?"

사련은 가만히 추측했다.

"지렁이? 거머리? 비슷하게 생겼네요. 밭에 많아요. 자주 봤어요."

"대체 뭘 하셨길래 자주 봤다는……."

말을 끝맺기도 전에 그가 송두리째 사라졌다.

사청현뿐만 아니라 사련도 사라졌다. 방금 두 사람은 '이게 대체 뭐냐'는 대화를 하면서 동시에 허전해진 발밑을 느꼈다. 그리고 다음 순간, 구덩이 속으로 떨어졌다.

알고 보니 앞을 가로막았던 돌벽은 문 따위가 아니었다. 그건 한 치의 거짓 없는 벽이었고, 그들이 밟고 있던 발아래의 네모난 석판이야말로 진짜 문이었다. 그 문은 주사위를 던지자 난데없이 열리더니 곧바로 닫혀 버렸다. 사련과 사청현은 공중에서 잠시 추락한 끝에 묵직하게 바닥에 나동그라졌다.

다행히 지면은 무척 푹신했다. 두 개의 사람 모양 구멍이 깊숙이 파이기는 했지만, 그다지 아픔을 느끼지 못한 두 사람은 냉큼 일어서려 했다. 하지만 누가 알았으랴. 몸을 일으키자마자 서로 머리를 부딪고는 동시에 악, 소리를 질렀다. 사련은 한 손으로 머리를 감싸 쥐고 다른 한 손으로 위를 더듬거렸다. 발밑 지면과 마찬가지로 무르고 습한 진흙이 만져졌다.

석판은 없었다. 그 석문은 이미 자취를 감춘 뒤였다.

방금 아래로 추락하면서 손바닥의 불꽃을 꺼뜨린 사청현은 새로 불을 피워 주위를 밝혔다. 두 사람은 그제야 자신들이 기다란 땅굴 속에 떨어졌다는 것을 알게 되었다.

이 땅굴은 둥그런 형태를 띠고 있었고 벽은 전부 흙이었다. 인공적으로 뚫은 흔적은 보이지 않았다. 사청현은 이마를 문지르며 말했다.

"여긴 또 어디죠? 제가 숫자를 잘못 던진 바람에 이곳으로 내던져진 걸까요?"

잠시 침묵한 사련이 말했다.

"그럴 가능성이 커요. 그 석문도 사라졌으니 되돌아갈 기회는 주지 않겠다는 소리겠네요. 일단 나갈 방법부터 찾고 다시 생각해요."

짧게 의논을 마친 두 사람은 땅굴을 따라 앞으로 나아갔다. 땅굴은 굽이굽이 복잡하게 늘어졌다. 성인이 똑바로 서기 어려운 높이라 허리를 숙이고 걷거나 기어갈 수밖에 없으니, 속도도 더딜뿐더러 꽤나 고생스러웠다. 게다가 땅굴의 공기는 습하고 후덥지근했다. 진흙도 여간 성가신 게 아니라서, 한 걸음마다 발이 빠져 빈번히 발목을 붙잡혔다. 이따금 흙 속에 파묻힌 작은 동식물의 썩은 사체를 밟기도 했다. 사련은 표정 하나 변하지 않았지만, 사청현은 온몸에 소름이 돋았다. 갈수록 심상치 않은 분위기에 사련이 입을 열었다.

"풍사 대인, 서두르는 게 좋겠어요. 여기는……."

바로 이때 콰르릉, 하는 기이한 굉음이 메아리쳤다.

굉음이 울려 퍼지자 땅굴 전체가 뒤따라 진동했다. 위쪽에서 흙가루가 후드득 떨어져 내렸다. 두 사람은 짧게 시선을 마주쳤다. 그러고는 말 한 마디 없이 굉음이 들려온 반대쪽을 향해 전력으로 질주했다.

그러나 거침없이 돌진한 그 굉음과 진동은 두 사람보다 훨씬 빠른 속도로 바짝 뒤를 추격했다. 그들은 진흙에 발을 빠뜨려 가면서 구불구불한 땅굴을 정신없이 내달렸다. 하지만 끝까지 출구는 보이지 않았다. 한 줄기 빛조차 찾을 수 없었다. 심지어 그들이 달려가고 있는 방향에서도 등 뒤에서 들려오고 있는 그 굉음과 진동이 울려 퍼졌다!

앞길과 뒷길이 전부 틀어막힌 지금, 두 사람은 걸음을 멈출 수밖에 없었다. 콰르릉, 하는 굉음와 함께 육중하고 거대한 몸뚱이가 흙 위를 기는 소리가 났다. 곧이어 거대한 벌레 두 마리가 꿈틀거리며 두 사람 앞에 나타났다.

이 벌레들은 어마어마하게 크고 비대했다. 몸뚱이는 어두운 자줏빛에 표피가 약간 투명했고 마디마디가 나뉘어 있었다. 눈도 다리도 달리지 않아 고깃덩이처럼 매끈한 모습이었다. 이건 누가 보아도 기이할 정도로 기다란 지렁이가 아닌가?

그 석문은 그들을 지렁이 요괴의 둥지로 내던진 것이다!

사련이 한쪽 손을 들어 앞을 가로막자 약아가 공격 태세를 갖추었다. 사청현은 어디에 숨겼는지 모를 풍사선을 꺼내 들었으나, 애석하게도 이 비좁은 지하에서 광풍을 일으킬 수는 없었다. 광풍을 일으켰다간 자신이 휘말려 기절할지도 몰랐다. 아무래도 이 상등품 법보는 제 능력을 발휘하기 어려울 듯했다. 이때 사련은 지렁이가 빛과 열을 두려워한다는 사실을 떠올렸다.

"풍사 대인! 죄송하지만 법력을 조금 빌려주세요. 그리고 불꽃을 더 크게 키우시고요!"

사청현은 사련과 왼쪽 손바닥을 거침없이 마주치면서 오른손의 화염을 한껏 높게 솟구쳐 올렸다. 법력을 빌린 사련도 재빨리 손바닥에 눈부신 불꽃을 일으켰다. 과연, 지렁이 두 마리는 활활 타오르는 불빛을 감지하고는 세 발자국 떨어진 뒤쪽으로 움츠러들었다. 그렇게 두 사람은 불꽃의 위력을 빌려 느릿하게 걸음을 옮기는 한편, 지렁이들을 멀찍이 몰아내면서 출구가 나오기만을 간절히 기도했다.

그러나 비좁은 땅굴에 한참이나 화염이 타오르자, 지렁이들이 두려워하는 것은 물론이고 사련과 사청현도 그 열기에 땀을 비 오듯 흘려야 했다. 흡사 가마솥 안에 든 것처럼 괴로운 심정이었다. 게다가 더 두려운 것은, 사청현이 법력을 쏟아 화염을 유지하고는 있으나 불꽃의 크기가 조금씩 줄어들고 있다는 사실이었다. 이를 알아챈 지렁이들은 뒤로 피하면서도 아까처럼 두려워하지는 않았다.

사련은 몇 걸음을 더 내디뎠다. 호흡이 조금 가빠진 것도 같았다.

"풍사 대인, 이 불꽃은 아마 오래 버티지 못할 겁니다. 주변의 흙이 축축하고 푸석하긴 하지만, 결국엔 땅 깊숙한 곳이라 곧 있으면 공기가 통하지 않을지도 몰라요. 그러면 불이 꺼지고 우리도 혼절하게 되겠죠."

사청현이 이를 악물고 말했다.

"그렇다면 축지천리를 쓸 수밖에요."

진법을 그릴 여유가 없었고 지형적으로도 제약이 있었지만, 당장은 뾰족한 수가 없었다. 사련이 입을 열었다.

"평평한 곳을 찾았어요."

때마침 발밑으로 그리 축축하지 않은 지면이 닿았다. 마치 석판 같은 감촉이었다. 사련은 언뜻 뭔가를 깨닫고 몸을 숙여 살펴보았다. 아니나 다를까, 또 다른 석문이었다!

이 석문 위에도 주사위를 던지는 작은 사람이 그려져 있었다. 사청현도 바닥을 밟아 보더니 난데없는 희소식에 기뻐하며 말했다.

"빨리빨리, 빨리 주사위를 던져서 문을 열자고요!"

사련은 주사위를 던지려다 말고 문득 생각했다.

'내가 훨씬 동떨어진 숫자를 던져서 더 무서운 곳으로 떨어지면 안 될 텐데.'

사련은 주사위를 사청현에게 건네주고 외쳤다.

"대인께서 하세요!"

사청현은 군말 없이 주사위를 낚아채 던졌다. 도르르, 굴러간 주사위의 점수는 3과 4였다. 사련은 빠르게 주사위를 정리하고 사청현과 나란히 석판 위에 섰다. 사청현이 피운 불꽃은 방금보다도 한 움큼이나 움츠러든 채였다. 지렁이들은 꿈틀거리며 입맛을 다셨다. 사련은 석문 위를 자세히 들여다보았다. 그림이 서서히 희미해지더니 거듭 다른 그림으로 변하기 시작했다. 기괴한 차림새의 사람들이 숲에서 누군가를 빙 둘러싸고 춤추는 듯한 그림이었다.

이때 지렁이 한 마리가 인내심이 바닥났는지 입을 슬쩍 벌리더니, 육중한 몸뚱이를 이끌고 덤벼들었다.

천만다행으로, 3척 남짓한 거리를 남기고 석문이 활짝 열렸다!

이번에도 두 사람은 좁은 통로로 떨어졌다. 다만 이번에 마주친 땅은 돌덩이 같았다. 공간도 비좁고 건조했다. 호되게 나동그라진 두 사람은 다시 서로 부딪치고 말았다. 고통을 참는 일에 익숙한 사련은 잠자코 있었지만, 사청현은 목 놓아 소리를 지르기 시작했다. 사련은 그 고함에 귀가 욱신거렸다. 한편으로는 무슨 문제라도 생긴 것은 아닐까 걱정스러웠다.

"풍사 대인, 괜찮으세요?"

사청현은 바닥에 거꾸러진 채로 대답했다.

"저도 제가 괜찮은지 어떤지 모르겠어요. 이렇게 떨어져 본 적이 있었어야 말이죠. 태자 전하. 전하와 같이 일하는 거, 정말 짜릿하네요."

이 말을 들은 사련은 실소를 터트렸다. 그는 그제야 두 사람이 거대한 나무 구멍에 떨어졌다는 것을 알아차렸다.

먼저 힘겹게 구멍을 빠져나온 사련이 사청현에게 손을 내밀면서 말했다.

"정말 고생이 많으세요."

사청현이 대답했다.

"별말씀을요."

그는 사련의 손을 붙잡고 나무 구멍에서 빠져나왔다. 흙먼지를 뒤집어쓴 얼굴에, 몸에 걸친 비단옷은 죄 너덜너덜해진 채였다. 바깥으로 나온 사청현은 햇빛이 쏟아지자 손차양을 만든 뒤 눈썹 위에 걸쳤다.

"여긴 또 어디지?"

사련이 대답했다.

"보시는 대로, 깊은 산속의 숲이네요."

그는 주변을 둘러보고 다시 말을 이었다.

"이 석문은 축지천리 술법과 같은 역할을 하는 특수한 법기가 아닐까 싶어요. 숫자를 던질 때마다 그에 상응하는 장소로 보내지는 거죠. 방금 우리가 던진 숫자가 정확한 답인지는 모르겠지만요."

사청현이 맨살을 드러낸 양팔로 팔짱을 끼고는 진지하게 말했다.

"축지천리를 한 번 펼치려면 법력을 대량으로 소모해야 합니다. 혈우탐화는 남들이 자신의 비밀을 염탐하지 못하도록 사전에 이런 석문 법기를 만들어 냈어요. 법력도 강력하고 철두철미하다는 뜻이 되겠죠."

그는 심각한 표정이었지만, 맨발에 맨가슴을 드러낸 꼴사나운 모습이라 엄숙하기는커녕 우습기만 했다. 사련은 애써 웃음을 참았다. 마음속에는 화성이 입꼬리를 살짝 휘어 올리는 표정이 떠올랐다. 그는 고개를 가로저으며 생각했다.

'철두철미하다기보단, 차라리…… 장난이 심하다고 하는 게 맞겠다.'

나무 구멍을 빠져나온 두 사람이 몇 걸음 채 걷지도 않은 그때, 사방의 관목 수풀 뒤에서 실오라기 하나 걸치지 않은 사람들이 뛰쳐나오더니 그들을 에워싸고 펄쩍펄쩍 뛰어오르며 한껏 울부짖었다.

"우워어어어어어!"

"……."

두 사람은 나란히 충격에 휩싸였다. 사청현이 외쳤다.

"이번엔 또 뭐야!"

사련이 손을 치켜들며 말했다.

"진정해요, 긴장하지 말고요. 일단 상황을 지켜봐요."

가만히 들여다보니, 이 사람들은 정말로 벌거벗은 게 아니라 몸에 동물 가죽과 나뭇잎 따위를 걸치고 있었다. 흡사 짐승을 잡으면 날것으로 뜯어 먹을 것 같은 모습이었다. 손에는 나뭇가지와 긴 창을 들었는데, 창끝에 날카로운 돌이 꽂혀 있었다.

그들은 두 사람을 보며 활짝 웃었다. 입 속에 들어찬 이는 죄다 톱날 모양의 송곳니였다.

둘은 군말 없이 당장 꽁무니를 뺐다.

사청현이 도망치면서 말했다.

"예전에 우리 형이 말해 줬어요! 남쪽 깊은 산속 어딘가에 사람을 잡아먹는 야인(野人) 정괴들이 넘쳐난다고요! 혼자서는 그런 곳에 가지 말라고 했는데! 지금 우리가 마주친 게 그 정괴들은 아니겠죠?"

도망치는 데 도가 튼 사련은 태도와 풍격이 사청현보다는 훨씬 여유로웠다. 그는 침착하게 말했다.

"네, 그럴 가능성이 커요! 아무튼 문을 찾는 게 우선이니, 석문이 더 있는지 살펴봐요!"

야인 무리는 두 사람의 뒤에서 한바탕 야단법석을 떨며 끈질기게 쫓아왔다. 사련과 사청현은 그저 도망치기만 할 뿐 반격할 수 없었다. 이유인즉슨 천계의 규정 때문이었다. 인간계에 내려온 신관은 평범한 인간을 상대할 때 함부로 법력을 사용해 억누르면 안 됐다. 신관이 법력을 믿고 남을 괴롭히거나, 권세를 앞세워 화를 일으키지 않도록 세운 규정이었다. 하지만 야인들은 계속해서 두 사람에게 날카로운 돌과 나뭇가지를 던졌다. 문득 나뭇가지 하나가 사청현의 뺨을 긁고 지나갔다.

예상치 못하게 당한 봉변이었다. 사청현은 얼굴을 더듬었다. 손끝에 아주 옅은 핏자국이 만져지자, 그는 순간 분노가 치밀었다.

"야!"

그가 걸음을 멈추고 돌아서더니 버럭 외쳤다.

"이 세상 물정 모르는 산골 야인들이, 이 풍사를 보고 굴복하지는 못할지언정 감히 나의 풍채를 어지럽혀? 참으로 당치도 않구나!"

말을 마친 그가 매섭게 풍사선을 꺼내 착, 소리를 내며 펼치고 바람을 부쳤다. 야인 무리는 난데없이 몇 장 바깥까지 날아오르더니 나무에 걸려 왁왁 고함을 쳤다. 두 사람은 그제야 겨우 걸음을 멈추고 거친 숨을 몰아쉬었다. 사련은 한창 헐떡거리면서도 또 상념에 빠졌다.

'신관 노릇 하기도 참 힘들다……. 사람, 귀신, 신, 어느 하나 쉬운 게 없어…….'

사청현은 분노를 삭이느라 씩씩대면서 사련에게 말했다.

"태자 전하. 전하도 보셨지요? 이건 저들이 자초한 겁니다! 제가 법력을 믿고 괴롭힌 게 아니에요."

"그래요, 저도 봤어요."

사청현은 다시 자신의 얼굴을 더듬거리며 '우리 형도 못 건드리는데' 같은 몇 마디를 중얼거리고는 뒤로 돌아섰다.

"이제 석문을 찾으러 갑시다."

사련은 묵묵히 고개를 끄덕였다. 사청현은 옷을 털고 머리카락을 정돈하기 시작했다. 참으로 소탈한 자태였다. 다만 애석하게도 몸에 걸친 것이 찢기고 너덜너덜한 자색 비단옷이라, 소탈한 자태에 괴상망측한 분위기가 뒤섞이고 말았다. 한 번 보면 결코 잊기 힘든 모습이었다. 사련은 저도 모르게 지난 일을 떠올리며 감회에 젖었다. 반월관에서 처음 마주쳤던 풍사 대인은 그 얼마나 신선의 기품이 넘쳤던가. 이 사람은 틀림없이 심오한 능력을 지닌 인물이구나, 절세의 요도거나 시대를 풍미한 고수가 분명하구나, 그런 생각이 절로 들었었다. 친분을 쌓고 나서야 그게 전부 자신의 착각이었음을 알게 될 줄이야…….

두 사람은 무턱대고 숲속을 몇 바퀴 돈 끝에 다른 나무 구멍 옆에서 석문을 찾아냈다. 이제 사청현은 다시 주사위를 던지려 들지 않았다. 그가 머리를 긁적이며 말했다.

"도무지 영문을 모르겠네요. 지금껏 제 운수가 항상 좋았다고는 말 못 해도, 전부 엉망이지도 않았거든요. 하지만 오늘은 운수가 나쁜 것 같아요. 두 번을 던졌는데 한 번은 지렁이 동굴에 떨어지고, 한 번은 야인 정괴를 마주치고. 다음번엔 뭘 만나게 될지 모르겠습니다."

가볍게 헛기침을 한 사련이 미안한 마음으로 입을 열었다.

"제가 대인 옆에 있어서 대인의 운이 쇠해졌을지도 몰라요."

사청현이 대꾸했다.

"무슨 말씀이십니까! 이 풍사의 운이 다른 사람 때문에 쇠할 리 없습니다! 그래도 전하께서 던지시는 게 좋겠어요. 전하의 삼랑이 빌려준 운이 아직 조금 남아 있을지도 모르잖아요."

이유는 알 수 없었지만, 사련은 '전하의 삼랑'이라는 말을 듣자 묘하게 민망해져서 해명을 덧붙이려 했다. 하지만 다시 생각해 보니, 무슨 해명을 하겠는가? 나서서 해명하는 것이 오히려 더 수상할 뿐이다. 사련은 재빨리 말을 아끼고 주사위를 들어 가볍게 굴렸다.

두 개의 '6'이 나왔다.

사련은 잠시 숨을 죽이고 그림의 변화를 유심히 살피면서 곧 마주치게 될 무언가에 대해 마음의 준비를 했다. 그러나 이번에는 그림에 아무런 변화 없이 석문이 덜그럭 열렸다.

문 뒤편에는 깊은 지하로 통하는 어두컴컴한 돌계단이 있었다. 안에서 찬 공기가 서늘하게 불어왔다.

시선을 마주친 두 사람은 나란히 속으로 중얼거렸다.

'설마 이 고생을 해 놓고 다시 제자리로 돌아왔단 말이야?'

물론 제자리로 돌아왔다 한들 더 엽기적인 위험을 맞닥뜨리는 것보다는 나았다. 그들은 이미 충분히 당한 참이었다. 그리하여 두 사람은 과감하게 돌계단을 내려갔다. 등 뒤에 있던 석문이 재차 묵직하게 닫혔다. 손을 뻗어 밀어 보았으나 문은 매끈한 돌벽으로 변한 뒤였다. 사련이 입을 열었다.

"계속 내려갈 수밖에 없겠습니다."

사청현도 말했다.

"에잇, 좋아요. 잠깐 한숨 돌리고, 이 얄미운 혈우탐화와 계속 놀아 보자고요!"

두 사람은 또다시 이 네모반듯한 지하 돌길을 따라 앞으로 나아갔다. 2백 걸음 남짓 걸었을 무렵, 사련은 한 가지를 서서히 깨달았다.

“좋은 소식입니다. 풍사 대인, 여긴 우리가 처음에 지났던 그 지하도가 아니에요. 비슷해 보이기는 하지만요.”

사청현도 알아차렸다.

“맞아요. 그때 우리는 2백 걸음 정도 걷고 나서 돌벽을 마주쳤었죠. 지금은 마주치지 못했고요.”

사련이 말소리를 조용히 낮추었다.

“이번에는 제대로 온 것 같네요.”

말이 끝난 순간, 두 사람은 동시에 발걸음을 멈추었다.

앞쪽의 어둠 속에서 피비린내가 끼쳐 왔다.

그 피비린내와 함께, 한 남자의 무거운 숨소리가 들렸다.

둘은 기척을 숨기고 아무 말도 하지 않았다. 빛도 불도 없었으나, 그 남자는 두 사람이 왔다는 것을 이미 눈치챈 모양이었다. 그들이 걸음을 멈추자 맞은편에서 냉랭한 한마디를 던져 온 것이다.

남자가 가라앉은 목소리로 말했다.

“대답하지 않겠다.”

이 목소리를 듣자마자, 사청현은 곧바로 손바닥에 불꽃을 일으켰다.

18장 극락은 흙이 되고 방심이 재림하니

사련은 사청현이 갑자기 불을 붙일 줄은 몰랐던 터라 그를 막지 못했다. 눈부시게 타오른 불빛이 검은 옷을 입은 남자의 모습을 비추었다.

이 검은 옷의 남자는 고개를 숙인 채 길 끝의 돌벽에 몸을 기대고 있었다. 백지장처럼 창백한 얼굴로 검은 머리카락을 흐트러뜨린 채였다. 그러나 헝클어진 머리카락 속의 두 눈은 타오르는 얼음처럼 의연하고 맑았다. 가부좌를 틀고 앉아 있기는 했으나, 공기에서 맡아지는 짙은 피비린내로 그가 깊은 상처를 입었음을 짐작할 수 있었다. 분명 이곳에 갇혀 있던 것이리라. 그는 방금 '대답하지 않겠다'고 했다. 아마 사련과 사청현을 고문하러 온 자들로 여긴 모양이었다.

남자의 얼굴을 확인한 사청현이 더럭 소리쳤다.

"너였구나!"

예상치 못한 인물의 등장이었는지 남자가 잠시 멈칫했다. 덩달아 '너였군'이라는 말을 하려다가 끝내 참은 것 같았다. 사련은 조용히 대기시켜 놓은 약야를 거두고 물었다.

"두 분, 아는 사이셨습니까?"

우여곡절 끝에 실종된 신관을 찾은 것이다. 그러나 사청현이 뿌듯한 얼굴로 대답하려던 찰나, 그 남자가 단호하게 말을 가로챘다.

"모릅니다."

이 말을 들은 사청현이 역정을 내며 부채로 그를 가리켰다.

"나랑 아는 사이인 게 뭐 그리 창피한 일인가? 이런 식으로 말하면 정말 의리 없어, 명 형! 난 명 형의 가장 좋은 친구잖아!"

그 남자는 단호하게 퇴짜를 놓았다.

"그런 꼴로 나돌아 다니는 친구는 둔 적 없다만."

"……."

여전히 허름한 자색 비단옷을 걸치고 있는 사청현의 모습은 정말이지…… 차마 눈 뜨고 봐 줄 수가 없었다. 이 대화를 들은 사련은 웃음이 나올 것 같았다. 정말로 자신을 '누군가의 가장 좋은 친구'로 정의하는 사람이 다 있구나, 그런 생각이 들었다. 이 역시 사청현 나름의 특색일 것이다. 사련은 다시 머리를 굴렸다. '명 형'이라고? 오사 가운데 지사의 이름이 '명의'였다는 사실이 어렴풋이 기억났다.

"혹시 이분이 바로 지사 대인이십니까?"

사청현이 대답했다.

"맞아요. 전하도 만나 보셨잖아요."

사련은 명의를 빤히 들여다보며 말했다.

"제가 만나 봤다고요?"

그는 이런 인물을 만난 기억이 없었다. 사청현이 다시 말했다.

"만난 적이 있지요."

명의가 끼어들었다.

"만난 적 없습니다."

사청현은 기가 막힌다는 듯이 말했다.

"분명히 만났잖아! 지난번 반월관에서! 설마 다들 벌써 잊어버린 거예요?"

"……."

명의의 창백한 낯빛이 새파랗게 질려 가는 것을 보면서 사련은 마침내 기억해 냈다. 지난번 반월관에서 만났을 때 사청현과 동행한 검은 옷의 여인이 있지 않았던가!

당시 화성은 그 사람이 수사는 아니지만 '풍수우지뢰' 오사 중 한 명이 틀림없다고 말했었다. 역시, 사청현은 여상으로 변신하는 것을 즐기다 못해 다른 사람까지 여상으로 변신하도록 기를 쓰고 끌어들인 모양이다. 그때 그 검은 옷의 여인이 안색이 끔찍하게 나빴던 이유가 여기에 있었다. 귀시장에 입성하기 전에도 '같이 즐기자'며 백방으로 자신을 꼬드기던 사청현의 모습이 떠올랐다. 위험할 뻔했네, 어떻게든 버텨서 다행이다. 속으로 생각한 사련이 말했다.

"지사 대인. 대인께서 화룡소천으로 구조 신호를 보내셨습니까?"

명의가 대답했다.

"그렇습니다."

제대로 찾아왔다. 사련은 고개를 끄덕이고 말을 이었다.

"지사 대인의 상처는 가볍지 않을 겁니다. 서둘러 철수하고 나머지는 나중에 얘기하죠."

사청현은 두말없이 자세를 낮추고 명의를 등에 업었다.

"좋습니다, 가요!"

세 사람은 왔던 길을 따라 되돌아갔다. 사청현이 걸음을 내디디며 명의에게 물었다.

"그런데 명 형, 나한테는 잘 싸울 수 있다고 했잖아. 반월관에서 헤어졌을 때만 해도 멀쩡하더니 고작 며칠 새에 이런 꼴이 된 거야? 어쩌겠다고 혈우탐화의 심기를 건드렸어?"

제법 고소해하는 기색이 담긴 말투였다. 사련은 속으로 생각했다.

'응, 얻어맞는 걸 두려워하지 않는 이런 화법. 친한 친구가 맞네.'

그러나 명의는 사청현의 말을 못 들어 주겠다는 듯 세 글자를 뱉었다.

"입 닥쳐!"

하지만 이 문제는 사련도 알고 싶었다. 그는 방식을 살짝 바꾸어 물었다.

"지사 대인, 화성은 왜 대인을 난처하게 한 건가요?"

명의는 그에게 닥치라고는 하지 않았으나 대답해 주는 법도 없었다. 사련은 옆을 돌아보았다. 그는 이미 두 눈을 감고 있었다. 며칠 동안 지하에서 고문을 당해 깊은 상처를 입은 와중에 갑자기 지원군을 만났으니, 마음이 놓여 이제야 잠시나마 눈을 붙인 모양이었다. 당장 급한 일은 아니니 사련도 그를 깨우지 않았다. 세 사람은 계단을 뛰어 올라갔다. 사련이 주사위를 꺼내 다시 한번 던졌다. 사방이 어두워 어떤 숫자가 나왔는지는 알 수 없었다. 앞쪽에서 끼익, 가벼운 소리가 들려오더니 가늘게 벌어진 틈새로 밝은 빛이 새어 들었다.

'낭형을 데리고 갈 시간이 되려나?'

사련은 그런 생각을 하며 문을 열었다. 그런데 내디딘 발이 허공을 밟게 될 줄 누가 예상이나 했을까.

발을 헛디딘 사련이 재빨리 외쳤다.

"나오지 마세요!"

사련은 공중을 몇 바퀴 돌고는 단단한 물체 위로 떨어졌다. 그는 안도의 한숨을 내쉬면서 칼산이나 불바다 위에 떨어지지 않아 다행이라고 생각했다. 하지만 다시 고개를 든 순간, 칼산이나 불바다가 더 나았을 수도 있겠다는 생각이 들었다. 화성의 무섭도록 준수한 얼굴이 바로 코앞에서 한쪽 눈썹을 치켜올리고 그를 바라보고 있었다.

이번에 열린 석문 너머로 발을 헛디딘 그는, 화성의 몸 위로 떨어졌다!

그들이 떨어진 곳은 뜻밖에도 그 무기고였다. 화성은 무기고의 문을 마주한 정좌(正座)에 앉아 느긋하게 곡도 액명을 닦는 중이었다. 누군가가 느닷없이 자신의 다리 위에 떨어졌는데도, 그는 액명에서 손을 떼고 동작을 멈추었을 뿐 놀란 기색도 없이 담담하게 사련을 바라보았다. 마치 해명을 기다리는 듯한 모습이었다. 물론 한마디도 해명할 수 없었던 사련은 그의 다리 위에 엎드린 채 태연한 척 그를 마주 보았다. 이때 문득 사련의 눈가에 다른 사람이 스쳤다. 고개를 돌려 보니, 다름 아닌 낭형이었다.

바닥에 앉아 있는 붕대 소년은 겁에 질린 나머지 양손으로 머리를 감싸 안고 휘둥그레진 눈으로 두 사람을 바라보았다. 낭형이 왜 여기에 있지? 상황을 보건대 화성이 그를 심문하는 중이었을지도 모른다. 다시 위쪽으로 시선을 돌리자, 반쯤 내밀어진 사청현의 하얀 신발이 보였다. 아슬아슬한 순간, 사련은 화성의 어깨를 움켜쥐며 외쳤다.

"잠깐 실례할게!"

말을 마친 그는 화성을 덮쳐 넘어뜨렸다.

두어 걸음 바깥까지 날아간 그는 화성과 몇 번 뒹굴고 나서야 몸을 일으켰다. 사청현은 명의를 등에 업은 채 무사히 바닥에 착지했다. 바로 방금까지 화성이 앉아 있던 자리였다. 사련은 다시 태연한 척 고개를 돌렸다. 화성은 별다른 내색 없이 그를 바라보며 한쪽 눈썹을 더 높이 치켜올릴 뿐이었다.

사련은 잽싸게 뛰어올라 멀찍이 물러서면서 말했다.

"미안해, 미안해."

화성을 물끄러미 쳐다보던 낭형이 겁에 질린 것처럼 득달같이 사련의 뒤로 숨었다. 사련이 그를 감싸며 말을 덧붙였다.

"삼랑, 내가 다 설명할게."

화성이 대답했다.

"응, 말해 봐."

그러자 사청현이 끼어들었다.

"잠깐, 반대 아니에요? 설명은 그자가 전하께 해야지요! 이번 신관 실종 사건은 전부 그의 소행이니 전하께선 조심하셔야 합니다!"

이는 사련이 가장 마주치고 싶지 않았던 국면이었다. 그는 화성을 응시하며 말했다.

"삼랑, 지사 대인과 네 사이에 무슨 오해가 있는지는 모르겠지만, 다 같이 차분하게 대화해 보면 좋을 것 같아."

가장 좋은 상황은 지금 화성이 자신들을 곱게 보내 주는 것뿐이다. 지사는 부상을 당했지만 생명에 큰 지장이 없고 팔다리가 잘려 나간 것도 아니니, 이쯤에서 손을 뗀다면 사태가 격화되지는 않을 터였다. 화성이 자신들을 놓아준다면, 사련도 천계로 돌아가 보고할 때 이런 부분을 고려해 군오에게 너그러운 처사를 청해 볼 심산이었다.

그러나 화성이 예상을 깨고 되물었다.

"지사? 무슨 지사?"

잠시 침묵한 그가 다시 말했다.

"아, 풍사의 등에 업힌 저놈 말이야? 저건 내 밑에서 일하는 무능한 부하일 뿐인데."

이 말을 들은 사련과 사청현은 나란히 얼을 뺐다. 사청현이 입을 열었다.

"이자는 분명 우리 상천정의 신관이거늘, 어찌 함부로 사실을 날조하는 것이냐?"

화성이 웃으며 대답했다.

"그럼, 그쪽 상천정의 존귀하신 신관께선 왜 정체를 숨기고 내 밑으로 들어와 귀사 노릇을 했지?"

액명의 곡선을 따라 초승달 같은 은빛이 엇비쳤다. 화성이 다시 입을 열었다.

"그자가 정말 지사라면 인내심도 참 대단하군. 꼬박 십 년이나 연기를 하다니. 그동안 종종 수상하다는 생각은 했지만 줄곧 증거가 없었거든. 반월관에서 풍사와 동행한 모습을 마주치지 않았더라면 나도 완벽하게 확신하지는 못했겠어."

깨달음이 사련의 머릿속을 불현듯 스쳤다.

그렇게 된 거였구나!

결국 지사는 십 년 전부터 정체를 숨기고 화성의 수하에서 귀사로 지내다가 실종되고 감금된 것이었다.

—다른 말로 하자면, 밀정이었다. 화성은 가끔 이 부하가 수상쩍었지만, 마땅한 증거가 없었으므로 이곳에 남겨 두고 지켜보았다. 그리고 얼마 전, 지사의 밀정 신분이 화성에게 폭로되고 말았다.

며칠 전 반월관에서 화성이 풍사와 함께 출행한 지사를 목격한 것이다.

당시 지사는 풍사에게 휘둘려 여상으로 변한 상태였으나 화성은 그의 가짜 가죽을 간파했다. 이 검은 옷의 여인이 자신이 의심하던 귀사임을 알아챈 그는 귀사의 정체를 오사 중 한 명으로 굳혔다.

반월관 사건이 끝나자 화성은 보제관을 떠났다. 아마 그를 찾아가 담판을 짓기 위해서였으리라. 명의는 화성에게 쫓기던 도중 절체절명의 상황에서 구조 요청의 법술을 쏘았을 터다. 그리고 나서야 군오가 사련에게 이번 임무를 맡긴 것이다.

천계의 신관이 상천정에서 똑바로 일하지는 못할망정 변장한 모습으로 귀시장에 수십 년을 잠복하다니. 실로 기막힌 추문이었다. 하지만 이런 암투극은 둘째 치고, 정말로 명의가 이곳에 갇혀 고문을 당하다 죽기라도 했다면 천계와 귀계의 원한은 극으로 치달았을 것이다. 그때에는 사태가 더욱 혼란해지지 않겠는가? 그런 날이 닥치면 다들 자신의 안위만을 돌볼 수는 없을 터. 한동안 고심해 본 사련은 결국 이렇게 말할 수밖에 없었다.

"이해했어. 이번 일의 잘못은 우리 쪽에 있어. 하지만 삼랑, 적어도 오늘만큼은 관대하게 보내 줬으면 해."

화성이 그를 빤히 응시하다가 담담한 목소리로 말했다.

"전하. 사실, 가끔은 너무 깊이 관여하지 않는 게 약인 일도 있습니다."

이때 갑자기 옆에 있던 사청현이 외쳤다.

"불어라, 바람!"

그가 부채를 꺼내자 무기고에 광풍이 몰아치기 시작했다. 사방의 선반에 있던 갖가지 무기들이 웅웅 대며 요란하게 진동했다. 사련이 물었다.

"풍사 대인? 저희 아직 싸우지도 않았는데요?"

사청현이 대답했다.

"제가 봤을 땐 둘 다 먼저 공격할 생각이 없거든요. 차라리 내가 악당을 하는 게 낫지. 불어라, 불어라, 불어라!"

콰직, 하는 굉음이 울려 퍼졌다. 머리 위로 먼지가 쏟아지는 것도 같았다. 사련은 고개를 들었다. 지붕 모서리가 바람에 들썩이며 커다랗게 벌어지고 있었다.

무기고에는 문과 창문이 없었다. 사청현의 목적은 공격이 아니라, 직접 지붕을 뜯어 젖히고 날아가려는 것이었다!

화성의 검은 머리카락과 붉은 옷자락도 광풍에 나부꼈다. 그러나 그는 미동도 하지 않고 웃으며 말했다.

"부채가 있단 말이지. 우연이군, 이쪽에도 하나 있는데."

그가 말을 뱉으며 옆에 있던 장식장에서 부채 하나를 건성건성 꺼내 들었다. 부채는 작고 정교했다. 부챗살과 부채종이가 전부 순금이라 빛깔이 곱고도 깊었다. 그는 부채를 손안에서 몇 번 돌리더니 활짝 펼치고 조용히 미소를 지었다. 살기를 띤 와중에도 괜스레 풍아함이 넘쳤다. 손을 뒤집어 부채를 부치자 은색 빛이 뒤섞인 바람이 몰아쳤다. 세 사람은 재빨리 몸을 피했다. 뒤이어 비바람이 몰아치는 듯한 후드득, 소리가 들려왔다. 뒤를 돌아보니 금박 조각이 줄줄이 땅에 꽂혀 있었다. 몹시 가느다란 조각이었다. 하지만 지면에 들이박힌 모습을 보니 모서리가 얼마나 날카로울지, 힘은 또 얼마나 매서울지가 눈에 선했다.

이 무기고에 있는 무기 하나하나가 모두 법보이니, 손 가는 대로 낚아채도 살상력이 이리 강할 수밖에!

화성이 다시 부채를 뒤집자 금가루 같은 광풍이 거듭 몰아쳤다. 사청현의 부채에서 나오는 바람도 강력했지만 그럴수록 상황은 더욱 위험해졌다. 이 무기고는 고작해야 건물 한 채일 뿐이라 면적에 한계가 있었고, 때문에 풍사선이 일으킨 바람은 벽면에 튕겨 무기고 안을 온통 휘젓고 다녔다. 수백 수천에 이르는 금박 조각이 바람에 실려 그들을 둥글게 휘감고 어지러이 나부꼈다. 금박에 누군가 다칠까 걱정스러워진 사련이 낭형을 감싸며 말했다.

"풍사 대인, 잠깐 멈춰 보세요!"

이 금박들은 벌써 몇 번이나 사청현과 명의를 스치고 날아갔다. 사청현도 멈추고 싶었다. 하지만 지붕이 바람에 들려 벌어지고 있는데, 지금 바람을 멈춰 지붕이 다시 내려앉으면 모든 노력이 헛수고로 돌아가는 셈이었다. 그때였다. 그들 주위를 맴돌며 어지러이 춤추던 금박이 별안간 일제히 위쪽으로 날아갔다. 금속이 부딪는 소리가 한동안 들려오더니, 누군가가 지붕을 때려 부수었다. 쏟아지는 나무 부스러기와 돌멩이 속, 그 사람이 아래로 뛰어내렸다.

그 사람은 땅에 착지하자마자 낭랑한 목소리로 말했다.

"죄송합니다, 풍사 대인. 그렇지만 가만히 있을 수가 없었어요!"

사청현의 얼굴에 희색이 넘쳐났다.

"천추, 마침 잘 왔다!"

이 청년은 검날의 너비가 성인 남성의 손바닥에 맞먹는 중검(重劍) 한 자루를 메고 있었다. 바로 낭천추였다. 그의 중검은 금빛으로 찬란했다. 하지만 가만히 들여다보니 황금으로 주조한 검이 아니었다. 검날이 날카롭고 가벼운 금박들을 빨아들여 금빛으로 빼곡하게 뒤덮인 탓에 황금으로 주조한 검처럼 보였을 뿐이다.

낭천추의 중검은 몹시 진기한 쇠로 주조되었다. 자철석 산의 중심부에서 캐낸 광물. 여기에는 금속을 끌어당기는 기이한 능력이 있었다. 법기에 담긴 법력이 일정한 한도를 넘지 않는 한,

칼자루를 쥐고 마음속으로 지시하면 타인들의 금속 법기를 죄다 끌어당겼고 녹여서 흡수할 수도 있었다. 과연, 금박들은 머지않아 그 중검에 모조리 빨려 들어갔다. 검날을 감싼 금빛도 말끔하게 자취를 감추었다. 이를 본 화성은 짧게 웃음을 터트리더니 금박 부채를 뒤로 툭 내던지고 입을 열었다.

"천계의 신관이 이리 궁상맞고 옹졸할 줄이야. 황금을 보니 차마 손이 안 떨어지나?"

만약 사련이 이런 말을 들었다면 어떻게든 못 들은 척했을 것이다. 그러나 상대는 번듯한 황실 출신으로 한평생 금과 보물을 하찮게 여기며 살아온 낭천추였다. 그는 자신을 악의적으로 자극하기 위한 조롱임을 알면서도 화가 치밀었다. 그가 다시 중검을 치켜들고 화성을 향해 찍어 내렸다. 화성은 한 손에 곡도를 쥐고 은빛 원을 그리더니 태연자약하게 칼날을 세우고 공격을 맞받았다.

낭천추는 이 일격에 엄청난 기력을 쏟았다. 그는 범 모르는 하룻강아지처럼 화성에게 덤볐지만, 사련은 두 사람의 현저한 실력 차이를 알아볼 수 있었다. 이대로 공격이 이어지면 낭천추는 틀림없이 죽게 될 것이다!

검을 쓰지 않는 사청현은 구체적인 차이를 알아보지 못했으면서도 놀란 마음에 더럭 외쳤다.

"천추, 억지로 받아치지 마!"

화살이 시위에 걸린 일촉즉발의 순간이다. 이를 어찌 한 번의 외침으로 멈출 수 있겠는가?

그러나 예상 밖의 일이 벌어졌다. 곡도와 중검이 맞닿으려는 찰나, 눈부신 흰빛이 무기고 안에서 터져 나온 것이다.

빛이 어찌나 거대하던지, 온 무기고가 하얗게 뒤덮이는 바람에 다들 시야가 가로막혔다. 보이는 것이라곤 눈이 시리도록 새하얀 빛뿐이었다. 반면에, 미리 대비한 사련은 가까스로 앞을 볼 수 있었다. 그는 사청현에게 빌린 법력을 전부 오른손에 모아 화염으로 바꾸고 한 방향을 향해 날려 보냈다.

무기고의 텅 빈 한구석이 맹렬하게 타올랐다. 뒤이어 사련은 약야를 내던져 자신과 사청현, 명의, 낭천추, 낭형을 한데 묶으면서 외쳤다.

"풍사 대인! 바람을 위쪽으로 몰아 주세요!"

사청현은 아직 눈을 뜰 수 없었지만 사련의 말대로 부채를 들고 힘껏 휘둘렀다. 위로 솟아오른 회오리바람이 마침내 위태롭게 흔들거리던 지붕을 뚫고 나갔다.

약야는 다섯 명을 묶은 채 하늘로 곧게 날아올랐다. 공중에 다다르고 나서야 눈앞이 보이기 시작했다. 사청현이 내려다본 아래쪽에서 화염과 연기가 치솟았다. 무기고에 불이 붙은 것이다. 그는 화성이 뒤쫓아 오지는 않을까 불안한 마음에 부채를 휘둘렀다. 진정 말 그대로 '불난 집에 부채질'을 한 셈이었다. 광풍이 불어오자 불길은 삽시간에 불어났고, 다른 건물에 불씨가 옮겨 붙으면서 극락방 대부분이 온통 새빨갛게 타올랐다.

사련은 필사적으로 부채질을 하는 사청현을 가까스로 붙잡았다.

"풍사 대인, 부채질하지 마세요! 이러다 다 타 버려요!"

그에게 붙잡힌 사청현이 외쳤다.

"아, 알겠어요, 알겠어요! 안 해요, 안 한다고요! 그만 놔주세요, 태자 전하! 손아귀 힘이 너무 셉니다!"

사련은 풍사가 바람을 거두고 나서야 손을 놓고 아래를 바라보았다. 새빨갛게 번진 화염 속에서 검붉은 그림자가 눈에 들어왔다. 너무 높이 날고 있어 선명하게 보이지는 않았으나 그는 직감했다. 바로 이 순간, 화성이 그곳에 서서 자신을 바라보고 있음을.

그는 뒤쫓아 오지도, 불을 끄러 가지도 않았다. 맹렬하게 기승을 부리는 화염을 내버려 둔 채, 그저 그곳에 하릴없이 서 있었다.

극락방 바깥, 귀시장의 대로에 날카로운 비명이 울려 퍼지면서 귀신들이 뿔뿔이 달아났다. 사련은 숨이 턱 막혔다. 온통 쉬어 버린 목소리로 그가 중얼거렸다.

"난…… 그저 작은 불을 붙여서 시간을 끌 생각이었는데, 어쩌다 이렇게 됐지……."

얼마 전 일이 떠올랐다. 화성은 무기고의 문 옆에 기대어 농담 반 진담 반으로 이 무기고에 있는 무기 전부를 그에게 주겠노라 말했다. 하지만 지금은 모두 불바다에 잠겨 버렸다. 대부분의 법보가 불에 잘 견딘다고는 하나, 선천적으로 불빛을 멀리해야 하는 법보도 넘쳐났으니 이대로라면 몽땅 잿더미가 될지도 몰랐다. 하물며 불길이 그렇게 삽시간에 솟구쳐 극락방 전체를 불태우리라고는 꿈에도 생각지 못했다.

설령 화성이 그곳을 '집'으로 여기지 않는다 한들, 결국 그의 거처가 아니던가!

절망에 빠진 사련을 보자 사청현도 조금 멋쩍어졌다.

"그게…… 죄송합니다, 태자 전하! 서둘러 도망칠 생각만 하느라 다른 건 신경 쓰지 못했어요. 이 일은 제 불찰입니다. 확실히 처음에는 작은 불밖에 없었으니까요……. 혹여나 다음에 혈우탐화가 전하께 배상을 요구하면 제 앞으로 달아 놓으세요. 염려 마세요, 얼마든지 배상할게요! 다른 건 몰라도 돈이라면 문제없습니다!"

이건 배상을 하느냐 마느냐의 문제가 아니었다. 사련은 눈을 꾹 내리감고 말을 잇지 못했다. 사청현이 사련의 어깨를 토닥여 주었다. 그런데 문득 그의 손이 축축하게 젖었다. 심하게 코를 찌르는 피비린내도 맡아졌다. 고개를 돌린 사청현은 소스라치게 놀랐다.

"태자 전하! 손이 왜 그래요?"

사련의 오른손에 피가 낭자했다. 팔 전체가 피에 흠뻑 물들어 있었다. 팔의 떨림도 '미미하다'고 말할 만한 수준이 아니었다. 그럼에도 그는 사람들이 광풍에 흩어지지 않도록 양손에 단단히 힘을 주고 약야를 당기고 있었다. 사청현이 외쳤다.

"대체 어쩌다 이리되셨습니까?"

조금 정신을 차린 사련은 간신히 마음을 가라앉히고 고개를 저었다.

"괜찮아요……. 작은 상처예요. 올라가서 치료하면 됩니다."

사청현은 문득 아까 일을 떠올렸다.

"혹시 그 흰빛이 전하였어요? 태자 전하, 그 둘을 갈라놓으신 겁니까?"

"저도 검을 쓰는 사람인걸요."

사청현의 추측이 맞았다. 아까 화성의 곡도와 낭천추의 중검이 맞부딪치기 직전, 사련은 앞으로 몸을 날렸다.

그는 한쪽 선반에서 닥치는 대로 검 한 자루를 낚아챘다. 그러고는 곡도와 중검 사이를 파고들어 두 번의 초식을 펼쳤다.

첫 번째 초식으로 낭천추의 중검을 되받아쳤고, 두 번째 초식으로 곡도 액명을 막아 냈다.

강력한 힘을 지닌 동시에 지극히 오묘하게 절제된 초식이었다. 두 무기는 사련에게 가로막혔으나, 공격을 감행한 두 사람에게 충격이 되돌아가지는 않았다.

사련이 중간에 낀 채로 자신의 검과 한쪽 팔을 써서 양쪽의 공격을 감당해 냈기 때문이었다.

낭천추의 중검은 그런대로 괜찮았으나 화성의 기세는 실로 막을 수가 없었다. 사련이 엉겁결에 낚아챈 검은 화성이 무기고에 소장하고 있던 물건답게 훌륭한 보검이었다. 때문에 액명과 맞닿는 순간 어마어마한 흰빛이 터져 나온 것이었다.

이 두 초식이 이어진 순간, 낭천추의 중검을 받아 낸 첫 번째 충격에 사련의 검이 갈라졌다. 그리고 곧도 액명을 막은 두 번째 충격으로 검이 산산이 조각났다.

이 모든 동작은 전광석화처럼 찰나에 이루어졌다. 눈으로는 미처 볼 수 없을 정도였다. 사청현은 사련의 처참한 오른손을 보면서, 이 팔은 이미 살갗이 뭉그러졌을지도 모르겠다고 생각했다.

"태자 전하. 전하께서도 참…… 겁이 없으십니다. 고작 한 손으로 둘을 상대하다니요!"

화관무신. 한 손에 검을 들고 한 손에 꽃을 쥔다. 사청현은 꽃을 쥐고 있다는 대목은 기억한 반면, 사련이 검을 들었기 때문에 선경에 올랐다는 사실은 깜빡 잊고 있었다.

사청현은 방금 있었던 위험천만한 상황을 돌이켜 보았다. 공포의 여운에 심장이 떨려 왔다.

"두 사람을 막아서 천만다행입니다. 전하가 아니었다면 천추는 혈우탐화에게 조각조각 잘려 나갔을지도 몰라요."

그런데 이상하게도, 다친 곳 없이 무탈해 보이는 낭천추가 혼이 다 빠져나간 사람처럼 새파랗게 질려 있었다. 사청현이 물었다.

"천추? 천추? 왜 그러느냐? 정신 차리래도? 뭐야, 아까 멀어 버린 눈이 아직도 안 돌아왔니?"

다섯 일행은 이 바람을 타고 선경까지 날아올랐다. 그들은 부상자를 질질 끌고 업어 가면서 비승문(飛升門)을 통과해 신무전으로 내달렸다. 낭형은 대전에 들어갈 수 없었기에 사련은 급한 대로 한쪽 편전에 자리를 마련했다. 당직을 서는 신관이 보이지 않자 그는 통령진 안에 대고 소리쳤다.

“누구 안 계십니까! 여러분, 부디 서둘러 신무전에 와 주십시오! 긴급 사태입니다. 여기 부상을 당한 신관 한 분이 계십니다!”

그가 한창 외치고 있는데 사청현이 손가락을 딱, 소리 내어 튕겼다. 드디어 흰 도포로 갈아입은 그가 손을 흔들어 십만 공덕을 뿌리며 말했다.

“한 분이 아니라 두 분!”

사련이 황급히 말했다.

“풍사 대인, 진정하세요. 말로 하면 되니 공덕은 뿌리지 마시고요. 다들 소식을 들으면 자연히 올 겁니다.”

사청현의 의견은 달랐다.

“아뇨, 태자 전하. 모르시나 본데, 공덕을 뿌리는 게 말로 하는 것보다 백배는 빨라요!”

머지않아 누군가의 목소리가 멀찍이 들려왔다.

“누가 다쳤습니까?”

‘누가’라고 운을 뗐을 때는 멀찍이 느껴졌던 목소리였다. 하지만 마지막 글자에 이르렀을 무렵에 목소리의 주인공이 모습을 드러냈다. 바로 풍신이었다. 대전으로 들어선 그는 사련과 낭천추를 번갈아 쳐다보더니 안색을 굳혔다. 사련이 말했다.

"나는 멀쩡해. 지사 대인의 상처가 깊을 거야."

풍신은 잠시 침묵한 끝에 다시 입을 열었다.

"오른손은 왜 그럽니까?"

이때, 또 다른 목소리가 말했다.

"다치면 또 어떻습니까. 이 많은 상천정 신관들 중에 순시에서 다치지 않은 자가 어디 있다고."

극도로 점잖고 부드러운 목소리에 썩 듣기 좋지 않은 언사. 당연하게도 모정이었다. 그도 신무전에 들어서자마자 사련과 낭천추를 번갈아 쳐다보았다. 그러나 재미있는 구경거리를 보게 되었다는 듯 눈썹을 까딱이는 표정이 풍신과는 확연히 달랐다. 그는 풍신이 사련의 팔을 살피자, 자신은 몸을 숙이고 명의를 살펴보며 물었다.

"이분이 바로 지사 대인입니까?"

그러는 동안에 다른 신관들이 속속 밀려들었다. 지사의는 언제나 행적이 신출귀몰했다. 자리에 모인 대다수도 그를 처음 보는 터라 자꾸만 곁눈으로 흘끔거렸다. 다들 무슨 연유로 갑자기 신무전에 불려 왔는지 몰라 어리둥절해했다. 그렇지만 풍사의 공덕을 받았으니 와 보지 않을 수는 없었다. 사련이 풍신에게 말했다.

"고마워. 하지만 괜찮아. 가만히 놔두면 좋아질 거야."

풍신도 더 언급하지 않고 짧게 한마디 던졌다.

"스스로 잘 챙기십시오."

사련은 작은 목소리로 고맙다고 인사를 했다. 다시 뒤로 돌아서자 이쪽을 멍하니 바라보고 있는 낭천추가 보였다. 사련이 그에게 물었다.

"태화 전하, 왜 그러세요?"

풍신도 낭천추의 심상치 않은 표정을 알아챘다.

"태화 전하도 어딘가 다치신 겁니까?"

"아마 없을 텐데. 내가 볼게."

사련이 대신 대답하면서 낭천추의 이마로 손을 뻗은 순간이었다. 갑자기 낭천추가 기민한 동작으로 그의 손목을 낚아챘다.

낭천추는 어쩐지 망설이는 기색이었다. 마치 무언가를 알아차렸으나 확신하지 못하는 것처럼. 하지만 두 눈에는 불길이 끓고 있었다. 사련은 그의 팔에서 자신의 팔로 전해져 오는 분노의 떨림을 느꼈다.

이제 주변의 신관들까지 예사롭지 않은 분위기를 눈치채고 조용히 귓속말을 나누기 시작했다. 사청현과 모정이 몸을 일으켰다. 풍신이 말했다.

"태화 전하, 지금 뭐 하시는 겁니까?"

낭천추가 마침내 입을 열었다. 고작 두 글자였다. 그러나 그 말에 사련의 심장이 바닥까지 내려앉았다.

그가 악다문 잇새로 꺼낸 두 글자는 이랬다.

"……국사?"

사련의 동공이 희미하게 조여들었다.

몰려들어 구경하던 신관들 중 몇몇이 멍한 얼굴을 하더니, 주변에 조용히 물어보기 바빴다.

"무슨 국사? 국사가 누굽니까?"

한편 사고방식이 치밀한 신관들은 금세 갈피를 잡았다.

낭천추는 영안국의 태자다. 그리고 그와 동시대에 있었던 영안국의 국사가 바로 요도 쌍사 중 다른 한 명인 방심 국사다. 이 인물이 어떤 신분과 어떤 내력을 가졌는지는 아무도 알지 못했다. 그런데 지금, 낭천추가 사련을 붙잡고 그더러 '국사'라고 했다. 이 말은 곧…… 사련이 영안국에 화를 불러온 요도, 방심 국사라는 뜻이 아닌가?

그렇지만 사련은 선락국의 태자다. 선락국은 영안국의 손에 멸망했는데 어떻게 영안국에서 국사 노릇을 할 수 있었을까?

태화 전하는 상천정에서 쾌활하기로 정평이 나 있었다. 남몰래 꾀를 쓰는 법도, 사람을 곤란하게 만든 적도 없었다. 하물며 이런 기색을 드러낸 적은 더더욱 없었다. 마치 슬픔과 분노, 원망과 증오가 뒤섞인 듯한 얼굴이었다.

낭천추는 사련의 손목을 단단히 붙든 채 거친 숨을 몰아쉬었다. 그가 간신히 입을 열었다.

"분명…… 이 손으로 널 죽이고 친히 관에 넣어 봉인했거늘…… 국사, 참으로 신통력이 대단하구나!"

야단났다. 아무래도 오늘 큰일이 일어날 모양이다!

19장 연회를 피로 물들인 검은 국사

두 사람과 가장 가깝게 서 있던 풍신은 사련을 바라보며 경악한 표정을 감추지 못했다. 모정의 눈빛도 미미하게 흔들렸다. 감정을 억눌렀음에도 흥분한 기색이 어렴풋이 느껴졌다. 사청현은 업고 있던 명의를 바닥에 눕히며 말했다.

"천추. 뭔가 오해가 있는 것은 아니고? 태자 전하가 정말 그 방심 국사라면 어찌 지금에서야 알아본 것이야?"

이때 한쪽에 서 있던 남자가 입을 열었다.

"청현. 네가 몰라서 그러는 모양이다만, 그 전설 속의 방심 국사는 시종일관 고고한 성정으로 신비롭고 오만하게 굴었다. 항상 백은 가면을 쓰고 본모습을 드러내지 않았지. 아마 태화 전하는 그자의 진짜 얼굴을 본 적이 없었을 터다."

팔짱을 낀 채로 멀찍이 서 있는 그 사람은 배명이었다. 사청현은 그를 보자마자 불쾌해져서는 불진을 휘두르며 말했다.

"그 말은 즉, 방심 국사가 어떻게 생겼는지 본 사람이 아무도 없단 뜻이잖습니까. 그런데 어찌 벌써부터 선락 전하를 방심 국사로 확정한 말투십니까?"

그는 사련과 함께 다닐 때는 온갖 기상천외한 작태로 웃음을 자아내더니, 상천정에 들어서자 사람이 바뀌었다. 자긍심을 뽐내며 행동 하나하나에 분위기가 느껴지도록 신경을 쓰는 모습이었다. 바로 이때, 대전 뒤편에서 눈처럼 새하얀 사람의 그림자가 걸어 나왔다.

그가 등장한 순간 자리에 있던 모두가 안도감을 느꼈다. 대전에서 웅얼웅얼 잡담을 늘어놓던 신관들도 황급히 제자리에 똑바로 서서 허리를 굽히며 말했다.

"제군."

군오가 손을 살짝 들자 신관들이 몸을 바로 세웠다. 계속해서 걸음을 옮긴 군오는 사련의 옆을 지나치며 그의 오른쪽 팔을 툭 건드렸다. 방금까지 사련의 소매를 타고 흘러내리던 피가 그 손길에 곧장 멎었다.

군오는 명의를 잠시 살펴보고 입을 열었다.

"큰 지장은 없다. 우선 지사를 안정시키도록 해."

그 말에 약사(藥師) 신관 네 명이 다가와 명의를 부축해 물러갔다. 사청현도 따라가 살피고 싶은 눈치였으나, 다시 신무전의 상황을 둘러보고는 마음이 놓이지 않았는지 결국 자리에 남았다.

군오는 뒷짐을 지고 위쪽의 옥좌로 돌아간 뒤에야 두 사람에게 물었다.

"말해 봐라. 또 무슨 일이냐. 태화는 무슨 연유로 선락을 붙잡고 놓아주지 않으며, 선락은 또 어찌 고개를 숙이고 있는 것이지?"

낭천추는 다시 사련을 바라보았다. 그는 여전히 입을 꾹 다물고 있었다. 당장은 사방이 신관들로 둘러싸였으니 그가 도주할 염려는 없었다. 낭천추는 손에서 힘을 풀고 군오를 향해 돌아서선 허리를 숙였다.

"제군. 이자는 수백 년 전에 방심으로 이름을 바꾸고 제 친족을 살해하였으며 제 조국에 화를 입혔습니다. 하여 이자와 결전을 치르고자 하니, 오늘 제군께서 증인이 되어 주십시오!"

방심 국사라는 이름을 처음 들어 보는 자들도 서둘러 통령진에 접속해 기록을 뒤졌다. 찾기 전까지는 몰랐으나 찾아보고 나서는 화들짝 놀랐다. 때마침 요청을 받은 영문이 모두의 의문을 풀어 주었다.

"방심 국사는 영안국 태자 낭천추의 생명의 은인이자 학문을 전수해 준 은사였습니다. 영안 황실의 류금연(鎏金宴)을 피로 물들인 유명한 행적 때문에 요도 쌍사에 들게 되었고요."

사청현이 물었다.

"류금연이 뭡니까?"

영문이 대답했다.

"풍사 대인. 이 류금연이란, 최초에는 선락국 귀족들 사이에서 성행했던 일종의 연회였습니다. 연회에서 사용되는 술잔, 식기, 악기까지 정교하고 아름다운 금으로 만들어져 무척 호화스러웠기에 이런 이름이 붙었습니다."

영안국은 건국 초창기에 만백성에게 굳게 맹세했다. 지난 왕조의 사치스러운 풍조를 되풀이하지 않고 근절하겠노라. 한마음 한뜻으로 백성의 근심을 덜고 어려움을 해결하겠노라. 그러나 수십 년이 흐르면서는 가리지 않고 답습하기 시작하더니, 끝내 과거 선락국의 전철을 밟고 말았다.

영문이 말을 이었다.

"영안 태자가 열일곱 생일을 맞은 당일 밤, 황궁에 류금연이 열렸습니다. 그리고 방심 국사는…… 바로 이 류금연에서 검 한 자루로 그 자리에 있던 영안 황족을 몰살했습니다."

황금 잔은 바닥을 나뒹굴었고, 술 대신 붉은 피가 쏟아졌다.

"뒤늦게 도착한 영안 태자 낭천추는 이 화를 피했으나, 그 역시 입막음을 위해 살해당할 뻔했습니다."

영안국은 이 학살로 두말할 것 없이 심각한 타격을 입었다. 평소 민심을 휘어잡은 낭천추가 전력으로 애쓰지 않았더라면 분명 분란이 일어났을 것이다. 가까스로 정세가 안정되자, 영안 황실은 천하의 인재를 불러 모아 도주한 살인범을 뒤쫓았고, 마침내 붙잡는 데 성공했다. 낭천추는 한 시대를 풍미한 요도 방심 국사를 제 손으로 죽였다. 또한 시신은 삼중으로 된 관에 봉인해 땅에 묻어 진압했다.

그러나 원기가 크게 상한 영안 황실은 갈수록 서서히 쇠퇴했고, 이내 다른 왕조가 그 자리를 꿰차고 들어앉았다.

낭천추는 사련을 노려보며 말했다.

"난 지금껏 네가 왜 그런 짓을 했는지 이해할 수 없었다. 우리가 이 자리에 앉은 꼴을 두고 볼 수 없어서 그랬다는 그 말, 난 믿지 않았어. 황위를 찬탈하려는 목적도 절대 아니라고 생각했다. 그런데 드디어 그 이유를 알겠군."

신관들은 충격에 입을 다물지 못하고 물 끓듯 술렁였다.

"이건 복수 아닙니까!"

"복수가 아니면 무엇이려고요? 선락국이 멸망했으니 영안국도 망가뜨리려던 게지요. 영안인이 그의 부황과 모후를 죽였으니 그도 영안 태자의 부황과 모후를 죽인 것이고요. 눈에는 눈, 이에는 이 아니겠습니까."

"하나 선락국을 멸한 것은 낭천추 세대가 아닙니다. 너무 막무가내식으로 화풀이한 것은 아닐는지……."

"저는 삼계의 웃음거리가 천생 어리숙한 줄 알았는데, 이리보니 참으로 악랄한 인물이었군요. 적국에서 국사 노릇을 하면서 은밀하게 물을 흐리고 황실 일가를 일거에 살해하다니. 모질기도 하지……."

사련은 자신을 응시하는 군오의 시선을 느끼고 눈을 감았다.

이윽고 군오의 목소리가 들려왔다.

"태화. 선락이 방심이라고 확신할 만한 근거가 있느냐?"

낭천추가 대답했다.

"제게 검술을 가르친 사람이 바로 방심 국사입니다. 한데 제가 그자의 공격을 어찌 못 알아보겠습니까?"

분위기가 서서히 한쪽으로 기울었다.

"물만 흐리면 됐지, 어찌 적국의 태자에게 검술까지 가르쳤단 말입니까?"

"어쩐지 세 번째로 등선한 뒤에는 검을 건드리지도 않더라니. 탄로 날까 두려웠나 봅니다."

낭천추가 말했다.

"저는 이번 귀시장 출행에서 혈우탐화와 맞붙었습니다……."

귀시장과 화성이라는 말이 나오자 제법 많은 신관들이 흠칫 어깨를 떨었다. 낭천추는 계속해서 말했다.

"제가 열두 살 때 잠시 외출했다가 도적 무리에게 사로잡힌 일이 있었습니다. 그 도적들은 저를 붙잡고 거리로 도망쳤지요. 호위병이 뒤쫓아 와 양쪽이 한참 동안 필사적으로 싸우는데, 얼굴에 멍이 든 기예 팔이 재주꾼이 갑자기 길가에서 나뭇가지를 휘두르더군요. 그때도 두 번의 초식으로 양쪽의 검을 내치고 저를 구했습니다."

그가 다시 덧붙여 말했다.

"그 도적 떼와 호위병들은 양측 모두 부상을 당했습니다. 그

재주꾼은 저를 데리고 도망쳐 황궁으로 데려다주었고요. 부황과 모후께선 고마운 마음에 후의를 베풀고 황궁에 거처를 마련해 주셨습니다. 그러다 그자의 뛰어난 기량을 발견하시고는, 그를 국사 자리에 앉혀 제게 오 년간 검술을 가르치도록 했습니다. 그렇게 눈에 익은 검술을 어찌 잘못 볼 수 있겠습니까?"

모정이 조곤조곤한 목소리로 끼어들었다.

"태화 전하. 전하께서는 약간의 잔영을 보았다 하셨으나, 아마 전하 외에 그 잔영을 포착할 수 있는 자는 없을 겁니다. 그렇다면 전하의 일방적인 주장이 되겠지요."

언뜻 듣기에는 사련을 두둔하는 말 같았으나 사실은 다소 미묘한 구석이 있었다. 그는 분명 낭천추의 생각이 확고하다는 것을 알고 있다. 이렇게 캐물을수록 낭천추는 진지하게 증명하려 나설 테니 사련의 처지에는 아무런 도움이 되지 않을 것이었다. 아니나 다를까, 낭천추가 외쳤다.

"좋습니다! 그렇다면 검을 부탁드립니다!"

신무전에 모여든 무신 대부분이 검을 지니고 있었으므로, 그의 외침이 울려 퍼지자 누군가가 곧장 검을 끌러 던져 주었다. 낭천추는 검을 쥐고 사련의 눈앞에 들이밀었다.

"받아라! 지금부터는 숨기는 것 없이 전력을 다해 싸우자. 우리의 검법이 동류가 맞는지, 내가 네 제자가 맞는지 볼 것이다!"

신관들은 신무전에서 검을 겨루는 건 조금 무모하다고 생각했다. 하지만 류금연 학살을 생각하면, 어엿한 태자 전하의 일가가 살해당했으니 그 흥분한 마음도 이해가 되었다. 사청현은 여전히 사련의 상처가 마음에 걸렸다.

"천추. 태자 전하께서는 아까 너를 위해 화성의 칼을 막다가 오른손이 이 모양이 되었는데, 어떻게 너와 검술을 겨룰 수 있겠느냐?"

이 말을 들은 낭천추가 갑자기 왼쪽 손을 뻗어 자신의 오른팔을 묵직하게 내리찍었다. 카각, 하는 소리와 동시에 그의 오른팔에서 피가 부옇게 터져 나왔다. 진득한 핏물은 팔을 흥건하게 적시고 아래로 흘러내렸다. 살펴보지 않아도 위중한 상처일 게 눈에 훤했다. 신관들은 일제히 소스라쳤다. 사련도 얼이 빠져서 시선을 들며 물었다.

"이게 무슨 짓이야?"

낭천추가 대답했다.

"풍사 대인의 말씀이 옳다. 넌 확실히 아까 나를 구하다가 팔을 다쳤지. 난 지금 그 팔 한 짝을 갚은 것이다. 그러나 날 구했어도 네가 내 일족을 죽였단 사실에는 변함이 없다. 네가 양손으로 검을 쓸 수 있고, 검법도 입신의 경지에 올랐다는 것쯤은 알고 있다. 왼손을 써서 겨루자. 사내라면 검을 들어라!"

사련은 검과 낭천추를 번갈아 바라본 끝에 느릿하게 고개를 저었다.

"난 아주 오래전에 다시는 검으로 사람을 죽이지 않겠다고 맹세했어."

그 말에 낭천추는 연회장에 서둘러 달려갔던 그날 밤을 떠올렸다. 그 순간 펼쳐진 것은 검은 도포를 입은 사람이 아버지와 어머니의 몸에서 장검을 빼내는 장면이었다. 그의 눈시울이 삽시간에 무섭도록 붉어졌다. 검을 쥔 왼손에서는 우드득, 하는 소리가 쏟아졌다. 앞으로 끼어든 사청현이 불진으로 그의 검을 휘감고 억누르며 말했다.

"내가 보기엔 이 사이에 무슨 오해가 있는 것 같다. 방심 국사가 항상 가면을 쓰고 있었다면, 누군가 그의 모습으로 가장해 해를 끼쳤을지도 모르잖아? 제군께서는 어찌 생각하십니까?"

신관들 모두가 위쪽의 옥좌를 향해 돌아섰다. 군오가 운을 뗐다.

"선락."

사련은 몸을 숙이며 대답했다.

"네."

군오가 물었다.

"태화가 한 말을 인정하느냐?"

사련이 대답했다.

"인정합니다."

평소 사련의 말투와는 사뭇 다른 냉담한 한마디였다. 그 말에 풍신과 모정, 사청현의 낯빛이 동시에 굳어졌다.

고개를 끄덕인 군오가 다시 물었다.

"류금연 학살을 자행한 방심 국사가, 정말 너였느냐?"

짧은 침묵 끝에 사련이 고개를 홱 쳐들었다.
"맞습니다. 접니다!"
이 낭랑한 한마디에 돌이킬 여지 따위는 없었다. 낭천추가 말했다.
"인정했군. 아주 잘됐어."
일찍이 말했듯, 상천정에는 손에 평범한 인간들의 피를 묻힌 신관들이 차고 넘쳐났다. 하지만 솔직히 말하자면, 해묵은 원한 따위로 이 정도의 소란이 일어난 경우는 실로 드물었다. 아마 그 '평범한 인간들' 중 누구에게도, 낭천추처럼 떳떳하게 등선해 신관의 지위로 살인범을 문책할 만한 후손이 없었기 때문이리라.
지난번 배숙은 배 장군이 적극적으로 감쌌음에도 인간계로 유배되는 결말을 맞이하지 않았던가. 게다가 사련은 믿음직한 뒷배도 없었다. 지금은 오직 군오의 심사에 달려 있다. 옛정을 고려해 주거나, 그를 감싸 주거나.
그러나 신관들은 사련을 대하는 군오의 태도를 도저히 가늠할 수 없었다. 선락 태자가 최초로 선경에 올랐을 무렵에는 하루가 다르게 애정을 쏟았다. 반면에 두 번째로 선경에 올랐을 때는 한바탕 싸움을 벌였고, 사련은 패배하기 전에 군오를 검으로 몇 번 찌르기까지 했다. 그리고 세 번째로 선경에 오르자, 예전 일은 다 잊었다는 듯이 평화롭게 지냈다. 심지어 선경에서 가장 좋은 자리를 골라 새로운 궁관을 지어 주었으니, 참으로 알다가도 모를 일이었다. 그래서 신관들은 위쪽에 계신 분이 어떤 처분을 내릴지 기대하며 두 귀를 쫑긋 세웠다.

예상을 깨고, 군오가 처분을 내리기도 전에 사련이 먼저 말문을 열었다.

"저, 선락에게 무리한 청이 있습니다."

군오가 대답했다.

"말해라."

"선계 명부에서 제 이름을 지우고 인간 세상으로 폄적해 주십시오."

몇몇 신관들은 흠칫 놀라면서도 내심 감탄했다. 어느 누가 어렵사리 등선해 놓고 폄적을 바라겠는가? 천신만고 끝에 이 높이까지 올라왔는데 단번에 추락한다는 건 생각만으로도 분통이 터지는 일이었다. 군오가 보는 앞에서 자신을 폄적해 달라고 말하다니, 좌우간에 그들은 못 할 짓이었다. 한편 대수롭지 않게 여기는 신관들도 있었다. 사태가 이 지경에 달했으니 한발 물러서는 것이 끝까지 잡아떼는 것보다 나을지도 모른다. 게다가 사련은 두 번이나 폄적된 몸이 아니던가. 그에게 세 번째 폄적쯤이야 대단한 일도 아닐 것이다. 분명 폄적을 거듭한 끝에 습관이 되었으리라.

이때 낭천추가 끼어들었다.

"자진해서 폄적할 필요 없다. 너는 본인의 능력으로 선경에 올랐다. 나는 그저 너와 결전을 치르고 싶을 뿐이야."

사련이 입을 열었다.

"난 너와 싸우고 싶지 않아."

"이유가 뭐지? 예전에 나와 싸운 적이 없었던 것도 아니잖아. 이 싸움으로 생사가 갈려도 좋으니, 지금부터 끝을 보자!"

사련이 담담하게 말했다.

"이유는 없지만 나와 싸우면, 너는 틀림없이 죽어."

20장 분노한 남양, 교활한 현진과 주먹다짐하다

가볍게 흘러나온 말이었으나 사방에 힉, 하고 숨을 들이켜는 소리가 맴돌았다. 수많은 신관들은 속으로 생각했다. 법력도 없는 고물 신 주제에 어엿한 동방 무신 낭천추에게 자신과 싸우면 반드시 죽는다는 염치없는 말을 해? 건방진 것에도 정도가 있지. 자신이 기꺼이 폄적되어 낭천추를 봐주겠다는 듯이 굴고 있으니, 실로 대단한 허풍이로군. 하지만 낭천추는 사련이 허풍을 떨고 있다는 생각을 조금도 하지 않았다.

"생사가 갈려도 좋다고 했을 텐데! 너도 날 봐줄 필요가 없다."

사련은 그에게 대답하는 대신 군오에게 거듭 청했다.

"제군, 저를 하계로 폄적해 주십시오."

난데없이 사청현이 손을 들고 외쳤다.

"잠깐만요! 아직 할 말이 있습니다!"

군오가 입을 열었다.

"풍사, 말해라."

사청현이 다시 말을 이었다.

"동료 여러분들은 선락 태자가 복수 때문에 방심으로 이름을 바꾸고 영안 황실을 몰살했다고 보시는 것 같습니다. 하나 복수를 할 생각이었다면 어째서 영안국의 태자인 태화 전하를 놓아주었을까요? 이치대로라면 살인범이 가장 죽이고 싶은 대상은 바로 이 태자 전하였을 텐데요?"

한 번쯤은 고려해 보았으나 먼저 말을 꺼낼 필요는 없다고 생각한 문제였다. 풍사가 앞장서서 말한 지금에서야 몇몇이 고개를 끄덕이며 동조했다. 사청현이 다시 말했다.

"물론 저와 태자 전하는 교제한 지 오래되지는 않았습니다. 하오나 태화 전하를 구하려고 정면으로 곡도 액명을 받아치는 걸 제 눈으로 똑똑히 봤습니다. 천추, 그가 너희 영안 황실에 앙심을 품었다면 어떻게 위험을 무릅쓰면서까지 칼을 막아 주었겠느냐?"

'정면으로 곡도 액명을 받아쳤다'는 말에 풍신과 모정의 표정이 얼어붙었다. 죄책감 때문에 그랬는지도 모르지, 누군가 아주 작게 중얼거리자 사청현은 곧바로 목청을 높여 그 목소리를 내리덮었다.

"불길하고 사특한 무기이자 저주의 칼인 그 액명을요! 그러니! 저는 이 일에 의문점이 있다고 생각합니다!"

이때 배명이 말했다.

"풍사 대인이 이렇게까지 최선을 다해 보증하고 정의롭게 나서 주다니, 태자 전하가 참으로 부럽군요. 우리 소배에게는 이런 복이 없었지요."

사청현이 말했다.

"배 장군, 공연한 교란 작전은 그만두세요. 소배의 일이 어디 같습니까? 저는 소배의 악행을 직접 보았고, 시인한 것도 직접 들었습니다."

"그건 오늘도 마찬가지 아닌가? 태화 전하께서 직접 그의 악행을 보았고, 선락 전하가 시인하는 말까지 들은 것을. 다른 점이 뭐가 있지?"

사청현이 핏대를 세우며 다시 언쟁을 벌이려는 순간, 사련이 그를 붙잡으며 말했다.

"풍사 대인. 대인의 호의는 감사히 받겠습니다. 하지만 괜찮아요."

사실 뭐라고 반박해야 할지 좀처럼 떠오르지 않았던 사청현은 배명을 향해 손가락질하다가 화를 꾹 삼켰다.

이때 군오가 드디어 말을 꺼냈다. 담담한 목소리가 이어졌다.

"다들 정숙해라."

우렁차다기보다는 몹시 평온한 목소리였다. 그러나 신무전에 있는 모든 신관들이 그 말을 또렷하게 알아듣고 황급히 자세를 고쳤다. 군오는 대전이 조용해지자 말을 이어 나갔다.

“태화. 너는 평소에도 다소 충동적인 면이 있다. 문제가 생기면 한사코 돌진할 것이 아니라 냉정하게 경청하여 경위를 소상히 밝힌 뒤에 판단을 내려야지.”

낭천추는 머리를 숙이고 훈계를 들었다. 군오가 다시 말했다.

“선락은 모든 사실을 고하지 않았으니 폄적 건은 받아들이지 않겠다. 우선 선락궁에 구금해 외출을 금하고, 이후에 내가 친히 심문하도록 하지. 두 사람은 그 전까지 서로 만나지 마라.”

아무도 예상하지 못한 결과였다.

군오가 사련을 감싸 주었다. 향불도, 신도도, 공덕도 없는 이 삼계의 웃음거리를!

낭천추는 동방에 주둔하는 큰 무신이다. 그런 그가 오늘 일로 불만을 품으면 정말 밑지는 장사가 될 것이다. 하지만 그 문제를 감수하면서까지 감쌌으니……. 설마 사련은 아직도 군오의 총애를 받고 있다는 말인가?

낌새를 알아챈 수많은 신관들은 앞으로 어떤 공개적인 장소에서도 ‘삼계의 웃음거리’라는 말을 꺼내지 않으리라, 슬며시 결심했다. 사청현은 안도의 한숨을 내쉬고는 군오에게 찬사를 보냈다.

“영명한 판단이십니다!”

반면 낭천추는 사련을 뚫어지게 쳐다보며 말했다.

“제군께서 원하신다면 얼마든지 심문하십시오. 하오나 마지막에 어떤 결과가 나오든 저는 반드시 이자와 맞붙을 것입니다!”

말을 마친 그는 군오에게 예를 올리고 몸을 돌려 대전을 빠져나갔다. 군오가 손을 흔들자 무신관 몇 명이 다가와 사련을 끌어냈다. 사청현의 앞을 지날 때, 사련이 나지막한 목소리로 말을 꺼냈다.

“풍사 대인, 정말 감사했습니다. 하지만 이제 제 편은 들지 않으셔도 좋으니, 정말 저를 돕고 싶으시다면 두 가지 일을 부탁드려도 될까요?”

사청현은 불난 집에 부채를 부쳐 극락방을 불사른 것이 몹시 미안한 참이었다. 차라리 사련이 당장 자신에게 백 가지 일을 부탁했으면 싶을 정도였다.

“말씀하세요.”

사련이 말했다.

“제가 데리고 온 소년이 편전에 있습니다. 번거로우시겠지만 대인께서 좀 살펴 주세요.”

“그야 쉽지요! 두 번째는요?”

“만약 배 장군이 이후에도 반월을 찾아 책문하려 든다면, 풍사 대인께 도움을 청할까 합니다.”

“당연히 도와드려야지요. 배명의 뜻대로 되도록 두진 않을 겁니다. 그녀는 어디에 있죠?”

“보제관의 채소절임 단지에 숨겨 놓았습니다. 혹시 시간이 나시면, 반월을 꺼내서 바람을 좀 쐬어 주세요.”

“…….”

풍사에게 감사 인사를 건네고 대화를 마치자, 두 신관이 사련을 선락궁 앞까지 데려가 공손하게 말했다.

"안으로 드시지요."

사련은 고개를 끄덕이며 말했다.

"고생 많으셨습니다."

안으로 발을 내디디자 등 뒤에서 대문이 닫혔다. 사련은 주위를 둘러보았다. 과연, 외관뿐 아니라 궁전 안의 시설도 예전의 선락궁과 똑같았다. 지난번 그는 이곳을 지나쳤을 뿐 안으로 들어오지는 않았다. 그런데 처음 들어오자마자 금족령이라니, 아무래도 썩 좋은 징조는 아니었다.

요 며칠간 너무 많은 기복이 있었다. 마음도 고되었다. 사련은 금세 혼곤한 잠에 빠졌다.

많은 일이 꿈속에 나타났다.

그는 눈을 감고 앉아 있었다. 눈을 뜨자, 자신이 서안 앞에 단정히 앉아 있다는 것을 깨달았다. 검은 도포 자락을 바닥에 겹겹이 펼쳐 놓은 채였다. 얼굴을 가린 차갑고 묵직한 가면이 느껴지는 것도 같았다.

머리를 숙이니 서안에 엎드린 소년이 눈에 들어왔다. 나이는 열다섯 남짓 되어 보였다. 소년은 화려한 옷을 걸치고 온몸에 맑은 생기를 두른 채 깊이 잠들어 있었다.

고개를 절레절레 내저은 그는 앞으로 다가가 살짝 몸을 숙이고 손가락을 굽혀 서안을 두드렸다.

"태자 전하."

차가운 가면을 뚫고 새어 나간 탓일까, 목소리마저 제법 차갑게 들렸다. 불현듯 잠에서 깬 소년은 시선을 들어 그를 발견하고는 화들짝 뛰어올라 자세를 고쳐 앉았다.

"구, 구, 국사!"

그가 입을 열었다.

"또 잠드셨군요. 벌로 도덕경을 열 번 필사하십시오."

태자가 질겁했다.

"싫습니다, 사부. 차라리 황성을 열 바퀴 돌게 하세요!"

"스무 번. 바로 시작하십시오. 글씨는 바르게."

태자는 그를 겁내는 것인지 고분고분하게 엉덩이를 붙이고 필사를 하기 시작했다. 그는 제자리로 돌아가 조용히 좌선을 계속했다.

사실, 황궁의 모두가 그를 조금 두려워했다. 그가 의도적으로 꾸며 낸 거리감과 압박감 덕분이었다.

그러나 이 태자 전하는 너무 어려서 그런지, 매번 그를 향한 경외심이 오래가지 못했다. 소년은 필사를 시작하고 얼마 되지 않아 또 운을 뗐다.

"사부!"

그는 서책을 내려놓고 대답했다.

"뭡니까."

태자가 말했다.

"지난번에 가르쳐 주신 검법들은 전부 다 익혔으니, 이제 새로운 검법을 가르쳐 주셔야지요?"

"좋습니다. 무엇을 배우고 싶으십니까?"

"저번에 저를 구해 주셨던 그 초식이요!"

그는 잠시 생각해 보더니 입을 열었다.

"그 초식? 안 됩니다."

"왜요?"

"그 초식은 실용적이지 못합니다. 적어도 전하에게는 알맞지 않아요."

태자는 이해가 되지 않는다는 기색이었다.

"아주 유용하지 않아요? 검 하나로 두 검의 기력을 녹이는 초식! 사부는 그 초식으로 절 구하셨잖아요."

태자는 당연히 모를 만도 했다. 그가 말했다.

"태자 전하. 한 가지 질문을 드리겠습니다."

"물어보세요!"

"옛날에 어느 두 사람이 배고픔에 눈이 멀어 상대의 식량을 빼앗으려다 서로 싸우게 되었습니다. 이때 세 번째 사람이 왔습니다. 그는 이 두 사람이 더는 싸우지 않기를 바랐지요. 전하께서는 이럴 때 말리는 것만이 유용하다고 보십니까."

"……소용없겠죠. 그들이 원하는 건 식량이니까요. 그죠?"

"그렇습니다. 근본적인 문제는 해결되지 않았으니, 화해를 권하는 전하의 깊은 뜻을 아무도 헤아리지 못하겠지요. 따라서 이 세 번째 사람이 그들을 말리려면, 방법은 오직 하나입니다. 그들이 원하는 것을 주는 것. 주머니를 열어 자신의 식량을 그들에게 주어야 합니다."

태자는 알 듯 말 듯 아리송했다.

"전부 같은 이치입니다. 전하께선 검을 뽑으면 누군가는 반드시 다친다는 사실을 아셔야 합니다. 힘이 발생하면, 반드시 무언가는 그 힘을 감당해야만 하고요."

그가 계속해서 말을 이었다.

"그러니 제가 두 검의 기력을 녹였다는 그 말씀은 틀렸습니다. 녹아 사라진 것이 아니라 제가 두 검의 공격을 감당해 낸 겁니다. 싸움을 막고 자신은 상처를 입는 어리석은 초식이지요. 실로 부득이한 경우가 아니면 거의 쓰이지 않습니다. 존귀하신 태자 전하께선 이런 초식을 배울 필요가 없습니다."

태자는 계속해서 경문을 필사했다. 한동안 적어 내리면서도 여전히 생각에 잠긴 얼굴이었다. 그가 태자에게 물었다.

"다른 질문이 있으십니까?"

태자는 잠시 머뭇거리다가 말했다.

"하나 있어요. 사부, 만약에, 그 세 번째 사람도 식량이 부족하면 어찌합니까?"

"……."

태자가 거듭 말을 이었다.

"만약 그 두 사람이 식량을 얻었는데도 더 많이 가지고 싶어서, 탐욕 때문에 더 심하게 싸우고 계속 그에게 식량을 내놓으라 한다면 또 어찌해야 합니까?"

그가 되물었다.

"전하는 어떻게 생각하십니까?"

잠시 고민해 본 태자가 대답했다.

"모르겠습니다……. 어쩌면, 처음부터 손을 대서는 안 되었을지도요."

대전은 금빛이었다. 금빛이었던 모든 것이, 한순간 붉은빛으로 변했다.

금빛 연회상마다 사람이 쓰러져 있었다. 단칼에 급소를 꿰뚫려 죽은 모습이 처참하고 싸늘했다.

검을 쥔 손이 자꾸만 떨려 왔다. 영준한 국주는 온몸을 피로 물들인 채, 고통과 원망에 두 눈을 붉혔다. 국주의 다리 위에 거꾸러진 것은 황후의 시체였다.

그는 검을 들고 한 걸음 한 걸음 다가갔다. 고개를 든 국주가 그를 보고 경악했다.

"국사? 자네……!"

한없이 냉혹한 검이 꿰뚫고 지나갔다.

동시에 그는 기척을 알아차리고 고개를 홱 돌렸다. 어린 태자가 문어귀에 널브러진 호위군의 시신 한가운데에 서 있었다.

소년의 두 눈은 텅 비어 있었다. 눈앞의 모든 게 현실인지 꿈결인지 의심스러운 듯, 앞으로 한 걸음을 내딛다가 넋을 잃고 문턱에 걸려 넘어질 뻔했다. 그는 다시 검을 뽑았다. 피가 검은 옷 위로 튀었다.

태자는 문턱이 아니라 바닥의 시체에 걸려 넘어졌다. 국주의 몸 위로 나동그라진 태자가 마침내 고함을 터트렸다.

"부황? 모후?"

국주는 더 이상 말을 할 수 없었다. 태자는 아버지를 흔들어 깨우는 대신, 그를 향해 고개를 쳐들고 두 눈을 부릅떴다.

"국사! 이게 무슨 짓입니까? 대체 무슨 짓을 한 겁니까? 국사!"

한참이 지났을 무렵, 자신의 무뚝뚝한 목소리가 들려왔다.

"너희들은 당해도 싸."

사련은 잠을 설치다 바닥을 뒹굴면서 깨어났다.

그는 졸음에 가물거리는 눈을 비비면서 깨달았다. 사실 그는 얼마 잠들지 못했고 영 신통찮은 꿈까지 꾸었다. 그러다 품속의 딱딱한 무언가에 배겨 잠에서 깬 모양이었다. 그는 한동안 앉아 있다가 품속을 더듬어 그 물건을 꺼내고 손을 펼쳤다. 손바닥에 놓인 것은 주사위 두 개였다. 극락방에서 가져온 그 주사위였다.

문득 불티는 듯한 붉은색이 머릿속에 떠올랐다. 흐릿한 장면 속, 도리어 선명하기만 한 붉은 사람의 그림자가 불바다 속에서 가만히 그를 바라보고 있었다. 사련은 한숨을 내쉬며 생각했다.

'불에 탄 삼랑의 극락방은 얼마나 남았으려나. 이번에 다시 폄적되면, 온 재산을 쏟아부어도 갚을 수 있을는지 모르겠네……. 수십 년, 수백 년, 까짓것 한평생이라도 바치지 뭐.'

주사위를 잠시 바라본 사련은 합장하듯 두 손을 모으고 두 개의 주사위를 손안에서 한참 흔들다가 바닥에 던졌다. 주사위는 데구루루, 몇 번 구르다가 멈추었다.

아니나 다를까, 화성이 빌려준 운은 이미 바닥나고 없었다. 마음속으로 6점 두 개를 바라고 던진 것이었지만, 바닥에 떨어진 주사위는 나란히 1점이었다.

사련은 가볍게 실소하면서 고개를 내저었다. 이때 문득 뒤에서 발소리가 들려왔다. 사련은 신경을 곤두세우고 얼굴의 웃음기와 두 주사위를 빠르게 거두어들였다.

이 발소리는 군오가 아니다. 군오의 걸음 소리는 침착하며 서두르는 법이 없다. 화성은 걷는 모습이 무심하고 성의가 없으면서도 늘 여유작작하다. 하지만 두 사람의 걸음걸이에서 느껴지는 확신에 찬 분위기는 완전히 똑같았다. 반면 지금 들려오는 이 발소리는 다소 가볍게 느껴졌다. 뒤를 돌아본 사련은 한순간 멍해졌다.

"너였구나."

검은 옷을 걸친 그 사람은 피부가 희고 깨끗했다. 입술 색이 옅고 표정도 마찬가지로 희미해 더없는 서늘함을 자아냈다. 분명히 무신이지만 오히려 문관 같은 이 얼굴. 모정이 아니면 또 누구겠는가?

그는 사련이 다소 놀란 기색을 보이자 눈썹을 까딱 치켜올렸다.

"누구인 줄 아셨습니까? 풍신?"

그는 사련이 대답하기도 전에 검은 옷자락을 걷어 잡고 문간을 넘어 들어왔다.

"풍신은, 아마 오지 않을 겁니다."

"너는 뭐 하러 왔어?"

"제군은 전하를 구금하고 태화 전하의 방문을 막으셨을 뿐, 제게 가지 말라는 말은 하지 않으셨습니다."

사련의 질문에는 전혀 대답해 주지 않았다. 대답하지 않겠다면 관두자. 사실 사련도 그다지 궁금하지 않았기에 더 캐묻지 않았다. 새로운 선락궁 내부를 한 바퀴 둘러본 모정의 시선이 사련의 위로 내려앉았다. 그러고는 잠시 훑어보다 갑자기 그에게 무언가를 던졌다. 푸른 잔영이 허공을 스쳤다. 왼손으로 받아 쥐고 확인해 보니, 뜻밖에도 작은 청자 병이었다.

그건 약병이었다. 모정이 담담하게 말했다.

"그 오른팔, 피범벅인 채로 끌고 다니는 모습 보기만 해도 꼴사납습니다."

사련은 가만히 약병을 들고 오히려 모정을 훑어보았다.

그가 세 번째로 하늘에 오른 이후, 그를 향한 모정의 태도는 단 한 문장으로만 설명할 수 있었다. '음흉하다'. 마치 그가 세 번째로 걷어차이면 옆에서 실컷 비아냥댈 준비가 된 것 같았다. 하지만 막상 사련이 세 번째로 걷어차이게 생기자 난데없이 상냥하게 변했다. 심지어 약을 주러 찾아오기까지. 갑자기 돌변한 태도에 도무지 적응할 수가 없었다.

그가 미동도 하지 않자, 모정은 가볍게 미소를 지으며 말했다.

"쓰든 말든 좋을 대로 하십시오. 어차피 약을 주러 올 사람은 이제 없을 겁니다."

이 미소는 겉으로만 웃는 웃음이 아니었다. 지금 그는 정말로 기분이 좋아 보였다. 사실 사련은 오른손이 아프지 않았지만, 구태여 이렇게 다친 채로 둘 필요는 없었다. 아까 군오가 그의 오른팔을 건드려 응급 처치를 해 주었으니 약이 있으면 더 나을 터였다. 그는 작은 청자 약병을 열고 무심하게 오른팔에 부었다. 병에서 쏟아진 것은 가루약이나 환약이 아니라 담청색의 연기였다. 연기는 느릿느릿 흘러 그의 오른팔을 감쌌다. 냄새가 향긋하고 청량한 것이, 과연 좋은 물건이었다.

모정이 불쑥 물었다.

"낭천추의 말이 전부 사실입니까? 정말 영안국의 황족들을 다 죽였다고요?"

사련은 시선을 들어 그를 바라보았다. 모정이 제법 참았다고는 하나, 사련은 그의 눈 깊은 곳에서 억제할 수 없는 흥분을 읽어 냈다. 아무래도 류금연 학살의 속사정에 관심이 큰 모양이었다. 그가 거듭 물었다.

"어떻게 죽이셨습니까?"

이때, 뒤에서 묵직한 발걸음 소리가 또 한 차례 들려왔다. 두 사람은 나란히 고개를 돌렸다. 이번에 찾아온 사람은 뜻밖에도 풍신이었다. 그는 들어오자마자, 사련 옆에 미소 띤 얼굴로 서 있는 모정을 발견하고는 미간을 찌푸리며 날을 곤두세웠다.

"여기서 뭐 하는 거냐?"

사련은 손에 든 작은 청자 병을 들어 보였다. 모정은 웃음기를 갈무리했다. 좀 전에 사련에게 풍신이 오지 않을 것이라고 떠들었는데 곧바로 나타났으니 당연히 웃음이 나오지 않을 터였다. 그가 말했다.

"여기가 네 궁전도 아니고. 너도 오는데 나라고 못 오겠어?"

풍신은 그를 무시하고 사련을 향해 돌아섰다. 그가 말문을 떼려는 순간 사련이 선수를 쳤다.

"혹시 둘이 같은 질문을 하러 온 거라면, 내가 한 번에 대답해 줄게. 믿고 말고 할 것도 없어. 오늘 내가 신무전에서 한 말은 구구절절 사실이야."

풍신의 안색이 희미하게 질렸다. 그의 이런 표정을 가장 질색하는 모정이 핀잔을 놓았다.

"됐어, 그 얼굴 치워라. 이제 와서 누구에게 보여 주겠다고 그런 침통한 표정을 지어."

풍신의 선득한 눈빛이 모정을 훑고 지나갔다.

"적어도 네놈은 아니다. 꺼져!"

"나한테 꺼지라고 할 자격이 있는지 모르겠군. 말로는 충성을 지킨 것처럼 말하는데, 몇 년이나 갔지? 결국 그렇게 도망쳐 놓고 말이야."

풍신의 이마에 핏대가 솟았다. 사련은 대화가 심상치 않은 방향으로 흘러가리란 예감에 손을 들고 말했다.

"그만, 그만해."

모정이 어찌 그만둘 성격이던가? 그는 냉소하며 말했다.

"들리는 말로는 네가 의리상 옛 주군의 타락한 모습을 지켜볼 수 없어서 곁을 떠났다던데. 하여간 그럴듯한 핑계는 잘도 갖다 붙였군. 까놓고 말해서, 폐인 한 명 따라다니면서 허송세월하기 싫었던 거 아닌가?"

풍신이 주먹을 휘두르며 소리쳤다.

"네놈이 뭘 알아!"

퍽, 하는 소리와 함께 모정의 얼굴에 주먹이 꽂혔다. 그의 전형적인 기생오라비 얼굴이 벼락같은 일격에 얻어맞아 문드러진 감처럼 피를 흘렸다. 그러나 그는 아주 당당한 기세로 신음 한번 흘리지 않고 군말 없이 주먹을 되돌려주었다. 둘은 선경에 오른 뒤로 자신만의 법보와 무기가 생겼지만, 화가 북받치면 맨몸으로 치고받아야 속이 시원했다. 팔백 년 전부터 무력이 엇비슷했던 풍신과 모정은 팔백 년이 지나서도 우열을 가릴 수 없었다. 둘은 막상막하의 실력으로 퍽퍽 굉음을 내며 서로를 주먹으로 다져 놓았다. 풍신이 핏대를 세우며 소리쳤다.

"네놈의 그 비열한 속셈을 누가 모를 줄 알고? 전하가 온갖 악행을 저질러야 네 속이 시원하지!"

모정은 쯧, 혀를 찼다.

"넌 한결같이 날 경멸했었지. 정말 우습지도 않군. 너 자신을 좀 돌아보지 그래! 네가 무슨 자격으로 날 경멸하겠다고. 고작해야 오십보백보인 것을!"

낭천추와 사련이 싸우기도 전에 풍신과 모정이 먼저 맞붙은 셈이었다. 오랜 앙숙이었던 두 사람은 뒤엉켜 싸우면서 자기 할 말만 쏟아부었다. 상대의 욕도 듣지 않는데 사련의 말이 귀에 들어오겠는가? 사련은 여전히 과거 세 사람의 어린 시절을 기억했다. 모정은 말투가 의기소침했고 남에게 맞서 으르렁거린 적이 없었다. 그리고 풍신이 누군가를 때린다면, 그건 사련이 때리라고 명한 것이니 말만 하면 곧장 멈출 수 있었다. 그러나 지금은 사정이 달랐다. 사련은 싸움을 말릴 신관들을 부르려고 다친 팔을 이끌고 문으로 달려갔다. 그러나 누가 알았으랴. 대전을 채 나서지도 않았는데 앞쪽에서 굉음이 울려 퍼졌다. 풍신과 모정도 이 커다란 울림에 놀라 동시에 손을 멈추고,

가만히 경계하면서 굉음이 들려온 곳을 바라보았다.

한 사람이 선락궁의 대문을 발로 걷어차 열었다. 대문 바깥은 선경의 너르고 평탄한 신무대로가 아니라, 죽은 듯이 무거운 어둠이었다.

그 어둠 속에서, 살을 에듯 차가운 은나비가 새카맣게 덮쳐왔다.